2024

Wirtschaftsschule

Original-Prüfung … gen

Bayern

Betriebswirtschaftliche Steuerung und Kontrolle

STARK

© 2023 Stark Verlag GmbH
7. ergänzte Auflage
www.stark-verlag.de

Inhaltsverzeichnis

Hinweise und Tipps zur Abschlussprüfung

Übungsaufgaben

Original-Abschlussprüfungen

Abschlussprüfung 2020

Sobald die Original-Prüfungsaufgaben 2023 freigegeben sind, können sie als PDF auf der Plattform MyStark heruntergeladen werden (Zugangscode vgl. Umschlaginnenseite).

Zugelassene Hilfsmittel

Autoren
Peter Geltl: Lösungen zu den Übungsaufgaben 1 bis 5
Claus Kolb: Hinweise und Tipps, Übungsaufgabe 6, Lösungen zur Abschlussprüfung ab 2020

Entwicklung der Aufgaben:

Hinweise und Tipps zur Abschlussprüfung

Die Abschlussprüfung

Inhaltlich bezieht sich die Abschlussprüfung auf den gesamten Lehrstoff des Fachs Betriebswirtschaftliche Steuerung und Kontrolle **aller Jahrgangsstufen**. Die Abschlussprüfungsaufgaben werden vom Bayerischen Kultusministerium zentral für alle bayerischen Wirtschaftsschulen gestellt.
Die Prüfung umfasst insgesamt **fünf kompetenzorientierte Aufgabenstellungen**, in denen Sie die Perspektive des Konsumenten/Staatsbürgers oder die Perspektive des Arbeitnehmers/Unternehmers einnehmen. Es können maximal **25 Punkte je Aufgabe** erzielt werden. Vier Aufgaben sind zu bearbeiten, die Prüfung umfasst entsprechend insgesamt **100 Punkte**.
Aufgabe 1 und 2 sind **verpflichtend**, sie müssen also von **allen Schülern** bearbeitet werden. Aus den Aufgaben 3 bis 5 dürfen Sie eigenverantwortlich **zwei Aufgaben auswählen**, das bedeutet im Umkehrschluss, eine der drei Aufgaben muss nicht bearbeitet werden. In einer **15-minütigen Einlesezeit**, in der lediglich gelesen und markiert werden darf, müssen Sie eine Entscheidung treffen und eine der drei Wahlaufgaben abwählen und der Prüfungsaufsicht übergeben. Auf dem Prüfungsbogen geben Sie an, welche Aufgaben Sie bearbeiten. Die **Prüfungsdauer** beträgt insgesamt, also inklusive Einlesezeit, **180 Minuten**.
Zugelassene Hilfsmittel sind ein elektronischer, nicht programmierbarer Taschenrechner, die offiziell zugelassene Merkhilfe (inkl. Anlage Sozialversicherung) sowie der offizielle Kontenrahmen.

Bearbeitung der Prüfung

Vorweg finden Sie auf dem Prüfungsbogen eine ausführliche **Unternehmensbeschreibung**. Diese ist für Aufgaben relevant, in denen Sie aus der Perspektive des Unternehmers/Arbeitnehmers handeln. Schenken Sie der Beschreibung ausreichend Aufmerksamkeit, sie liefert wichtige Informationen für die Bearbeitung.
Achten Sie besonders darauf, welche **Rolle** Sie einnehmen. Dies geht jeweils aus den einleitenden Sätzen hervor. Wird Ihnen keine konkrete Rolle zugeschrieben, so

nehmen Sie die Perspektive eines Staatsbürgers/Konsumenten ein – Sie handeln also nicht als Unternehmer oder Arbeitnehmer.
Es empfiehlt sich, eine Aufgabe zunächst ohne Unterstreichungen oder Markierungen durchzulesen, um einen groben Überblick zu erhalten. Lesen Sie die Aufgabe dann noch ein zweites Mal, um Wesentliches zu markieren oder zu unterstreichen.
Die Aufgaben umfassen jeweils eine **konkrete Handlungssituation**, die in Form eines Dialogs, eines Telefongesprächs, einer E-Mail oder Ähnlichem beschrieben wird. Darin finden sich neben wichtigen Informationen zur Aufgabenlösung auch **konkrete Arbeitsanweisungen**. Achten Sie darauf, dass Sie **alle Arbeitsaufträge** erfassen. Neben der richtigen Lösung stellt dies eine wesentliche Herausforderung dar. Empfehlenswert ist es, sich die notwendigen Arbeitsschritte zu notieren, um eine ordentliche Struktur der Bearbeitung zu gewährleisten und um nichts zu vergessen.
Im Anschluss an die Aufgabenstellung finden Sie verschiedene **Anlagen**, die ebenfalls wichtige Informationen enthalten und/oder als Vorlage dienen. Gehen Sie bei der Bearbeitung strukturiert vor und verfallen Sie nicht in Hektik. Bewahren Sie stets den Überblick über die **Vielzahl der beigefügten Anlagen**, damit Sie keine übersehen.
Achten Sie insgesamt auf eine angemessene **äußere Form** Ihrer Arbeit, vor allem auf Lesbarkeit und Übersichtlichkeit.
Bei der Bearbeitung der Aufgabenstellungen dürfen Sie die „**Merkhilfe BSK**", die die wichtigsten Formeln und Berechnungsschemata enthält, sowie die „**Anlage Sozialversicherung**" mit den aktuellen Beitragssätzen und Bemessungsgrenzen und einen **Kontenrahmen** verwenden.

Prüfungsvorbereitung mit diesem Buch

Bereiten Sie sich unbedingt **langfristig** vor, so können Sie den Zeitraum unmittelbar vor der Abschlussprüfung für die **Wiederholung des Stoffs** nutzen und geraten nicht in Hektik.
Benutzen Sie als Grundlage neben diesem Buch vor allem auch Ihre Hefteinträge, alte Schul- und Stegreifaufgaben sowie das Schulbuch. Sollten bei der Bearbeitung Fragen auftauchen, wenden Sie sich an Ihren Lehrer und/oder Ihre Mitschüler. Diese können Ihnen bestimmt weiterhelfen.
Der erste Teil dieses Buches hilft Ihnen mit **kürzeren Übungsaufgaben** dabei, die wichtigsten Lehrplaninhalte zu wiederholen und zu vertiefen. Da der Umfang der Aufgaben zum Thema Rechnungswesen in der Abschlussprüfung vergleichsweise gering ist, ist nur eine Übungsaufgabe konkret auf diesen Bereich ausgerichtet. Die anderen fünf Aufgaben befassen sich schwerpunktmäßig mit allgemeinen betriebswirtschaftlichen Themen.
Im zweiten Teil sind dann die ersten **offiziellen Abschlussprüfungen** der Jahre 2020 bis 2022 abgedruckt, die Abschlussprüfung 2023 wird als Download digital zur Verfügung gestellt.
Bearbeiten Sie die Übungsaufgaben in diesem Buch so ruhig und **konzentriert** wie in der Abschlussprüfung. Lassen Sie sich während der Bearbeitung nicht ablenken. Nur so können Sie Ihren Leistungsstand realistisch einschätzen, außerdem sparen Sie eine

Menge Zeit. Achten Sie auf ein zügiges **Arbeitstempo**, dieses müssen Sie auch in der Abschlussprüfung unter Beweis stellen.
Damit Sie unter realen Bedingungen üben können, enthält dieses Buch am Ende auch die zugelassenen **Merkhilfen** sowie einen **Kontenrahmen**, in dem alle Konten fett markiert sind, die in der Abschlussprüfung 2024 geprüft werden könnten.
Zu allen Aufgaben hier im Buch finden Sie ausführliche **Lösungsvorschläge**, die möglichst nur zur **Kontrolle** benutzt werden sollten. Die grau markierten **Tipps** dienen dem Verständnis und sollen Ihnen bei Schwierigkeiten helfen, den Lösungsweg nachzuvollziehen. Lösen Sie die Aufgaben aber zunächst immer selbstständig und vergleichen Sie die Lösung erst dann mit dem Buch. Das Nachvollziehen und Verstehen des dargestellten Lösungswegs allein führt noch nicht zu Lernerfolgen. In der Abschlussprüfung müssen Sie eine eigene Lösung entwickeln und das sollten Sie auch im Vorfeld trainieren.

Notenschlüssel

Die Abschlussprüfung im Fach Betriebswirtschaftliche Steuerung und Kontrolle wird nach folgendem Notenschlüssel bewertet:

Note	sehr gut	gut	befriedigend	ausreichend	mangelhaft	ungenügend
Punkte	100 – 91	90,5 – 80	79,5 – 66	65,5 – 50	49,5 – 30	29,5 – 0

Sollten nach Erscheinen dieses Bandes noch wichtige Änderungen für die Abschlussprüfung 2024 vom Bayerischen Staatsministerium für Bildung und Kultus, Wissenschaft und Kunst bekannt gegeben werden, finden Sie aktuelle Informationen dazu im Internet unter:
www.stark-verlag.de/mystark

ÜBUNGSAUFGABEN

Übungsaufgabe 1

Schwerpunkt Betriebswirtschaft

Die Übungsaufgabe 2 stammt aus der offiziellen Abschlussprüfung Betriebswirtschaft aus dem Jahr 2011 (Fallaufgabe 1).

Unternehmensbeschreibung

Firma	Schloss-Apotheke Rudolf Krämer e. K.
Firmensitz	Schlossgasse 28 63739 Aschaffenburg
Öffnungszeiten	Montag bis Freitag von 8:00 Uhr bis 18:00 Uhr Samstag von 9:00 Uhr bis 13:00 Uhr
Inhaber	Apotheker Rudolf Krämer
Mitarbeiterinnen, Gehälter, Arbeitszeiten	Apothekerin: Cornelia Mayer, 39 Jahre, 4.200,00 € brutto, Vollzeit Die Arbeitszeiten werden in Absprache mit Herrn Krämer, der in der Regel während der Öffnungszeiten anwesend ist, variabel festgelegt. Ein/e Apotheker/in muss immer in der Apotheke sein. Pharmazeutisch-technische Angestellte (PTA): Inge Stresemann, 25 Jahre, 2.300,00 € brutto, Montag bis Freitag von 8:30 Uhr bis 12:00 Uhr und von 13:00 Uhr bis 17:00 Uhr Barbara Müller, 19 Jahre, 1.700,00 € brutto, Montag bis Freitag von 12:00 Uhr bis 18:00 Uhr Jutta Stein, 45 Jahre, Minijob, 400,00 €, Samstag von 9:00 Uhr bis 13:00 Uhr Die Apotheke muss immer mit einer PTA besetzt sein. Pharmazeutisch-kaufmännische Angestellte: Yvonne Krause, 21 Jahre, Vollzeit, 1.520,00 € brutto, Montag bis Freitag von 8:00 Uhr bis 12:00 Uhr und von 13:00 Uhr bis 17:00 Uhr Ayshe Candemir, 17 Jahre, Auszubildende im 1. Ausbildungsjahr, 501,00 € brutto, Montag, Mittwoch, Freitag von 9:00 Uhr bis 13:00 Uhr und von 14:00 Uhr bis 18:00 Uhr; Dienstag und Donnerstag Berufsschule
Informationen zum Unternehmen	Die Schloss-Apotheke, welche sich in der Innenstadt von Aschaffenburg (ca. 70.000 Einwohner) befindet, wurde 1962 gegründet. Seit Januar 2005 wird die Schloss-Apotheke durch den Apotheker Rudolf Krämer geführt.

Marktsituation	Da die Schloss-Apotheke schon seit fast 50 Jahren im Dienste der Gesundheit tätig ist, kann sie auf einen großen Stammkundenkreis blicken. 50 % der Stammkunden wohnen nicht weiter als drei Kilometer von der Apotheke entfernt. Zwar lag der Jahresumsatz 2010 mit 1.406.000,00 € im bundesweiten Durchschnitt, der Apothekenmarkt in Aschaffenburg und generell in Deutschland ist derzeit jedoch sehr umkämpft.

[Die folgenden Aufgaben beziehen sich auf das Geschäftsjahr 2011.]

Aufgabe 1

Herr Krämer hat sich dazu entschlossen, Räume im rückwärtigen Gebäude zusätzlich zu mieten und als Lager und für Büroräume zu nutzen. Laut Architekt sind die Räume zum 1. Oktober 2011 nach der Renovierung bezugsfertig. In den neuen Räumlichkeiten soll es auch drei Arbeitsplätze geben, für die Schreibtische angeschafft werden müssen. Zwei Angebote von Büroausstattern für das Modell SQUARE liegen auszugsweise vor:

Angebot 1:
Die Bürowelt 2000 OHG bietet den Schreibtisch für 730,00 € netto/Stück an und gewährt 15 % Rabatt ab einer Bestellmenge von 4 Stück. Die Bürowelt 2000 OHG liefert frei Haustür. Bei Bezahlung innerhalb von 8 Tagen erhält man 3 % Skonto oder 30 Tage netto. Die Schreibtische sind auf Lager und werden bei Bestellung unverzüglich geliefert. Das Angebot ist befristet bis 1. August 2011.

Angebot 2:
Die Creativ Design GmbH bietet den Schreibtisch für 790,00 € netto/Stück an. Sie gewährt einen Rabatt von 10 % und stellt eine Transportkostenpauschale in Höhe von 60,00 € pro Bestellung in Rechnung. Die Creativ Design GmbH gewährt 3 % Skonto bei Zahlung innerhalb von 8 Tagen oder 60 Tage netto. Die Lieferzeit beträgt 8 Wochen. Die GmbH bietet bei Bedarf die kostenfreie Montage der Schreibtische an. Das Angebot ist gültig bis zum 30. September 2011.

Erstellen Sie einen rechnerischen Angebotsvergleich für die drei Schreibtische und begründen Sie mit zwei Argumenten Ihren Entscheidungsvorschlag für den in dieser Situation passenden Lieferanten.

Aufgabe 2

Herr Krämer berichtet von drei Anrufen, die er am Freitag den 8.7.2011 bereits entgegengenommen hat.

Anruf 1 (9:05 Uhr)	Eine Arztpraxis in der Frohsinnstraße 14, die regelmäßig Verbandsmaterial und Salben bestellt, hat die heutige Bestellung aufgegeben und bat um Lieferung bis spätestens 16:00 Uhr. Die Lieferung ist vorrätig.
Anruf 2 (9:15 Uhr)	Sergej Krusch, 85 Jahre, gehbehindert, wohnhaft in der Frohsinnstraße 12, benötigt ein Medikament, das sofort von Frau Krause beim Großhandel bestellt wurde und um 13:00 Uhr geliefert wird. Herr Krusch ist bis 15:00 Uhr zuhause und wartet auf die Lieferung.
Anruf 3 (vor 5 Minuten)	Frau Müller, eine besorgte Mutter, die zehn Gehminuten von der Apotheke entfernt in der Würzburger Str. 5 wohnt, benötigt dringend ein vom Arzt verordnetes Medikament für ihr krankes Kind mit 40 Grad Fieber. Dieses Medikament haben wir vorrätig, jedoch kann die Mutter dieses nicht abholen, da sie alleine ist und bei ihrem Kind bleiben muss.

Nun ist es 10:00 Uhr und Herr Krämer muss die Auslieferung mit dem vorhandenen Personal organisieren.

Erarbeiten Sie einen begründeten wirtschaftlichen Vorschlag für einen Tourenplan, der die Kundenbedürfnisse ebenso berücksichtigt wie einen rationellen Personaleinsatz.

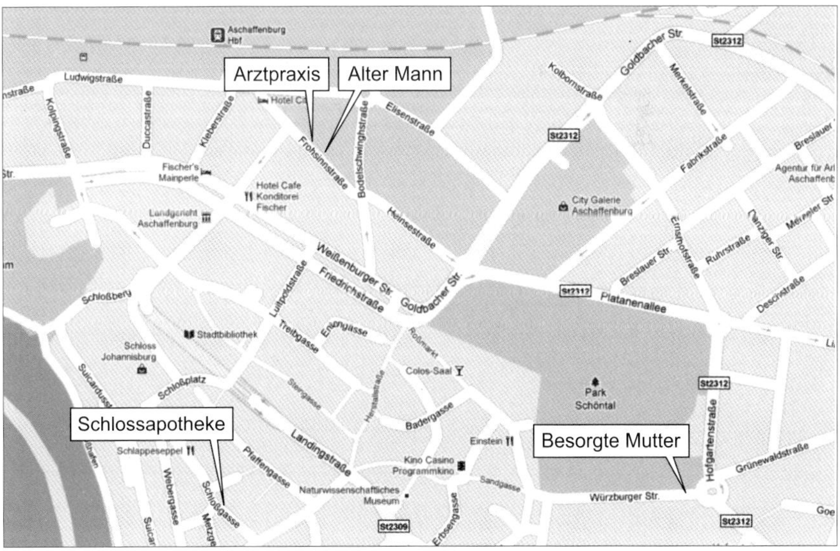

Quelle: http://maps.google.de © 2011 Google – Kartendaten © 2011 Tele Atlas

Aufgabe 3

Immer wieder müssen auch Lieferungen zu weiter entfernten Kunden durchgeführt werden, die zu Fuß nicht zu erreichen sind. Dazu wird das Privatauto von Herrn Krämer benutzt. Der Apotheker schätzt, dass für Lieferfahrten pro Monat eine Strecke von insgesamt ca. 450 km zurückgelegt wird. Bis jetzt scheute Herr Krämer vor einer Anschaffung eines Firmenwagens zurück, weil er den zeitlichen Aufwand für Kauf und späteren Verkauf, den finanziellen Aufwand für Anschaffungskosten, Versicherung und Reparaturen nicht aufbringen wollte. Doch nun denkt Herr Krämer über die Anschaffung eines kleinen Firmenwagens nach, mit dem die Lieferungen kostengünstig erledigt werden können. Im Internet findet Herr Krämer zwei verschiedene Angebote zur Finanzierung des Kleinwagens Flirt fortwo coupé.

© Goce Risteski/Dreamstime.com

Flirt fortwo coupé
Ausstattungslinie pure, 52 kW/71 PS, Benziner, Reihenmotor, micro hybrid drive, 999 cm^3, Kraftstoffverbrauch kombiniert: 4,4 l/100 km, CO_2-Emissionen kombiniert: 103 g/km
Neupreis: 10.660,00 €
Gebrauchtwagenpreis nach drei Jahren vermutlich zwischen 4.000,00 € und 5.000,00 €.

3.1 Vergleichen Sie Herrn Krämers Möglichkeiten, das Lieferfahrzeug zu finanzieren (siehe Anlage 1) anhand von vier Aspekten. Machen Sie einen Entscheidungsvorschlag, der zu Herrn Krämers Situation passt, und begründen Sie diesen mit zwei Argumenten.

Herr Krämer möchte den Lieferservice bei seinen Kunden noch bekannter machen.

3.2 Beschreiben und begründen Sie zwei Ideen, die möglichst wenig Kosten verursachen, schnell umsetzbar und wirksam sind.

Aufgabe 4

Bei einer Seminarveranstaltung wird Herr Krämer von der Leiterin der Schönbusch-Apotheke, Frau Sturm, angesprochen.

FRAU STURM: „Guten Tag Herr Krämer. Wie läuft es in Ihrer Apotheke?"

HERR KRÄMER: „Die Geschäfte laufen eigentlich ganz gut. Seit wir neue Verträge mit der ANZIG-Arzneigroßhandels AG geschlossen haben, kaufen wir zu besten Konditionen ein. Was mir ein wenig zu schaffen macht, ist das Thema Qualitätsmanagement nach DIN ISO 9000. An diesem Thema kommen wir einfach nicht mehr vorbei, haben aber nicht die fachliche Kompetenz und müssen wahrscheinlich nächstes Jahr für viel Geld einen Berater engagieren."

FRAU STURM: „Ja, ja, da kann ich ein Lied davon singen, aber das haben wir erfreulicherweise jetzt sehr gut gelöst. Wie wirkt sich bei Ihnen eigentlich die Neueröffnung der Medicum-Apotheke aus? Die ist ja in unmittelbarer Nachbarschaft bei Ihnen, oder?"

HERR KRÄMER: „Hören Sie bloß auf! Wir spüren in letzter Zeit vermehrt den Weggang von Stammkunden zur Medicum-Apotheke. Die machen das aber auch ganz geschickt mit ihren Wellnessangeboten, Gesundheitskursen und medizinischen Beratungen. Wir haben auch schon lange die Idee, in diesem Bereich etwas zu machen, aber uns fehlt einfach die Zeit."

FRAU STURM: „Da habe ich einen Tipp für Sie. Seit einem halben Jahr bin ich Mitglied bei dem so genannten A+ Apotheken e. V., einem Kooperationssystem für Apotheken. Zufällig habe ich Unterlagen dabei. Die können Sie sich ja mal anschauen."

Herr Krämer studiert die Unterlagen (siehe Anlagen 2 und 3) des A+ Apotheken e. V.

4.1 Herr Krämer überdenkt, welche Bausteine aus dem Dienstleistungsspektrum des A+ Apotheken e. V. bei einem Budget von 25.000,00 € für ihn in Frage kämen. Wählen Sie aus und begründen Sie für jeden Baustein Ihre Entscheidung.

4.2 Ferner möchte Herr Krämer wissen, welche Auswirkungen eine Mitgliedschaft bei dem A+ Apotheken e. V. auf die rechtliche und wirtschaftliche Selbstständigkeit seiner Unternehmung hat. Erklären Sie dies ausführlich.

Anlage 1 Angebot 1

Business-Leasing plus

Das neue Business-Leasing plus bietet Ihnen noch viel mehr: Denn in die monatliche Leasingrate ist die Prämie für Haftpflicht- und Vollkaskoschutz schon integriert. Die Prämie bleibt über die gesamte Laufzeit konstant – selbst im Schadensfall. Zum Ende der Laufzeit geben Sie Ihr Fahrzeug einfach zurück.

Flirt Leasingrechner:

Business-Leasing plus ▼

gewerblicher Kunde ▼

	Preis in EURO
Modell	fortwo coupé pure 52 kW ▼
Kaufpreis inkl. USt. zuzüglich Überführungskosten	10.660,00 €
Einmalige Leasing-Sonderzahlung	20,00 % (2.132,00 €) ▼
Laufzeit in Monaten	36 ▼
Gesamtlaufleistung (km)	30.000 ▼
Leasingfaktor in % vom Basiswert	1,20 %
Monatliche Leasingrate	102,34 €
Autoversicherungsbeitrag	19,00 €
Monatliche Gesamtrate (brutto)	**121,34 €**

Anlage 1 Angebot 2

Plus3-Finanzierung

Die Plus3-Finanzierung ist ein besonderes Produkt der Flirt Bank AG. Beim Vertragsabschluss wird eine Schlussrate vereinbart, die Ihnen garantiert wird und die sich ratenmindernd auswirkt. Bei der Plus3-Finanzierung behalten Sie bis zum Vertragsende zwei Optionen, die Ihnen maximale Wahlfreiheit lassen:

1. Behalten: Sie begleichen die Schlussrate und das Fahrzeug geht vollständig in Ihr Eigentum über. Oder aber Sie finanzieren die Schlussrate weiter.
2. Verkaufen: Sie verkaufen Ihr Fahrzeug selbst und bezahlen die Schlussrate mit dem Erlös.

Flirt Finanzierungsrechnen:

Plus3-Finanzierung ▼

gewerblicher Kunde ▼

	Preis in EURO
Modell	fortwo coupé pure 52 kW ▼
Kaufpreis inkl. Ust. ab Werk	10.660,00 €
Anzahlung	20,00 % (2.132,00 €) ▼
Laufzeit in Monaten	36 ▼
Gesamtlaufleistung (km)	30.000 ▼
Sollzins gebunden p. a.	2,86
Gesamtkreditbetrag	8.528,00 €
Zinsen	580,35 €
Gesamtbetrag	9.108,35 €
Schlussrate	4.837,31 €
Monatliche Rate	**118,64 €**

Anlage 2 A+ Apotheken e. V.

Was A+ Apotheken e. V. Ihnen bietet:

A+ IHRE APOTHEKE MIT DEM SERVICEPLUS

Allgemeine Serviceleistungen:
Wir bieten ein bundesweites Netzwerk von Apothekern für Apotheker und eine starke Interessensvertretung innerhalb der Landesapothekerverbände.
Sie können bedarfsgenaue Baustein-Leistungen im Bereich Beschaffung, Qualitätsmanagement und Marketing individuell abrufen.

Baustein 1: Gemeinsamer Großhandel und Einkaufspool mit speziellen Gruppenkonditionen
Ein exklusiver Bezug von Medikamenten und Hilfsmitteln über den an die A+ Apotheken-Zentrale angeschlossenen Pharma-Großhandel ermöglicht eine umfassende Versorgung mit dem kompletten Apothekensortiment.

Baustein 2: Qualitätsmanagementsystem nach DIN ISO-Norm
Nach außen hin beweisen wir Kompetenz auf hohem Niveau durch ein gemeinsames Gruppen-Qualitätsmanagementsystem nach der aktuellen DIN ISO-Norm und regelmäßige regionale Fortbildungen. Strukturierte interne Reflexion und Beratung durch unabhängige Experten stärken unseren Verbund.

Baustein 3 a: Marketinggrundpaket
Um Sie bei der Kundenansprache zu unterstützen, erstellen die A+ Apotheken-Marketingexperten für alle Partner-Apotheken ein integriertes Marketingkonzept mit wechselnden Schwerpunktthemen. Der Marketingmix beinhaltet folgende Maßnahmen: Ein Kundenmagazin, nationale Anzeigen sowie TV-Werbekampagnen für alle A+ Apotheken, in denen die Vorzüge der Apotheken in unserem Netzwerk hervorgehoben werden.

Baustein 3 b: Regionales Marketing (nur zusammen mit Marketinggrundpaket)
Zusätzlich zum überregional angelegten Marketingkonzept ermöglichen wir Ihnen auch regionale Werbe- und Promotionskampagnen. Mehrere A+ Apotheken einer Region können sich zusammenschließen und so in der näheren Umgebung ihrer Apotheken gezielte Maßnahmen, wie z. B. die Durchführung von Gesundheits- und Wellnessangeboten, Anzeigen oder Radiospots bei Lokalsendern, schalten.

Baustein 4: Innenarchitektur / Warenpräsentation
Welche Raumgestaltung und die damit verbundene Ladenatmosphäre für Ihren Standort die beste ist, wie Sie die „Erlebniswelt" einer Präsenzapotheke besonders herausstellen können und wie Sie Flyer, Broschüren etc. am geschicktesten platzieren, dazu beraten Sie unsere Marketingprofis gerne individuell.

Gebührenübersicht A+ Apotheken-Bausteine

Grundgebühr:	500,00 €/Jahr
Baustein 1: Gemeinsamer Großhandel und Einkaufspool mit speziellen Gruppenkonditionen	0,4 % des letztjährigen Jahresumsatzes
Baustein 2: Qualitätsmanagementsystem nach DIN ISO-Norm	0,4 % des letztjährigen Jahresumsatzes
Baustein 3 a: Marketinggrundpaket **ohne** regionales Marketing	0,5 % des letztjährigen Jahresumsatzes
Baustein 3 b: Marketinggrundpaket **mit** regionalem Marketing	1,3 % des letztjährigen Jahresumsatzes
Baustein 4: Innenarchitektur/Warenpräsentation	0,3 % des letztjährigen Jahresumsatzes

Anlage 3 Auszug aus der Vereinssatzung der „A+ Apotheken e. V.“

Vereinssatzung

A+ IHRE APOTHEKE MIT DEM SERVICEPLUS

§ 1 Name und Sitz

(1) Der Name des Vereins lautet „A+ Apotheken e. V.“.

(2) Sitz und Gerichtsstand ist Fulda.

§ 2 Zweck des Vereins

Der Zweck des Vereins ist die Förderung und Koordinierung von beruflichen, wirtschaftlichen und sonstigen gemeinsamen Interessen der Mitglieder. Er soll die freie, selbstständige und inhabergeführte Apotheke stärken und erhalten. Ziele sind insbesondere:

- die Förderung der Fortbildung der Inhaber und Mitarbeiter der Mitgliedsapotheken,
- die politische Interessensvertretung der selbstständigen, inhabergeführten Apotheke im Allgemeinen und der Mitgliedsapotheken im Besonderen,
- die Verbesserung der wirtschaftlichen Situation der Mitgliedsapotheken.

§ 3 Erwerb der Mitgliedschaft

(1) Die Mitgliedschaft im Verein kann auf schriftlichen Antrag jede voll geschäftsfähige, natürliche Person erwerben, die Inhaber einer Apotheke und gewillt ist, den Vereinszweck zu fördern.

(2) Vetoverfahren

Liegt eine Apotheke des beitrittswilligen Bewerbers in einer entstehenden Region, dann hat jedes Vorstandsmitglied und jedes Mitglied, das in dieser Region seine Hauptapotheke betreibt, ein Vetorecht bei der Neuaufnahme.

§ 4 Rechte und Pflichten der Mitglieder

Jedes Mitglied verpflichtet sich zu einer Beitragszahlung (Grundbeitrag + Modulbeiträge) in jedem Kalenderjahr. Näheres regelt die Beitragsordnung.

§ 5 Beendigung der Mitgliedschaft

(1) Die Mitgliedschaft endet durch freiwilligen Austritt, Ausschluss oder Tod.

(2) Der Austritt erfolgt durch schriftliche Erklärung gegenüber dem Vorstand. Hierbei ist eine dreimonatige Kündigungsfrist zum Quartalsende einzuhalten. Einvernehmlich kann eine kürzere Frist vereinbart werden.

(3) Ein Mitglied kann jederzeit mit sofortiger Wirkung aus dem Verein ausgeschlossen werden, wenn es gegen die Interessen des Vereins verstößt oder ein sonstiger wichtiger Grund vorliegt, der die Fortsetzung des Mitgliedschaftsverhältnisses für den Verein unzumutbar macht.

Lösungsvorschlag

1 **TIPP** *Angebotsvergleich*

Für diesen Angebotsvergleich sind Rabatte, Skonti und die Bezugskosten heranzuziehen. Außerdem ist beim Angebotsvergleich darauf zu achten, dass nur drei Schreibtische angeschafft werden müssen, d. h., dass beim Angebot 1 kein Rabatt gewährt werden kann. Ferner geht man davon aus, dass die Rechnung auf jeden Fall unter Abzug von Skonto bezahlt wird.

	Bürowelt 2000 OHG	**Creativ Design GmbH**
Listenpreis	2.190,00 €	2.370,00 €
./. Rabatt	–	237,00 €
= Zieleinkaufspreis	2.190,00 €	2.133,00 €
./. Skonto	65,70 €	63,99 €
= Bareinkaufspreis	2.124,30 €	2.069,01 €
+ Bezugskosten	–	60,00 €
= Anschaffungspreis	2.124,30 €	2.129,01 €

Der Angebotsvergleich zeigt, dass der Anschaffungspreis für die drei Schreibtische der Bürowelt 2000 OHG etwas unter dem der Creativ Design GmbH liegt. Würde man also nur den Anschaffungspreis zugrunde legen, so müsste man sich für das Angebot 1 entscheiden.
Unter Einbeziehung aller weiteren Angaben zu diesem Angebot ist es jedoch sinnvoll, sich für das Angebot der Creativ Design GmbH zu entscheiden.

Argumente:
Zum Beispiel:

- Bei der Firma Creativ Design GmbH kann der Liefertermin so bestimmt werden, dass die Schreibtische erst dann geliefert werden, wenn die Räume fertig sind. Eine Einlagerung bei einer vorzeitigen Lieferung entfällt somit. Auch die Lieferzeit von acht Wochen spielt bei rechtzeitiger Annahme des Angebots noch im Juli 2011 keine Rolle.
- Herr Krämer muss sich bei Lieferung durch die Creativ Design GmbH nicht um den Aufbau kümmern, denn die Schreibtische werden bei Bedarf kostenfrei montiert. Dieser zusätzliche Service alleine dürfte den direkten monetären Nachteil in Höhe von 4,71 € deutlich überkompensieren.

2 **TIPP** *Erarbeitung eines Tourenplans*

Um einen rationellen Personaleinsatz für die Auslieferungen zu gewährleisten, muss überlegt werden, für welche Mitarbeiterin die Tour den geringsten Aufwand bedeutet und wer den geringsten Stundenlohn bezieht. Diejenige, die die Zustellung übernehmen soll, sollte zum entsprechenden Zeitpunkt Dienst haben und gleichzeitig in der Apotheke abkömmlich sein. Die drei Anrufe sind am Freitag, den 8. 7. 2011 eingegangen.

Vorgaben:

Frau Müller benötigt das Medikament sofort, d. h. nach ihrem Anruf, also ab 10:00 Uhr. Die Arztpraxis benötigt die Lieferung bis spätestens 16:00 Uhr. Herr Krusch kann erst ab 13:00 Uhr und bis spätestens 15:00 Uhr beliefert werden.

Unter Berücksichtigung der Arbeitszeiten und der Gehälter der jeweiligen Angestellten in der Apotheke verbleibt für die Auslieferung der Medikamente nur die Auszubildende Ayshe Candemir. Sie hat Dienst, Zeit und verursacht die geringsten Kosten (Gehalt). Auf die erfahrenen Angestellten kann die Apotheke nicht so leicht verzichten, da auch die Anwesenheitspflicht zu beachten ist.

Damit ergibt sich folgender sinnvoller Tourenplan:

Da die Mutter mit dem kranken Kind das Medikament unverzüglich benötigt, wird sie auch sofort beliefert. Weil der Fußweg nur 10 Minuten beträgt, wäre Ayshe Candemir nach etwa 25 Minuten wieder in der Apotheke zurück.

Die Arztpraxis und das Haus von Herrn Krusch liegen nebeneinander, also werden sie zusammen beliefert. Die Lieferung kann aber erst ab 13:00 Uhr erfolgen, da das Medikament erst um 13:00 Uhr in der Apotheke eintrifft. Weil Ayshe Candemir erst um 14:00 Uhr aus der Mittagspause zurück ist, sollte man bis 14:00 Uhr mit der Auslieferung warten. Ayshe muss aber dann rechtzeitig losgehen, um bis spätestens 15:00 Uhr bei Herrn Krusch und anschließend in der Arztpraxis zu sein.

3.1 **TIPP** *Vergleich der Finanzierungsmöglichkeiten*

Um die unterschiedlichen Finanzierungsmöglichkeiten für das Lieferfahrzeug vergleichen zu können, sollte man sich über einige wichtige Fragen Gedanken machen.

Zum Beispiel:
- Wie hoch ist die Anzahlung bzw. eine Sonderzahlung?
- Wie hoch ist die monatliche Belastung über den gesamten Nutzungszeitraum hinweg (Leasingrate bzw. monatliche Rate)?
- Welche Möglichkeiten bieten sich am Ende der Laufzeit?
- Fallen zusätzliche Kosten (z. B. Versicherungen) an?

Vergleich der beiden Finanzierungsmöglichkeiten:
Zum Beispiel:
- Die einmalige Leasing-Sonderzahlung bei Angebot 1 entspricht in der Höhe auch der Anzahlung beim Angebot 2, nämlich 2.132,00 €.
- Die monatliche Belastung über den ganzen Nutzungszeitraum gesehen beträgt beim 1. Angebot 121,34 € (Leasingrate + Versicherung) und beim 2. Angebot 118,64 € (ohne Versicherungsprämien), d. h., die Belastung ist doch etwas unterschiedlich.
- Am Ende der Vertragslaufzeit kann man beim Leasingangebot das Fahrzeug nur zurückgeben. Die Plus3-Finanzierung bietet zum Ende der Laufzeit zwei Alternativen an. Man kann das Fahrzeug behalten oder es eigenständig verkaufen.

Herr Krämer sollte sich für das Leasingangebot entscheiden.
Zum Beispiel:
- Beim Leasingangebot kann er das Fahrzeug einfach zurückgeben, d. h., er braucht sich – wie er es wünscht – um nichts zu kümmern. Die beiden Alternativen beim Angebot 2 bringen Herrn Krämer vermutlich nur Nachteile. Er möchte für den Verkauf des Wagens keine Zeit investieren und er trägt sowohl beim Verkauf als auch beim Behalten des Fahrzeugs das Risiko, dass der Gebrauchtwagenpreis nach drei Jahren (geschätzt zwischen 4.000,00 € und 5.000,00 €) niedriger ist als die Schlussrate in Höhe von 4.837,31 €, die es zu finanzieren gilt.
- Die monatliche Belastung bei der Finanzierung (Angebot 2) ist höher, weil noch die Versicherungsbeiträge hinzukommen. Beim Leasingangebot bleiben diese Versicherungsbeiträge auch im Schadensfall konstant.

3.2 Zum Beispiel:
- Die Kunden der Schloss-Apotheke könnten auf direktem Weg auf diesen Service aufmerksam gemacht werden, indem die Rechnungen und Kassenbelege mit einem Hinweis versehen werden.
- Das Lieferfahrzeug der Schloss-Apotheke könnte mit dem Namen der Apotheke und einem Hinweis auf den Lieferservice versehen werden. Diese Maßnahme würde nicht nur bestehende, sondern auch potenzielle Kunden ansprechen.
- In einer Zeitungsanzeige könnte auf diesen speziellen Service hingewiesen werden.
- In der Apotheke könnten Flyer aufgelegt werden bzw. könnten Beilagenblätter in die in der Apotheke kostenlos erhältlichen Zeitschriften eingelegt werden.

4.1 **TIPP** *Auswahl der Bausteine*

Um eine Aussage treffen zu können, ist es vernünftig, die einzelnen Bausteine in einer Gebührenübersicht zusammenzustellen. Dabei sollen die absoluten Kosten der einzelnen Bausteine ermittelt werden, um dann eine Auswahl zu treffen, welche Bausteine für Herrn Krämer infrage kommen. Bei der Auswahl der Bausteine ist zu beachten, dass das Budget von 25.000,00 € nicht überschritten wird.
Als Berechnungsgrundlage wird der letztjährige Jahresumsatz in Höhe von 1.406.000,00 € (siehe Unternehmensbeschreibung) verwendet

Bausteine	Kosten in % des Jahresumsatzes	absolute Kosten	empfohlene Auswahl z. B.
Einkauf	0,4 %	5.624,00 €	
QMS	0,4 %	5.624,00 €	5.624,00 €
Marketinggrundpaket	0,5 %	7.030,00 €	
Marketinggrundpaket und regionales Marketing	1,3 %	18.278,00 €	18.278,00 €
Innenarchitektur / Warenpräsentation	0,3 %	4.218,00 €	
Grundgebühr		500,00 €	500,00 €
Gesamtbetrag		41.274,00 €	24.402,00 €

Begründung der Auswahl:
Bei der Auswahl der Bausteine kann man sicherlich auf das Modul Einkauf verzichten, weil Herr Krämer erst vor Kurzem gute Verträge mit der ANZIG-Arzneigroßhandels AG abgeschlossen hat.
Die höchste Priorität nehmen jedoch die Module Qualitätsmanagement und Regionalmarketing ein. Herr Krämer hat im Gespräch eingestanden, dass er im Bereich Qualitätsmanagement selbst nicht die fachliche Kompetenz habe und in Zukunft sowieso viel Geld für einen kompetenten Berater ausgeben müsse. Das Regionalmarketing ist deshalb so wichtig für Herrn Krämer, da in seiner unmittelbaren Nähe eine weitere Apotheke neu eröffnet hat. Da das regionale Marketing an das Marketinggrundkonzept gekoppelt ist, muss das Gesamtpaket gewählt werden.
Die drei Bausteine ergeben zusammen mit der Grundgebühr, die in jedem Fall zu entrichten ist, eine Summe von 24.402,00 €, sodass das Kontingent von 25.000,00 € beinahe erschöpft ist.
Zwar wären auch eine vernünftige Warenpräsentation und die Gestaltung der Verkaufsräume wichtig für die Kundengewinnung, aber dieser Baustein ist als nachrangig gegenüber Qualitätsmanagement und Regionalmarketing einzustufen, da das vorgegebene Budget dadurch weit überschritten werden würde und man in diesem Bereich eventuell auf günstigere Alternativen zurückgreifen könnte.

4.2 Zum Beispiel:
Rechtliche Selbstständigkeit:
Im Verein A+ Apotheken e. V. kann eine Mitgliedschaft nur von voll geschäftsfähigen natürlichen Personen erworben werden, d. h., nur Herr Krämer als Inhaber der Apotheke kann Mitglied werden, dadurch bleibt die rechtliche Selbstständigkeit des Unternehmens unberührt.

Wirtschaftliche Selbstständigkeit:
Sie wird teilweise beeinträchtigt. So müssen Mitgliedsbeiträge und Gebühren für die einzelnen Bausteine bezahlt werden. Hat sich der Inhaber der Schloss-Apotheke, Herr Krämer, erst einmal für die Teilnahme an Bausteinen entschieden, so ist er nicht mehr völlig frei von Einkaufs-, Marketing- oder Qualitätsentscheidungen der Zentrale des A+ Apotheken e. V.
Im Bereich des Regionalmarketings besteht zusätzlich die Gefahr, dass es zu einer Verwechslung mit dem Wettbewerber (Medicum-Apotheke) kommen kann, wenn diese andere Apotheke in unmittelbarer Nähe ebenfalls dem Verbund beitritt und mit dem gleichen Marketingkonzept auftritt. Dem steht aber das Vetorecht gegen einen Beitritt von unliebsamen Wettbewerbern entgegen, von dem Herr Krämer Gebrauch machen könnte. Falls die Konkurrenzapotheke noch vor Herrn Krämer bereits die Mitgliedschaft angestrebt hat, könnte sie seine Mitgliedschaft ablehnen.

Übungsaufgabe 2

Schwerpunkt Betriebswirtschaft

Die Übungsaufgabe 3 stammt aus der offiziellen Abschlussprüfung Betriebswirtschaft aus dem Jahr 2015 (Fallaufgabe 2).

Unternehmensbeschreibung

Firma	Abfallwirtschaftsgesellschaft mbH Kurzform: AWG mbH
Gegenstand des Unternehmens:	Leerung der Restmüll-, Bio- und Papiertonnen sowie sachgerechte Entsorgung von Elektro-Altgeräten und Sperrmüll in Ostbayern
Anschrift:	Gerhard-Neumüller-Weg 1 94532 Außernzell
Kontaktdaten:	Telefon: +49 9903 920-0 Internet: http://www.awg.de E-Mail: info@awg.de Jeder Mitarbeiter ist unter vorname.nachname@awg.de direkt erreichbar.
Bankverbindung:	Sparkasse Deggendorf IBAN: DE51 7415 0000 0380 0028 08 BIC: BYLADEM1DEG

Informationen über die angestellten Fachkräfte für Abfallwirtschaft:		Vollzeitkräfte	Teilzeitkräfte
	Anzahl	24	8
	Arbeitstage*	250	250
	Arbeitszeit	7,5 Std. /Arbeitstag	4,5 Std. /Arbeitstag
	Urlaubsanspruch je Fachkraft	30 Tage	30 Tage
	durchschnittlicher Krankenstand je Fachkraft	15 Tage	10 Tage
	Entlohnung	nach TVöD	nach TVöD
	*ohne Berücksichtigung der Urlaubstage und der Krankheitstage		

Sie arbeiten bei der AWG mbH und verfügen über eine Artvollmacht.

[Die folgenden Aufgaben beziehen sich auf das Geschäftsjahr 2015.]

Aufgabe 1

Sie arbeiten in der Auftragsabwicklung der AWG mbH. Auf Grundlage der Abholscheine für Abfälle aus privaten Haushalten und der Preisliste für Abfälle aus privaten Haushalten erstellen Sie Rechnungen. Heute [26. 06. 2015] bearbeiten Sie unter anderem den Abholschein der Kundin Gisela Müller (siehe Anlage 1 und 2).

Vervollständigen Sie das Rechnungsformular für Frau Müller. Verwenden Sie hierfür Vorlage 1.

Aufgabe 2

Sie unterstützen die Leiterin der Personalabteilung, Ute Köhler. Sie gibt Ihnen folgende Informationen:
„Wir müssen den Mitarbeiterbestand der Fachkräfte für Abfallwirtschaft in den Blick nehmen. Die Überstunden steigen und steigen, weil wir von immer mehr Haushalten den Müll entsorgen. Pro Quartal leisten unsere Fachkräfte mittlerweile 1.545 Überstunden. Diese sollen um 90 % abgebaut werden. Die Geschäftsleitung hat uns grünes Licht für neue Einstellungen gegeben."

2.1 Berechnen Sie nachvollziehbar, auf eine Dezimalstelle gerundet, den notwendigen Personalbedarf und begründen Sie, wie viele Mitarbeiter eingestellt werden sollten.

Mit dem Ergebnis Ihrer Berechnungen gehen Sie zu Frau Köhler.

UTE KÖHLER: „Vielen Dank. Damit sind wir schon ein großes Stück weiter. Jetzt müssen wir zeitig handeln, sodass wir unser Team ab 01. 08. 2015 verstärken können. Am schlimmsten ist die Situation in Passau. Hier fallen die meisten Überstunden an."

SIE: „Also brauchen wir dort dringend eine Vollzeitkraft?"

UTE KÖHLER: „Auf jeden Fall. Es fehlt jemand, der schwerpunktmäßig die Maschinen und Anlagen selbstständig und verantwortungsvoll betreut. Für diese Stelle müssen wir schnellstmöglich eine Anzeige schalten."

SIE: „Haben die Kollegen eigentlich die gleichen Arbeitszeiten wie wir im Büro?"

UTE KÖHLER: „Von der Anzahl der Stunden, ja. Sie arbeiten aber im Zweischichtbetrieb, d. h. die Kollegen fangen je nach Schicht entweder um 06:00 Uhr oder um 14:00 Uhr an. Können Sie mir einen Gefallen tun? Entwerfen Sie eine Stellenanzeige, auf die sich geeignete Personen melden. Die Bewerber müssen wissen, was sie erwartet."

SIE: „Ja, klar. Bis wann brauchen Sie die Bewerbungen?"

UTE KÖHLER: „Setzen Sie einen realistischen Termin. Übrigens: Die Bewerbungen möchte ich per Mail."

2.2 Entwerfen Sie die gewünschte Stellenanzeige.

Aufgabe 3

Nachdem Sie Ihre Aufgaben in der Personalabteilung erledigt haben, kehren Sie zu Ihrem Arbeitsplatz zurück. Dort werden Sie mit folgendem Fall konfrontiert:

Am Mittwoch, 24. 06. 2015, hatte einer der Fahrer der AWG mbH den Auftrag, einen staubdichten Spezialcontainer bei der Huber GmbH vertragsgemäß abzuholen (siehe Anlage 3). Da das Gelände der Huber GmbH verschlossen und kein Mitarbeiter anwesend war, konnte der Container erst am Donnerstag, 25. 06. 2015, gegen Mittag abgeholt werden. Die Verzögerung ist ärgerlich, denn heute ist der Behälter bereits für einen anderen Kunden eingeplant. Trotz der Zeitnot ist es der AWG mbH gelungen, alle notwendigen Arbeiten zu erledigen und den Container an den anderen Kunden fristgerecht zu liefern.

Der Sachverhalt liegt nun auf Ihrem Schreibtisch und muss bearbeitet werden.

Formulieren Sie ab der Anrede ein Anschreiben an die Huber GmbH, in welchem Sie die Ansprüche aus der Vertragsverletzung geltend machen.

Aufgabe 4

Bisher wurden die Müllsammelfahrzeuge der AWG mbH stets durch Kredite finanziert und bei einer Agentur in Außernzell versichert. Die Geschäftsführung überlegt, ob Leasing eine Alternative wäre. Sie sollen die Entscheidung vorbereiten. Im Internet wirbt ein Hersteller von Müllsammelfahrzeugen wie folgt:

„Ein Fuhrpark bindet nicht nur Kapital, sondern kostet auch noch enorm viel Zeit und Geld. Wir bieten schnell verfügbare Fahrzeuge zu fairen Konditionen. Egal ob Kehrmaschine oder Müllsammelfahrzeug, ob für einen Tag, eine Woche oder länger. Wir bieten ganzheitliche Unterstützung an. Wir lassen z. B. alle Wartungsarbeiten in einer unserer Vertragswerkstätten durchführen. Sie müssen das Fahrzeug nur dort vorbeibringen. Während der Dauer der Wartungsarbeiten wird von uns ein Ersatzfahrzeug gestellt. Außerdem versichern wir das Fahrzeug für Sie mit unserem Rundum-Sorglos-Paket. Die gesamte Schadensabwicklung läuft über unsere Zentrale in Hamburg."

Leasing scheint laut der Werbeaussagen eine vielversprechende Alternative zu sein. Jedoch wollen Sie im Rahmen der Entscheidungsvorbereitung auch mögliche Risiken nicht außer Acht lassen.
Weiterhin haben Ihre Berechnungen ergeben, dass bei einer Finanzierung mit einer Laufzeit von drei Jahren Gesamtkosten in Höhe von 279.955,00 € für ein Müllsammelfahrzeug anfallen würden. Damit wäre das Fahrzeug vollständig bezahlt. Bei Abschluss eines Leasingvertrages mit gleicher Laufzeit würden für Anzahlung und Leasingraten 229.900,00 € anfallen.

Beschreiben Sie drei mögliche Nachteile für die AWG mbH, wenn sie die Fahrzeuge künftig least.

Anlage 1 **Abholschein für Abfälle aus privaten Haushalten**

AWG mbH
Gerhard-Neumüller-Weg 1
94532 Außernzell

AWG mbH

Abholschein für Abfälle aus privaten Haushalten

Abholadresse

Name, Vorname

Müller, Gisela

Anschrift

Griesbacher Straße 17, 94496 Ortenburg

Datum der Abholung

Dienstag, 23. 06. 2015

Abfallart	**Menge / Einheit**
Feuerlöscher	*4 Stück, Gewicht je 8 kg*
Flachglas ohne Rahmen	*110 kg*
Grasschnitt	*3 m³*
Äste	*5 m³*
Plastikflaschen, pfandfrei	*4 Säcke*
Styropor	*2 Säcke*
Teppiche	*3 Stück, Gesamtgewicht 15 kg*

Hiermit bestätige ich, dass es sich bei den Abfällen ausschließlich um Abfälle aus meinem privaten Haushalt handelt. Mir ist bekannt, dass ich als Abfallerzeuger der genannten Abfälle unmittelbar als Gebührenschuldner herangezogen werde und von der AWG mbH für die Entsorgung vorstehender Abfälle einen Gebührenbescheid erhalte.

23. 06. 2015 *Gisela Müller*

Datum, Unterschrift

Anlage 2 Preisliste für Abfälle aus privaten Haushalten

AWG mbH
Gerhard-Neumüller-Weg 1
94532 Außernzell

AWG mbH

Preisliste für Abfälle aus privaten Haushalten gültig ab 01. 02. 2015

Hinweise

Freimenge: Menge, die pro Haushalt und Anlieferung kostenlos angenommen wird

Abholgebühr: pauschale Gebühr in Höhe von 15,00 € brutto pro Abholung

Abfallart	Einheit	Bruttopreis je Einheit	Freimenge
Flachglas ohne Rahmen	20 kg	1,00 €	20 kg
Organische Abfälle			
holzige Grünabfälle, z. B. Äste, Zweige	m^3	3,00 €	
pflanzliche Abfälle, z. B. Laub	m^3	5,00 €	je 1 m^3
Grasschnitt, gehäckselte Grünabfälle	m^3	7,00 €	
Sperrmüll			
z. B. Möbel, Türen, Matratzen, Teppiche	kg	0,80 €	–
Holz, unbehandelt			
z. B. Obstkisten, Paletten	kg	1,55 €	20 kg
Styropor	Sack	4,00 €	–
Feuerlöscher			
unter 2 kg	Stück	5,00 €	–
groß ab 2 kg	Stück	10,00 €	–
Spraydosen mit schädlichem Restinhalt	Stück	0,50 €	3 Stück
Nicht brennbare Abfälle			
z. B. asbesthaltige Baustoffe, Glaswolle	kg	3,50 €	–

Nicht kostenpflichtige Abfallarten

Kunststoffverpackungen (z. B. Becher, Flaschen)
Metalle (z. B. Dosen, Metallschrott, Kabelreste)
Papier (z. B. Druckerzeugnisse, Kartonagen)
Batterien aller Art

Anlage 3 Vertrag für die Bereitstellung von Abfallcontainern

AWG mbH
Gerhard-Neumüller-Weg 1
94532 Außernzell

AWG mbH

Vertrag für die Bereitstellung von Abfallcontainern

Vertragsnummer	2015-5413
Auftraggeber	Huber GmbH Peter Huber Vorstadt 10 94486 Osterhofen
Container	staubdichter Spezialcontainer Kapazität: 7 m^3 Tagesmiete: 239,00 € netto Wir buchen die bis zum 24. 06. 2015 anfallende Miete am 19. 06. 2015 von Ihrem Konto bei der Raiffeisenbank Deggendorf-Plattling eG, IBAN: DE57 7416 0025 0000 4589 49 ab.
Abfallart	Bauschutt
Anlieferung	Freitag, 19. 06. 2015, 08:00 Uhr
Entfernung	18 km (einfach)
Abholung	Mittwoch, 24. 06. 2015, 17:00 Uhr Die AWG mbH holt den Container zum vereinbarten Zeitpunkt kostenlos bei Ihnen ab. Entstehen bei der Abholung des Containers aus Gründen, die Sie zu vertreten haben, für die AWG mbH weitere Kosten, so haben Sie diese zu tragen. Für eine erneute Anfahrt zur Abholung berechnen wir 5,00 € netto je gefahrenen Kilometer.

Außernzell, 05. 06. 2016

Ort, Datum des Vertragsabschlusses

Peter Huber

Unterschrift Kunde

i. A. Ursula Vogl

Unterschrift AWG mbH

Vorlage 1 Rechnung

AWG mbH
Gerhard-Neumüller-Weg 1
94532 Außernzell

AWG mbH

AWG mbH, Gerhard-Neumüller-Weg 1, 94532 Außernzell

Frau
Gisela Müller
Griesbacher Straße 17
94496 Ortenburg

Telefon:	+49 9903 920-0
Telefax:	+49 9903 920-950
E-Mail:	info@awg.de
USt-IdNr.:	DE811755060
Datum:	26. 06. 2015

Rechnungsnummer PA-891289312, Abholung am 23. 06. 2015

Auch nicht berechnete Leistungen werden aufgeführt.

Pos.	abgegebene Menge	berechnete Menge	Abfallart gemäß Preisliste	Einzelpreis brutto	Gesamtpreis brutto
1					
2					
3					
4					
5					
6					
7					
8					
		Bruttorechnungsbetrag			
		enthaltene Ust (19 %)			

Zahlungsbedingung:
14 Tage rein netto nach Rechnungsdatum

Bankverbindung:
Sparkasse Deggendorf
IBAN: DE51 7415 0000 0380 0028 08
BIC: BYLADEM1DEG

Amtsgericht Passau: HRB 1571
Geschäftsführerin: Renate Sommer

Lösungsvorschlag

1 **TIPP** *Vervollständigen des Rechnungsformulars*

Es handelt sich um große Feuerlöscher. Beim Flachglas ohne Rahmen gibt es eine Freimenge von 20 kg. Für jede angefangene 20-kg-Einheit wird 1,00 € berechnet. 90 kg sind fünf angefangene Einheiten. Beim Grasschnitt gibt es eine Freimenge von 1 m^3, bei den holzigen Grünabfällen (Ästen) ebenfalls. Die Plastikflaschen sind als Kunststoffverpackungen nicht kostenpflichtig. Die Teppiche fallen unter Sperrmüll. Es fällt eine Abholpauschale von 15,00 € an.

AWG mbH
Gerhard-Neumüller-Weg 1
94532 Außernzell

AWG mbH

AWG mbH, Gerhard-Neumüller-Weg 1, 94532 Außernzell

Frau
Gisela Müller
Griesbacher Straße 17
94496 Ortenburg

Telefon: +49 9903 920-0
Telefax: +49 9903 920-950
E-Mail: info@awg.de
USt-IdNr.: DE811755060
Datum: 26. 06. 2015

Rechnungsnummer PA-891289312, Abholung am 23. 06. 2015

Auch nicht berechnete Leistungen werden aufgeführt.

Pos.	abgegebene Menge	berechnete Menge	Abfallart gemäß Preisliste	Einzelpreis brutto	Gesamtpreis brutto
1	4 Stück	4 Stück	Feuerlöscher, groß	10,00 €	40,00 €
2	110 kg	90 kg	Flachglas ohne Rahmen	1,00 €	5,00 €
3	3 m^3	2 m^3	Grasschnitt	7,00 €	14,00 €
4	5 m^3	4 m^3	holzige Grünabfälle	3,00 €	12,00 €
5	4 Säcke	0 Säcke	Kunststoffverpackungen	0,00 €	0,00 €
6	2 Säcke	2 Säcke	Styropor	4,00 €	8,00 €
7	15 kg	15 kg	Sperrmüll	0,80 €	12,00 €
8		1	Abholpauschale	15,00 €	15,00 €
		Bruttorechnungsbetrag			106,00 €
		enthaltene USt (19 %)			16,92 €

Zahlungsbedingung: 14 Tage rein netto nach Rechnungsdatum

Bankverbindung:
Sparkasse Deggendorf
IBAN: DE51 7415 0000 0380 0028 08
BIC: BYLADEM1DEG

Amtsgericht Passau: HRB 1571
Geschäftsführerin: Renate Sommer

2.1 **TIPP** *Ermittlung des Personalbedarfs*

Zur Lösung dieser Aufgabe ist die vorangestellte Unternehmensbeschreibung heranzuziehen, die die Informationen über die angestellten Fachkräfte für Abfallwirtschaft enthält (Arbeitstage, Urlaubsanspruch, durchschnittlicher Krankenstand, tägliche Arbeitszeit). Man muss zuerst ausrechnen, wie viele Überstunden in der AWG mbH pro Jahr anfallen (der Überstundenabbau muss dabei berücksichtigt werden). Die abzudeckenden Überstunden müssen als nächstes durch die Anzahl der Arbeitsstunden je Mitarbeiter geteilt werden.

Berechnung der Überstunden je Jahr:
1.545 Stunden/Quartal · 4 Quartale = 6.180 Stunden

Berechnung der Überstunden, die pro Jahr abgedeckt werden müssen:
6.180 Stunden · 0,9 = 5.562 Stunden

Berechnung der Arbeitsleistung eines Mitarbeiters in Vollzeit:
(250 Tage – 30 Tage – 15 Tage) · 7,5 Stunden/Tag/Mitarbeiter
= 1.537,5 Stunden/Mitarbeiter

Berechnung des Personalbedarfs:
5.562 Stunden : 1.537,5 Stunden/Mitarbeiter = 3,6 Mitarbeiter

Begründung:
Es sollten auf jeden Fall drei Vollzeitkräfte eingestellt werden. Für eine vierte Vollzeitkraft ist nicht genügend Arbeit vorhanden. Stattdessen könnte man eine Teilzeitkraft einstellen.

2.2 **TIPP** *Entwerfen einer Stellenanzeige*

Die Stellenanzeige sollte Aussagen über folgende Punkte enthalten:
- das Unternehmen (Name, Standort)
- die freie Stelle (Voraussetzungen, Aufgabenbeschreibung)
- die Anforderungsmerkmale (evtl. Ausbildung und Berufserfahrung, Fähigkeiten)
- die Leistungen (Bezahlung, Urlaubstage)
- die Bewerbungsunterlagen
- Art der Bewerbung und Ansprechpartner

Zum Beispiel:

Die AWG mbH in Außernzell (Landkreis Deggendorf) sucht zum 01. 08. 2015 eine Fachkraft für Abfallwirtschaft (m/w) mit abgeschlossener Berufsausbildung in Vollzeit (37,5 Stunden) für den Standort Passau.

Ihre Aufgabe:
Sie betreuen schwerpunktmäßig die Maschinen und Anlagen der Abfallverwertung im Zweischichtbetrieb (Schichtbeginn 06:00 Uhr bzw. 14:00 Uhr).

Sie bringen mit:

- Verantwortungsbewusstsein
- Technisches Verständnis
- Flexibilität
- Selbstständige Arbeitsweise

Wir bieten:

- Entlohnung nach TVöD
- 30 Tage Urlaub

Ihre aussagekräftige Bewerbung senden Sie bitte bis zum 15. 07. 2015 per Mail an Frau Ute Köhler: ute.koehler@awg.de.

3 **TIPP** *Inhalte des Anschreibens*

Das Schreiben an Herrn Huber sollte folgende Inhaltspunkte aufweisen:

- Anrede
- Hinweis auf den Vertrag
- Vertragsverletzung (kurze Schilderung des Vorfalls)
- Ansprüche aus der Vertragsverletzung (genaue Aufstellung der Kosten)
- Hinweis, wie der Schaden beglichen werden soll
- Grußformel

Die Beträge für die Berechnung der Fahrtkosten und der Mietpauschale sind dem Vertrag für die Bereitstellung von Abfallcontainern zu entnehmen.

Sehr geehrter Herr Huber,

unter der Vertragsnummer 2015-5413 vom 05. 06. 2015 haben wir die Bereitstellung und die Abholung eines staubdichten Containers vereinbart. Unser Fahrer stand zum vereinbarten Termin am 24. 06. 2015 um 17:00 Uhr vor dem verschlossenen Betriebsgelände und konnte den Container daher erst am 25. 06. 2015 nach einer Extrafahrt abholen.

Da Sie sich nicht an die Vereinbarung gehalten haben, sind uns Kosten entstanden, die Sie zu tragen haben und die wir Ihnen hiermit gemäß vertraglicher Vereinbarung in Rechnung stellen:

Erneute Anfahrt zur Abholung am 25. 06. 2015 (36 km · 5,00 €/km)	180,00 €
Tagesmiete für den Container am 25. 06. 2015	239,00 €
+ 19 % USt	79,61 €
Gesamtforderung	**498,61 €**

Bitte überweisen Sie den oben genannten Betrag bis zum 03. 07. 2015 auf unser Girokonto bei der Sparkasse Deggendorf, IBAN: DE51 7415 0000 0380 0028 08.

Mit freundlichen Grüßen

AWG mbH

i. A.

4 Zum Beispiel:

- Das geleaste Fahrzeug würde zwar vom Hersteller gewartet werden, jedoch sucht dieser die Vertragswerkstatt aus. Da unbekannt ist, wo sich die nächste Werkstatt befindet und wir das Fahrzeug dort vorbeibringen müssen, kann ein hoher Zeit- und Kostenaufwand entstehen.
- Bei einer Laufzeit von drei Jahren ist die Finanzierung durch Leasing mit einer Belastung von 229.900,00 € zwar billiger als die Kreditfinanzierung, für die Gesamtkosten in Höhe von 279.955,00 € anfallen, allerdings muss man auch berücksichtigen, dass man bei Leasing kein Eigentum erwirbt und dadurch nur für die bloße Nutzung des Müllsammelfahrzeugs ein sehr hoher Betrag zu zahlen ist.
- Das Fahrzeug wäre zwar über den Leasinggeber versichert, doch die Schadensabwicklung läuft über die Zentrale in Hamburg. Die räumliche Distanz zum Sitz der AWG mbH in Außernzell erschwert ggf. eine Schadensabwicklung.
- Für die Dauer einer eventuell anfallenden Schadensabwicklung wird ein Ersatzfahrzeug zur Verfügung gestellt. Man weiß aber nicht, ob dieses Ersatzfahrzeug die gleichen Einsatzmöglichkeiten bietet wie das geleaste Müllsammelfahrzeug.
- Wenn man das geleaste Fahrzeug nach drei Jahren weiter nutzen möchte, muss man einen neuen Leasingvertrag abschließen oder man könnte das Fahrzeug auch zum Restwert kaufen. In beiden Fällen entstehen zusätzliche Kosten, die höher sein dürften als die Differenz zwischen der Kreditfinanzierung und dem Leasingangebot.

Übungsaufgabe 3
Schwerpunkt Betriebswirtschaft

Die Übungsaufgabe 4 stammt aus der offiziellen Abschlussprüfung Betriebswirtschaft aus dem Jahr 2016 (Fallaufgabe 1).

Unternehmensbeschreibung

Möbel Koller GmbH, Trosdorfer Hauptstraße 90, 96120 Bischberg

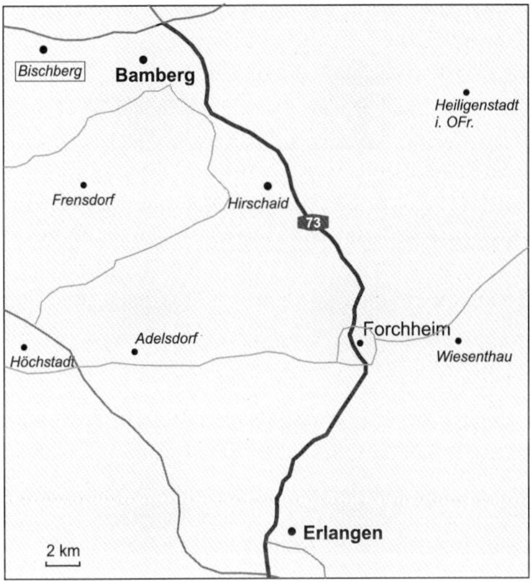

Weitere Informationen über das Unternehmen

Das Sortiment des Möbelhauses umfasst hauptsächlich rustikale Massivholzmöbel sowie hochwertige Wohnzimmermöbel im bayerischen Landhausstil. Zusätzlich runden Wohnzubehör, Textilwaren, Teppiche und Leuchten das Sortiment ab.

Neben dem ökonomischen Erfolg ist dem Unternehmen auch regionales Engagement sehr wichtig.

In den Jahren 2014 und 2015 wurde die Möbel Koller GmbH Testsieger aus über 40 getesteten Möbelhäusern in ganz Bayern. Für dieses Ergebnis waren vor allem ihre Beratungs- und Servicequalität, ihre Kundenorientierung sowie ihre gewährte Kundenkulanz ausschlaggebend.

Öffnungszeiten des Möbelhauses

Montag bis Freitag von 10:00 Uhr bis 20:00 Uhr und Samstag von 09:00 Uhr bis 20:00 Uhr

Sie arbeiten bei der Möbel Koller GmbH.

[Die folgenden Aufgaben beziehen sich auf das Geschäftsjahr 2016.]

Aufgabe 1

Gestern Abend wurden große Teile des Möbellagers der Möbel Koller GmbH durch einen massiven Wassereinbruch beschädigt. Ein Mitarbeiter hatte versehentlich die Sprinkleranlage ausgelöst.
Im Möbellager werden Einrichtungsgegenstände aufbewahrt, die an Kunden ausgeliefert werden sollen. Zudem lagern dort Teppiche, Textilwaren und Leuchten.

Der Geschäftsführer, Herr Koller, spricht Sie [am Freitag, 01. 07. 2016] an:

HERR KOLLER: „Es ist ärgerlich, alles ist beschädigt. Wir müssen die schadhaften Waren in einer Sonderaktion ab nächsten Montag verkaufen, natürlich ohne Umtauschmöglichkeit."
SIE: „Wann muss denn der Sonderverkauf abgeschlossen sein?"
HERR KOLLER: „Am Montag, 18. 07. 2016, sollen die Renovierungsarbeiten im Lager beginnen. Es wäre gut, wenn sich zu diesem Termin möglichst wenig Ware im Lager befinden würde. Deswegen muss unbedingt noch morgen ein Flyer mit der Tageszeitung verteilt werden. Unsere Werbeagentur kümmert sich um das Layout. Ich bitte Sie, die Inhalte des Flyers festzulegen."
SIE: „Gerne. Soll ich etwas Besonderes beachten?"
HERR KOLLER: „Wir dürfen mit dem Sonderverkauf keinen Verlust erwirtschaften. Zu Ihrer Information: Unser maximaler Gewinnzuschlag beträgt 100 %. Skonto gibt es bei einer solchen Aktion nicht."

Legen Sie sieben wesentliche, konkrete Inhalte für den Werbeflyer stichpunktartig fest.

Aufgabe 2

Der Kunde Dietmar Jobst bestellte am 12. 03. 2016 ein hochwertiges Sofa (siehe Anlage 1). Dieses Sofa wurde heute Morgen [am Freitag, 01. 07. 2016] an den Kunden ausgeliefert.
Herr Jobst stellte nach der Lieferung fest, dass das Sofa leicht beschädigt ist. Der Lederbezug weist Wasserflecken auf. Das Sofa ist jedoch trotzdem nutzbar. Der Kunde reklamierte telefonisch bei Ihnen.
Ihre Nachfrage beim Hersteller ergab, dass eine Lieferung dieses Sofamodells erst wieder ab Mitte September 2016 möglich ist.
Nun gilt es, mit dem Kunden Kontakt aufzunehmen, ihn über den aktuellen Sachstand zu informieren und die richtigen Worte zu finden.

2.1 Prüfen Sie zunächst, ob ein Kaufvertrag zustande gekommen ist und welche Verpflichtungen sich für die Möbel Koller GmbH hieraus ergeben.
Überprüfen Sie zudem, ob die Möbel Koller GmbH diesen Verpflichtungen nachgekommen ist und welchen Verpflichtungen sie gegebenenfalls noch nachkommen muss.

2.2 Entscheiden und begründen Sie, wie Sie mit dem Kunden Kontakt aufnehmen. Unterbreiten Sie dem Kunden drei begründete kulante Vorschläge, die sowohl für die Möbel Koller GmbH als auch für Dietmar Jobst akzeptabel sein können.

Aufgabe 3

Die Möbel Koller GmbH bildet jedes Jahr Auszubildende zur Einzelhandelskauffrau bzw. zum Einzelhandelskaufmann aus. Herr Koller wendet sich an Sie: „Ich habe drei interessante Bewerbungen vorliegen und daher entschieden, zum 01. 09. 2016 einen weiteren Ausbildungsplatz anzubieten. Meine Sekretärin hat eine Zusammenfassung der Bewerbungen erstellt. Ihre Meinung dazu interessiert mich."

Simon Müller, *geb. 10. 02. 1999,* *wohnt in Bischberg*	*Marion Berber,* *geb. 15. 03. 2000,* *wohnt in Hirschaid*	*Anna Moser,* *geb. 19. 10. 1997,* *wohnt in Erlangen*
hat seinen mittleren Bildungsabschluss 2015 an der Realschule (Schwerpunkt im sozialen Bereich) erworben, Notendurchschnitt 2,5 Trainer einer Kindermannschaft (Basketball) Mutter arbeitet in unserer Textilwarenabteilung besitzt Fahrerlaubnis (begleitetes Fahren) hat Rhetorikseminare besucht	hat ihren qualifizierenden Abschluss der Mittelschule 2015 erworben, Notendurchschnitt 2,5 hat das Berufsgrundschuljahr Holztechnik an der Berufsschule besucht, Notendurchschnitt 1,5 war lange als Mitglied in der Schülermitverantwortung aktiv	wechselte nach der 9. Klasse von der Realschule an die zweistufige Wirtschaftsschule, macht 2016 ihren Abschluss, Notendurchschnitt derzeit 2,5 Teilnahme am Schüleraustausch (USA) sechswöchiger Aufenthalt in Italien mit Besuch eines Sprachkurses arbeitet seit zwei Jahren am Wochenende in einem Café als Servicekraft

Stellen Sie für jede Bewerberin/jeden Bewerber anhand von zwei Kriterien heraus, was für sie/ihn spricht und welcher Nutzen sich daraus für die Möbel Koller GmbH jeweils ergibt.

Aufgabe 4

Der Geschäftsführer, Herr Koller, überlegt schon seit längerer Zeit, den Möbelkauf für Kunden attraktiver zu gestalten. Er will daher auf einer Fläche von 300 m^2 ein Kundenrestaurant einrichten. Neben einem positiveren Einkaufserlebnis für die Kunden möchte Herr Koller, dass die mit dem Restaurantbetrieb erzielten Erträge mögliche Aufwendungen um 50.000,00 € pro Jahr übersteigen. Herr Koller ist im Internet auf das Unternehmen „Chez Pierre“ gestoßen (siehe Anlage 2) und möchte von Ihnen wissen, ob er mit „Chez Pierre“ in Kontakt treten soll.

Nehmen Sie anhand von drei Argumenten begründet Stellung, ob Ihnen eine Kontaktaufnahme sinnvoll erscheint.

Aufgabe 5

Ihnen liegt der Rechnungsabschluss des derzeit einzigen Geschäftskontos der Möbel Koller GmbH (siehe Anlage 3) vor. Am Service der Bank gibt es nichts auszusetzen, allerdings stören Sie sich an den hohen Gebühren. Nach Rücksprache mit Herrn Koller erwägt dieser, die Bank zu wechseln. Er bittet Sie, ein alternatives Angebot einzuholen und dieses zu bewerten. Im Internet stoßen Sie auf die Alta-Direktbank aus Erlangen. Diese wirbt auf ihrer Homepage damit, als Testsieger der Umfrage „Direktbanken 2016“ hervorgegangen zu sein. Besonders betont wird der gute Service durch freundliche und kompetente Hotline-Mitarbeiter. Weiterhin werden die geringen Gebühren hervorgehoben, die durch den Verzicht auf ein Filialnetz möglich sind. Sie drucken sich das Preis- und Leistungsverzeichnis der Alta-Direktbank (siehe Anlage 4) aus. Auf Basis des Rechnungsabschlusses (siehe Anlage 3) rechnen Sie nach, ob die Konditionen der Alta-Direktbank günstiger wären und bereiten die Entscheidung für Herrn Koller vor.

Geben Sie unter Beachtung der Gebühren und eines weiteren Kriteriums eine begründete Entscheidungsempfehlung.

Anlage 1 **Auftragsbestätigung**

Möbel Koller GmbH

Ihr Einrichtungsspezialist

Möbel Koller GmbH, Trosdorfer Hauptstraße 90, 96120 Bischberg

Herrn
Dietmar Jobst
Sigismundstraße 68
96114 Hirschaid

Trosdorfer Hauptstraße 90 * 96120 Bischberg
Telefon: +49 951 1651-10
Telefax: +49 951 1651-11
E-Mail: kontakt@koller.de
USt-IdNr.: DE526401233

Auftragsbestätigung D-34529234-053 vom 12. 03. 2016

Position	*Menge*	*Artikelbezeichnung*	*Einzelpreis*	*Gesamtpreis*
1	1	Fatona Sofa „König Ludwig" Nappaleder, schwarz	5.600,00 €	5.600,00 €
		Nettobetrag		5.600,00 €
		+ 19,0 % Umsatzsteuer		1.064,00 €
		Bruttobetrag		**6.664,00 €**

12.03.2016
Anzahlung in Höhe von 2.500,00 € erhalten

23.06.2016
Herr Jobst hat angerufen. Er ist ungeduldig. Die Rückfrage beim Hersteller hat ergeben, dass das Sofa am 29.06.2016 an uns geliefert wird. Dies wurde dem Kunden mitgeteilt und eine Lieferung für den 01.07.2016 vereinbart.

30.06.2016
Restzahlung in Höhe von 4.164,00 € ist eingegangen.

Lieferung: frei Haus, Liefertermin voraussichtlich Ende Juni 2016
Zahlung: Anzahlung von 2.500,00 € bei Abschluss des Kaufvertrages
Zahlung des Restbetrages vor Lieferung

Bankverbindung:
Bank von Oberfranken
IBAN: DE80 7733 0971 0072 5430 66
BIC: BOFRDEBTXXX

Amtsgericht Bamberg:
HRB 93782

Anlage 2 Profil Chez Pierre

Chez Pierre – Feines aus Frankreich

Chez Pierre, ein kleines Stück Paris inmitten Ihres Unternehmens

Chez Pierre ist Bistro und Café in einem. Die Einrichtung ist modern und typisch französisch. Und natürlich darf auch die entsprechende Musik nicht fehlen, egal ob dezente französische Musik im Hintergrund ertönt oder der Stehgeiger Sie mit seiner Livemusik verzaubert!

Chez Pierre ist offen

Chez Pierre versteckt sich nicht in der Küche. Unsere Speisen werden in einer offenen Küche vor den Augen unserer Gäste vor- und zubereitet. Dabei verwenden wir nur hochwertige Zutaten, die – soweit wie möglich – aus der Region stammen. Und bei Crêpes und Flammkuchen bleiben keine kulinarischen Wünsche mehr offen!

Chez Pierre ist flexibel und fair

Chez Pierre passt sich Ihren individuellen Raumgegebenheiten an. So benötigen wir z. B. eine Geschäftsfläche von ca. 40 m^2 für einen einfachen To-go-Counter bis hin zu 350 m^2 für einen kompletten Bistro-Betrieb. Auch die von uns gezahlte monatliche Pacht von 16,50 € pro m^2 wird Sie überzeugen.

Anlage 3 Rechnungsabschluss Geschäftskonto

Bank von Oberfranken

Schulstraße 55, 96120 Bischberg
BIC: BOFRDEBTXXX
IBAN: DE80 7733 0971 0072 5430 66
Rechnungsabschluss vom 01. 07. 2016

Bank von Oberfranken, Schulstraße 55, 96120 Bischberg

Möbel Koller GmbH
Trosdorfer Hauptstraße 90
96120 Bischberg

Bu.-Tag	Wert	Vorgang		Betrag
30. 06.	30. 06.	Rechnungsabschluss vom 01. 04. 2016 bis 30. 06. 2016		276,97 €
		Grundgebühr für drei Monate:	30,00 €	
		730 Buchungsposten (beleglos):	146,00 €	
		12 Buchungsposten (beleghaft):	6,00 €	
		34 Bareinzahlungen am Schalter:	85,00 €	
		Zinsen (Kreditbetrag: 34.192,10 € für 1 Zinstag):	9,97 €	

Anlage 4 Preis-/Leistungsverhältnis Alta-Direktbank

Preis- und Leistungsverzeichnis der Alta-Direktbank

Kontoführungsgebühren für Geschäftskunden

Grundgebühr	1,00 €/Monat
Anzahl freier Buchungsposten (nur beleglose Posten)	15 Buchungsposten/Monat
Buchungsposten (beleglos)	0,10 €/Buchungsposten
Buchungsposten (beleghaft)	10,00 €/Buchungsposten
Kontoauszüge online	0,00 €
[...]	

Kontokorrentkredit

Zinssatz	12,0 % p. a.
[...]	

Lösungsvorschlag

1 **TIPP** *Eckdaten für den Inhalt des Flyers*

Die Sonderaktion beginnt am darauffolgenden Montag, dem 04. 07. 2016. Die im Möbellager eingelagerten Einrichtungsgegenstände (Möbel, Wohnzubehör) gehören nicht auf den Flyer, da sie bereits an Kunden verkauft worden sind und auf die Auslieferung warten.
Nachdem kein Verlust erwirtschaftet werden soll, darf der Preisnachlass maximal 50 % betragen, was einem vorausgegangenen Gewinnzuschlag von 100 % entsprechen würde.

Der Flyer sollte folgende **Mindestinhalte** enthalten:

Hinweis:	„Sonderaktion“
Firma/Sitz des Unternehmens:	Möbel Koller GmbH Trosdorfer Hauptstraße 90 96120 Bischberg
Zeitraum des Sonderverkaufs:	vom 04. 07. 2016 bis 16. 07. 2016 (ohne Sonntage)
Öffnungszeiten:	Montag bis Freitag von 10:00 Uhr bis 20:00 Uhr Samstag von 09:00 Uhr bis 20:00 Uhr
Warenangebot:	durch Wasserschaden beschädigte Teppiche, Textilwaren und Leuchten
Preisnachlass:	bis zu 50 %

Zusätzlich sollten im Flyer noch folgende Hinweise erscheinen:
- Die reduzierte Ware ist vom Umtausch ausgeschlossen.
- Der Verkauf erfolgt nur so lange, wie Ware vorhanden ist (z. B. durch die Angabe der Freizeichnungsklausel „solange der Vorrat reicht“).
- Ein Skontoabzug ist nicht möglich.

2.1 **TIPP** *Zustandekommen und Folgen eines Kaufvertrags*

Kaufverträge des Verkäufers mit dem Käufer kommen durch zwei übereinstimmende Willenserklärungen (Antrag und Annahme) zustande. In diesem Fall kam der Antrag von Herrn Jobst durch seine Bestellung. Die Annahme erfolgte durch die Auftragsbestätigung der Möbel Koller GmbH. Durch den Kaufvertrag verpflichtet sich der Verkäufer, dem Käufer die Ware zu übergeben und ihm das Eigentum an der Sache zu verschaffen. Die Ware muss dabei frei von Sach- und Rechtsmängeln sein.

Dietmar Jobst hat am 12. 03. 2016 das Sofa bestellt. Am gleichen Tag verfasste die Möbel Koller GmbH eine Auftragsbestätigung. Der Kaufvertrag zwischen Dietmar Jobst und der Möbel Koller GmbH wurde also am 12. 03. 2016 durch die zwei übereinstimmenden Willenserklärungen abgeschlossen.

Pflichten der Möbel Koller GmbH aus dem Kaufvertrag:
Das Sofa muss am 01. 07. 2017 frei von Sach- und Rechtsmängeln an den Kunden geliefert werden. Das Eigentum an dem Sofa ist an den Kunden zu übertragen.

Problem:
Die Möbel Koller GmbH hat zwar den vereinbarten Liefertermin exakt eingehalten und auch das Eigentum an dem Sofa durch die Übergabe übertragen, Herr Jobst hat jedoch nach einer sofortigen Prüfung festgestellt, dass einige Mängel zu beanstanden waren und hat diese auch telefonisch reklamiert. Das Sofa ist also mit Sachmängeln ausgeliefert worden.

Folge:
Die Möbel Koller GmbH ist zur Nacherfüllung verpflichtet. Dieter Jobst kann nun entscheiden, ob er vorrangig eine Nachlieferung oder eine Nachbesserung (= Reparatur) wünscht.

2.2 **TIPP** *Kulante Vorschläge*

Kulanz ist das Entgegenkommen des Einzelhändlers, ohne dass der Kunde einen rechtlichen Anspruch darauf hat. Kulant zu sein wirkt sich positiv auf die Kundenbindung aus.

Da die Möbel Koller GmbH für ihre Kundenorientierung bekannt ist, empfiehlt sich die persönliche Kontaktaufnahme durch ein Telefonat. Hierbei kann am besten auf die Reaktion des Kunden flexibel reagiert werden.

Möglichkeiten, kulant zu reagieren, zum Beispiel:
- Die Möbel Koller GmbH bietet Dietmar Jobst eine Minderung des Kaufpreises an. Bei einem Preisnachlass auf das Sofa zwischen 10 % und 25 % könnte es für den Kunden durchaus interessant sein, das leicht beschädigte Sofa zu behalten.
- Die Möbel Koller GmbH bietet Herrn Jobst einen Gutschein in akzeptabler Höhe (z. B. 1.000,00 €) an, wenn er das Sofa behält. Diesen Gutschein kann er nur einlösen, wenn er im Möbelhaus weitere Möbel oder Einrichtungsgegenstände kauft.
- Sofern Herr Jobst einen Umtausch des Sofas wünscht, bietet die Möbel Koller GmbH an, das beschädigte Sofa vorerst beim Kunden zu belassen. Der Kunde könnte das Sofa also sofort nutzen. Mitte September, wenn das neue Sofamodell lieferbar ist, wird dann das beschädigte Sofa gegen das neue, einwandfreie Sofa ausgetauscht.

3 **TIPP** *Bewerberauswahl*

Die Aufgabenstellung verlangt, dass ein Zusammenhang zwischen den gewählten Kriterien und dem daraus resultierenden Nutzen für die Möbel Koller GmbH hergestellt werden muss.

Simon Müller
Er wohnt in Bischberg, dem Sitz des Unternehmens, und hat somit einen sehr kurzen Weg zur Arbeit. Er kann bei Bedarf sehr schnell im Betrieb sein und die Gefahr durch verkehrsbedingte Verspätungen ist sehr gering. Außerdem könnte er zusammen mit seiner Mutter zur Arbeit fahren. Simon Müller hat möglicherweise kommunikative Kompetenzen erworben, denn er hat ein Rhetorikseminar besucht, was ihn befähigen könnte, Verkaufsgespräche sicher zu führen.

Marion Berber
Sie hat lange Zeit aktiv in der Schülermitverantwortung ihrer Schule mitgewirkt, d. h., sie ist wahrscheinlich sehr engagiert und auch verantwortungsbewusst. Sie hat das Berufsgrundschuljahr Holztechnik besucht und einen Notendurchschnitt von 1,5 erreicht. Sie dürfte somit im Fachunterricht gute Kenntnisse über den Wertstoff Holz erlangt haben.

Anna Moser
Sie arbeitet in einem Café im Service, d. h., sie hat Erfahrungen im Umgang mit Kunden gesammelt und dürfte gelernt haben, auch mit schwierigen Kunden professionell umzugehen. Ihre Teilnahme am Schüleraustausch und ihr Besuch eines Sprachkurses zeigen, dass sie gewillt ist, sich stets fortzubilden. Sie ist bereits 18 Jahre alt und deshalb gilt für sie das strenge Jugendarbeitsschutzgesetz nicht mehr, d. h., sie kann von Beginn an flexibler im Unternehmen eingesetzt werden. Durch den Abschluss an einer Wirtschaftsschule hat Anna Moser fundierte kaufmännische Grundkenntnisse erworben, die ihr in ihrer Ausbildung von Nutzen sein werden.

4 **TIPP** *Entscheidung über Kontaktaufnahme*

Die Argumente sind aus den Aussagen des Unternehmens „Chez Pierre“ in der Anzeige im Internet zu entnehmen und zu verwerten.

Zum Beispiel:
- Das Unternehmen bietet französisches Ambiente an. Dies ist mit dem Konzept der Möbel Koller GmbH, die überwiegend rustikale Massivholzmöbel und Wohnzimmermöbel im bayerischen Landhausstil verkauft, nur bedingt vereinbar.
- Die Speisen sollen in einer offenen Küche vor den Augen der Gäste zubereitet werden. Dadurch könnte eine Geruchsbelästigung in großen Teilen des Möbelhauses entstehen.
- Das Unternehmen würde jährlich 59.400,00 € Pacht bezahlen ($300\ m^2 \cdot 16{,}50$ € $\cdot$ 12 Monate). Ob allerdings weitere Aufwendungen durch den Restaurantbetrieb

anfallen werden, ist unbekannt. Es kann also durchaus sein, dass der angestrebte Überschuss von 50.000,00 € gar nicht erreicht werden kann.

- Es ist nicht sehr wahrscheinlich, dass die Mehrzahl der Gäste in einem bayerischen Möbelhaus, das Möbel im bayerischen Landhausstil verkauft, während des Essens ständig und scheinbar ausschließlich französische Musik – ob dezent im Hintergrund oder durch einen Stehgeiger – hören möchte.

Fazit:
Es sollte zunächst kein Kontakt aufgenommen werden, denn aus der Vielzahl der weiteren möglichen Mitbewerber in dieser Branche findet sich sehr wahrscheinlich ein für die Möbel Koller GmbH geeigneterer Bewerber, der sowohl die finanziellen Erwartungen als auch die positiveren Einkaufserlebnisse für die Kunden erfüllen kann.

5 **TIPP** *Ermittlung der Gebühren*

Bei der Berechnung der Gebühren der Alta-Direktbank ist zu beachten, dass eine Umrechnung auf einen Zeitraum von drei Monaten vorzunehmen ist. Vergleichbar sind zunächst nur die Gebühren, die bei beiden Banken anfallen. Bareinzahlungen sind bei der Alta-Direktbank nicht möglich, da sie kein Filialnetz hat.

Grundgebühr	3 Monate · 1,00 €/Monat	3,00 €
+ beleglose Buchungen	(730 Posten – 45 Posten) · 0,10 €/Posten	68,50 €
+ beleghafte Buchungen	12 Posten · 10,00 €/Posten	120,00 €
+ Zinsen	(34.192,10 € · 0,12 · 1 Tag)/360 Tage	11,40 €
= Summe		**202,90 €**

Die Gebühren bei der Alta-Direktbank fallen geringer aus als die der Bank von Oberfranken, wobei man berücksichtigen muss, dass bei der Alta-Direktbank Bareinzahlungen nicht möglich sind. Ein Vergleich der einzelnen Gebührenposten zeigt aber, dass bei beiden Banken teilweise große Unterschiede bei den vergleichbaren Posten bestehen.

Am besten ist es deshalb, bei jeder Bank ein Konto zu unterhalten, wobei über die Alta-Direktbank nur die beleglosen Buchungen abzuwickeln sind. Alles andere sollte weiterhin über die Bank von Oberfranken abgewickelt werden. Dadurch entstehen insgesamt folgende Gebühren:

Bank von Oberfranken:	130,97 €
Alta-Direktbank:	71,50 €
= Summe	**202,47 €**

Übungsaufgabe 4

Schwerpunkt Betriebswirtschaft

Die Übungsaufgabe 5 stammt aus der offiziellen Abschlussprüfung Betriebswirtschaft aus dem Jahr 2016 (Fallaufgabe 2, Situationen 1/3/4/5).

Unternehmensbeschreibung

Die Büchner Moden OHG ist ein Familienunternehmen. Die Familie besteht aus den Eltern Günter und Sybille Büchner und ihrer Tochter Sandra. Derzeit beschäftigt das Unternehmen 28 Mitarbeiterinnen und Mitarbeiter. Seit dem Jahr 2000 stellt das Unternehmen hochwertige Bekleidung für Damen, Herren und Kinder in Deutschland her. Die Kleidung wird über das Internet und ein Ladengeschäft in Nürnberg direkt an den Endverbraucher verkauft. Zudem gibt es in ganz Deutschland mehrere Einzelhändler, welche die Produkte der Büchner Moden OHG anbieten.

Auszug aus dem Gesellschaftsvertrag

§ 1 Name, Sitz

(1) Günter Büchner, geboren am 14. 06. 1950, Sybille Büchner, geboren am 27. 11. 1952, und Sandra Büchner, geboren am 26. 03. 1974, sind Gesellschafter der Büchner Moden OHG.

(2) Sitz der Gesellschaft ist Nürnberg.

§ 2 Gegenstand des Unternehmens

Gegenstand des Unternehmens ist die Herstellung und der Vertrieb von Bekleidung.

§ 3 Dauer, Geschäftsjahr

(1) Die Gesellschaft beginnt am 01. 06. 2000.

(2) Das Geschäftsjahr beginnt am 01. 06. und endet am 31. 05. eines jeden Jahres.

§ 4 Gesellschaftsvermögen

Die Gesellschafter erbringen folgende Kapitalanteile als Bareinlagen:

Günter Büchner	480.000,00 €
Sybille Büchner	520.000,00 €
Sandra Büchner	440.000,00 €

§ 5 Geschäftsführung, Vertretung

Zur Geschäftsführung sind alle drei Gesellschafter berufen. Die Gesellschaft wird durch jeden der drei Gesellschafter alleine vertreten.

§ 6 Gewinnverteilung

(1) Jeder Gesellschafter erhält für seine Tätigkeit in der Gesellschaft eine Vergütung, deren Höhe von der Gesellschafterversammlung festgesetzt wird.

(2) An dem danach verbleibenden Gewinn oder Verlust der Gesellschaft sind die Gesellschafter entsprechend den handelsrechtlichen Bestimmungen beteiligt.

(3) Über die Entnahme der Gewinnanteile beschließt die Gesellschafterversammlung einstimmig. [...]

Sie arbeiten bei der Büchner Moden OHG und sind dort Mitglied des Betriebsrates.

[Die folgenden Aufgaben beziehen sich auf das Geschäftsjahr 2016.]

Aufgabe 1

Sie sind damit beauftragt, die Verteilung des Gewinns der Büchner Moden OHG für das Geschäftsjahr 2015/2016 in Höhe von 613.320,00 € vorzunehmen. Bei diesem Gewinn sind die Gesellschaftervergütungen noch nicht berücksichtigt. Bei der letzten Gesellschafterversammlung am 06. 06. 2016 haben die Gesellschafter einstimmig beschlossen, 50 % des Gewinns an die Gesellschafter auszuschütten. Für das Geschäftsjahr 2015/2016 wurde im vergangenen Jahr eine monatliche Vergütung von 3.000,00 € für jeden Gesellschafter festgelegt.

Berechnen Sie nachvollziehbar die von den drei Gesellschaftern jeweils erzielten Liquiditätszuflüsse.

Aufgabe 2

Sie haben heute Morgen folgende E-Mail erhalten:

Von: hitzfeld@buechner-moden.de — Gesendet: Freitag, 01. 07. 2016, 08:12 Uhr
An: [Ihr Nachname]@buechner-moden.de
Betreff: Nächste Sitzung des Betriebsrates

Liebe Betriebsratsmitglieder,

wie Ihr wisst, stehen Veränderungen in der Unternehmensleitung an. Vor dem Führungswechsel sollen noch folgende von der bisherigen Geschäftsführung geplante Maßnahmen verhindert werden:

1. Vorverlegung des Arbeitsbeginns von 07:30 Uhr auf 07:00 Uhr
2. Verlegung der Eingangstüre zum Büro des Betriebsrates

Bitte überprüft die Rechtslage bis zur nächsten Sitzung.

Mit kollegialen Grüßen

Udo Hitzfeld
Betriebsratsvorsitzender

Udo Hitzfeld
Büchner Moden OHG
Donaustraße 140
90451 Nürnberg

Bereiten Sie sich auf die Sitzung des Betriebsrates vor und bewerten Sie die Erfolgsaussichten, die geplanten Maßnahmen zu verhindern. Verwenden Sie hierfür das Betriebsverfassungsgesetz (siehe Anlage 1) und verweisen Sie bei Ihrer Lösung jeweils auf die entsprechenden Paragraphen.

Aufgabe 3

Die kaufmännische Angestellte Gertrud Schulz verlässt zum 31. 12. 2016 altersbedingt das Unternehmen. Geplant ist eine externe Neubesetzung dieser Stelle ab 01. 01. 2017. Frau Schulz hat bisher die gesamte Geschäftsbuchführung, das Mahnwesen sowie die Lohn- und Gehaltsabrechnungen für alle Mitarbeiterinnen und Mitarbeiter alleine erledigt. Die Auszahlung und Buchung der Vergütungen der Gesellschafter fällt nicht in ihr Aufgabengebiet. Diese Aufgabe erledigt Sandra Büchner.
Frau Schulz verdiente bisher 45.000,00 € brutto im Jahr. Da die neue Fachkraft über weniger Berufserfahrung verfügen wird, ist damit zu rechnen, dass die Gehaltsaufwendungen für diese Stelle um 25 % sinken. Die Lohnnebenkosten bleiben mit 23,5 % unverändert.
Alternativ stehen Überlegungen an, die Aufgaben, die Frau Schulz bisher erledigt hat, auszugliedern. Sandra Büchner hat daher bereits ein Angebot eines Buchhaltungsservices eingeholt (siehe Anlage 2). Sie sollen die Entscheidung vorbereiten.

Berechnen Sie zunächst, welche Alternative günstiger ist und geben Sie dann unter zusätzlicher Berücksichtigung von zwei qualitativen Argumenten eine begründete Entscheidungsempfehlung ab.

Aufgabe 4

Gertrud Schulz ist seit dem 16. 06. 2016 krank. Da seit diesem Zeitpunkt keine Mahnungen mehr geschrieben wurden, helfen Sie in der Buchhaltung aus. Ihnen liegt der unten abgebildete Auszug aus der soeben ausgedruckten Offenen-Posten-Liste der Büchner Moden OHG vor.

Kunden-nummer	**Kundenanschrift**	**Rechnungsdatum Rechnungsnr.**	**Rechnungs-betrag**	**fällig am**	**Zahlungs-erinnerung**
24-14847	Sabine Wächters-bach e.K. An der Wied 51 91058 Erlangen	03. 05. 2016 AR-16-6416	456,26 €	02. 06. 2016	geschrieben am 03. 06. 2016

Zudem liegen Ihnen die internen Mahnrichtlinien der Büchner Moden OHG vor.

Zahlungserinnerung
anzufertigen frühestens am Arbeitstag nach Fälligkeit des Rechnungsbetrages
Fristsetzung: 14 Tage ab Datum der Zahlungserinnerung

1. Mahnung
anzufertigen frühestens am Arbeitstag nach Ablauf der in der Zahlungserinnerung gesetzten Frist
Mahngebühr: 4,00 €
Fristsetzung: 14 Tage ab Datum der 1. Mahnung
Verzugszinsen in Höhe von 4,0 % ab Fälligkeit des Rechnungsbetrages, Berechnung nach der kaufmännischen Zinsmethode

2. Mahnung
anzufertigen frühestens am Arbeitstag nach Ablauf der in der 1. Mahnung gesetzten Frist
Mahngebühr: zusätzlich 6,00 €
Fristsetzung: 7 Tage ab Datum der 2. Mahnung
Verzugszinsen in Höhe von 4,0 % ab Fälligkeit des Rechnungsbetrages, Berechnung nach der kaufmännischen Zinsmethode

Verfassen Sie heute [01. 07. 2016] das notwendige Mahnschreiben ab der Betreffzeile bis zur Unterschrift.

Anlage 1 Auszug aus dem Betriebsverfassungsgesetz

Auszug aus dem Betriebsverfassungsgesetz (BetrVG)

§ 87 Mitbestimmungsrechte

(1) Der Betriebsrat hat, soweit eine gesetzliche oder tarifliche Regelung nicht besteht, in folgenden Angelegenheiten mitzubestimmen:

1. Fragen der Ordnung des Betriebs und des Verhaltens der Arbeitnehmer im Betrieb;
2. Beginn und Ende der täglichen Arbeitszeit einschließlich der Pausen sowie Verteilung der Arbeitszeit auf die einzelnen Wochentage;
3. vorübergehende Verkürzung oder Verlängerung der betriebsüblichen Arbeitszeit;
4. Zeit, Ort und Art der Auszahlung der Arbeitsentgelte;

[...]

(2) Kommt eine Einigung über eine Angelegenheit nach Absatz 1 nicht zustande, so entscheidet die Einigungsstelle. Der Spruch der Einigungsstelle ersetzt die Einigung zwischen Arbeitgeber und Betriebsrat.

[...]

§ 90 Unterrichtungs- und Beratungsrechte

(1) Der Arbeitgeber hat den Betriebsrat über die Planung

1. von Neu-, Um- und Erweiterungsbauten von Fabrikations-, Verwaltungs- und sonstigen betrieblichen Räumen,
2. von technischen Anlagen,
3. von Arbeitsverfahren und Arbeitsabläufen oder
4. der Arbeitsplätze

rechtzeitig unter Vorlage der erforderlichen Unterlagen zu unterrichten.

[...]

Anlage 2 **Angebot Robben & Partner GmbH**

Robben & Partner GmbH – Buchhaltungsservice

Äußere Laufer Gasse 43 – 90403 Nürnberg

Robben & Partner GmbH, Äußere Laufer Gasse 43, 90403 Nürnberg

Büchner Moden OHG
Donaustraße 140
90451 Nürnberg

Sachbearbeiter:	Jürgen Tuchel
Telefon:	+49 911 39350-23
E-Mail:	tuchel@rup.de
Datum:	29. 06. 2016

Ihre Anfrage vom 28. 06. 2016

Sehr geehrte Frau Büchner,

vielen Dank für Ihr Interesse an unseren Dienstleistungen. Gerne unterbreiten wir Ihnen für das Jahr 2017 ein Angebot.

Erlauben Sie uns zunächst unsere vielfältigen Dienstleistungen hervorzuheben.

- Wir kontieren Ihre Belege.
- Wir buchen Ihre laufenden Geschäftsvorfälle.
- Wir überwachen den Zahlungseingang.
- Wir leiten das Mahnverfahren ein.
- Wir übernehmen die laufenden Lohn- und Gehaltsabrechnungen.

Entsprechend Ihres derzeitigen Umsatzes erheben wir für die Geschäftsbuchführung inkl. Mahnwesen eine monatliche Gebühr von 1.800,00 € zuzüglich 19,0 % Umsatzsteuer.

Die Höhe der Gebühren für die Lohn- und Gehaltsbuchführung richtet sich nach der Anzahl Ihrer Mitarbeiter. Wir berechnen je Mitarbeiter eine Gebühr von 14,00 € pro Monat zuzüglich 19,0 % Umsatzsteuer.

Wir würden uns freuen, wenn Ihnen unser Angebot zusagt.

Mit freundlichen Grüßen

Robben & Partner GmbH

i. A. Jürgen Tuchel

Geschäftsführer: Thomas Robben – Amtsgericht Nürnberg: HRB 23993
Robben & Partner GmbH – Äußere Laufer Gasse 43 – 90403 Nürnberg – Tel.: +49 911 39350-0

Lösungsvorschlag

1 **TIPP** *Ermittlung der Liquiditätszuflüsse*

Es ist zu beachten, dass nur 50 % des Gewinns ausgeschüttet werden, der Restgewinn bleibt im Unternehmen.
Die jährliche Vergütung beträgt 3.000,00 € · 12 Monate = 36.000,00 € für jeden Gesellschafter. Die handelsrechtliche Bestimmung für die Gewinnverteilung bei einer OHG lautet (sinngemäß): Vom Jahresgewinn erhält jeder Gesellschafter zunächst einen Anteil in Höhe von 4 % seines Kapitalanteils. Ein verbleibender Restgewinn wird unter die Gesellschafter nach Köpfen verteilt.
Zu verteilender Restgewinn = Ausschüttung – Vergütungen – Kapitalverzinsung
Die jeweiligen Kapitaleinlagen sind dem Auszug aus dem Gesellschaftsvertrag zu entnehmen.

Berechnung des zu verteilenden Gewinns:
613.320,00 € · 0,5 = 306.660,00 €

Berechnung der Liquiditätszuflüsse:

	Vergütung	4,0 % a. KA	Rest/Köpfen	Summe
Günter Büchner	36.000,00 €	19.200,00 €	47.020,00 €	102.220,00 €
Sybille Büchner	36.000,00 €	20.800,00 €	47.020,00 €	103.820,00 €
Sandra Büchner	36.000,00 €	17.600,00 €	47.020,00 €	100.620,00 €
Summe	108.000,00 €	57.600,00 €	141.060,00 €	306.660,00 €

Restgewinn = 306.660 € – 108.000,00 € – 57.600,00 € = 141.060.00 €

2 **TIPP** *Beteiligungsrechte des Betriebsrates*

Dem Betriebsrat wird eine ganze Reihe von Beteiligungsrechten zugestanden, die er bei seiner Arbeit im Betrieb einsetzen und teilweise auch durchsetzen kann. Unterschieden werden dabei die Mitwirkungsrechte (Informations-, Vorschlags-, Anhörungs- und Beratungsrechte) und die Mitbestimmungsrechte (Initiativ- und Zustimmungsverweigerungsrechte).
Das Informationsrecht gewährleistet die frühzeitige Information über Pläne des Arbeitgebers, aber es ergibt sich daraus kein Beratungsrecht. Bei den Mitbestimmungsrechten kann der Arbeitgeber nicht allein entscheiden, sondern ist von der Zustimmung des Betriebsrates abhängig. Können sich Arbeitgeber und Betriebsrat nicht einigen, so können sie die Einigungsstelle anrufen, die dann eine verbindliche Entscheidung trifft.

Zum Beispiel:

Vorverlegung des Arbeitsbeginns von 07:30 Uhr auf 07:00 Uhr

Nach § 87 (1) Nr. 2 BetrVG hat der Betriebsrat ein Mitbestimmungsrecht bei der Festlegung von Beginn und Ende der täglichen Arbeitszeit einschließlich der Pausen. Deshalb stehen die Erfolgsaussichten gut, die geplante Maßnahme zu verhindern. Sollte es allerdings zwischen dem Betriebsrat und den Büchners keine Einigung geben, muss die Einigungsstelle eine Entscheidung treffen. Der Spruch der Einigungsstelle ersetzt die Einigung zwischen Arbeitgeber und Betriebsrat.

Verlegung der Eingangstüre zum Büro des Betriebsrates

Da es sich um eine Umbaumaßnahme handelt, hat der Betriebsrat laut § 90 (1) Nr. 1 BetrVG lediglich ein Unterrichtungsrecht. Der Betriebsrat kann also die geplante Maßnahme nicht verhindern.

3 Kosten bei einer externen Neubesetzung:

Bruttogehalt/Jahr	45.000,00 € · 0,75	33.750,00 €
+ Lohnnebenkosten/Jahr	33.750,00 € · 0,235	7.931,25 €
Arbeitgebergesamtbelastung/Jahr		41.681,25 €
Arbeitgebergesamtbelastung/Monat	41.681,25 €/12 Monate	3.473,44 €

Kosten bei Annahme des Angebotes des Buchhaltungsservices Robben & Partner:

Gebühren Gehaltsabrechnung/Monat	27 MA · 14,00 €/MA	378,00 €
+ Gebühren Geschäftsbuchführung/Monat		1.800,00 €
= gesamte Gebühr/Monat		**2.178,00 €**

Das Angebot des Buchhaltungsservices verursacht monatlich 1.295,44 € weniger Kosten als die externe Neubesetzung der Stelle.

Empfehlung, das Angebot nicht anzunehmen, zum Beispiel:

- Die Büchner Moden OHG kennt die Robben & Partner GmbH-Buchhaltungsservice nicht. Es ist daher nicht vorhersehbar, ob die Leistung der gewünschten Qualität entspricht.
- Mit dem Outsourcing ist meistens auch ein Abbau des eigenen Know-hows verbunden. Dies kann sich als Risiko für ein mögliches Insourcing in der Zukunft herausstellen, falls die Qualität der Leistung nicht den Vorstellungen der Büchner Moden OHG entsprechen sollte.
- Es entsteht eine Abhängigkeit von der Fremdfirma. Ihre Steuerung und Kontrolle ist weitaus problematischer als dies bei unternehmensinternen Abläufen der Fall wäre.
- Durch die Einstellung einer neuen Mitarbeiterin wird im Unternehmen eine frei werdende Stelle neu besetzt, was aus sozialen Gesichtspunkten eine gute Entscheidung ist (kein Personalabbau).

Fazit: Das Angebot sollte nicht angenommen werden.

Empfehlung, das Angebot anzunehmen, zum Beispiel:

- Man darf davon ausgehen, dass ein Buchhaltungsservice über geeignete Mitarbeiter verfügt, die die Geschäftsbuchführung und die Gehaltsabrechnungen professionell erledigen können.
- Das Angebot ist um vieles günstiger als die Kosten für eine Neubesetzung der Stelle mit einer externen Bewerberin, auch wenn diese 25 % weniger verdienen sollte als ihre Vorgängerin.
- Wenn man schon davon ausgeht, dass eine neue Fachkraft über weniger Berufserfahrung verfügen wird, so ist auch damit zu rechnen, dass eine gewisse Fehlerwahrscheinlichkeit auftreten kann, was dem Image des Unternehmens schaden könnte.

Fazit: Das Angebot sollte angenommen werden.

4 **TIPP** *Mahnschreiben*

Da am 03. 06. 2016 bereits eine Zahlungserinnerung geschrieben worden ist, auf die nicht reagiert wurde, muss jetzt eine 1. Mahnung geschrieben werden. Es sollte darin ein Hinweis auf die vorausgegangene Zahlungserinnerung gegeben werden und dass nach Durchsicht der Unterlagen bis heute ein Zahlungseingang nicht festgestellt werden konnte. Die Mahnrichtlinien der Büchner Moden GmbH sind dabei zu beachten.
Berechnung der Verzugszinsen: 456,26 € · 0,04 · 29 Tage / 360 = 1,47 €

Zum Beispiel:

1. Mahnung

Sehr geehrte Frau Wächtersbach,

bei der Durchsicht unserer Unterlagen stellten wir fest, dass Ihr Konto mit der Kundennummer 24-14847 folgende Position als fällig ausweist:

Rechnungsdatum:	03. 05. 2016
Rechnungsnummer:	AR-16-6416
Rechnungsbetrag:	456,26 €
Fälligkeit der Rechnung:	02. 06. 2016

Wir haben Sie am 03. 06. 2016 an die Zahlung erinnert, haben aber bis heute leider noch keinen Zahlungseingang feststellen können. Aus diesem Grund berechnen wir Ihnen Mahngebühren in Höhe von 4,00 € und Verzugszinsen in Höhe von 1,47 €.

Bitte überweisen Sie den Betrag in Höhe von 461,73 € bis zum 15. 07. 2016 auf unser Geschäftskonto.

Sollten Sie in der Zwischenzeit die Zahlung getätigt haben, betrachten Sie dieses Mahnschreiben bitte als gegenstandslos.

Mit freundlichen Grüßen
Büchner Moden OHG
i. A. *Schülername*

Übungsaufgabe 5

Schwerpunkt Rechnungswesen

Unternehmensbeschreibung

Sie sind Mitarbeiter in der Buchhaltung der **HOLZHAUS Müller OHG**.

Fertigerzeugnisse:	diverse Holzhäuser als Bausatz
Handelswaren:	Gartenmöbel: Sitzbänke, Tische, Stühle
Rohstoffe:	diverse Hölzer, Sperrholzplatten
Hilfsstoffe:	Schrauben, Nägel, Fugenbänder, Dachpappe, Dichtungsmaterial
Betriebsstoffe:	Hydrauliköle, Schleifbänder
Vorprodukte:	Dämmplatten, Türgriffgarnituren, Schlösser, Kunstglasfenster

[Die folgenden Aufgaben beziehen sich auf das Geschäftsjahr 2017.]

Aufgabe 1

Bilden Sie den Buchungssatz zur Anlage 1.

Aufgabe 2

Berechnen Sie die notwendige Abschreibung zum 31. 12. 2017 und nehmen Sie die entsprechende Buchung vor. Die Nutzungsdauer laut AfA-Tabelle beträgt 14 Jahre.

Aufgabe 3

Gehen Sie von Anschaffungskosten in Höhe von 56.700,00 € für die neue Sägemaschine aus. Die betriebsübliche Nutzungsdauer für vergleichbare Maschinen liegt bei der HOLZHAUS Müller OHG bei 9 Jahren. Eine entsprechende Sägemaschine dürfte in 9 Jahren rund 30 % teurer sein. Der Energieverbrauch und der Hydraulikölbedarf (= Betriebsstoffkosten) sind dem Beleg (Anlage 1) zu entnehmen. Die Sägemaschine benötigt 28 m^2 Raum. Die Raumkosten werden mit 6,00 € je m^2 und Monat veranschlagt. Die HOLZHAUS Müller OHG bezieht den Strom vom örtlichen Anbieter für 0,22 €/kWh und rechnet intern mit einem Kalkulationszinssatz von 10 % p. a. Die Laufzeit der Sägemaschine dürfte bei 150 Stunden im Monat liegen.

3.1 Berechnen Sie nachvollziehbar die Maschinenkosten der neuen Sägemaschine für ein Jahr.

3.2 Berechnen Sie den Maschinenstundensatz.

Aufgabe 4

Für das abgelaufene Jahr 2016 liegen folgende Werte des Betriebsabrechnungsbogens vor:

Material	140.000,00 €
Fertigung	748.000,00 €
Verwaltung	190.000,00 €
Vertrieb	145.000,00 €

Laut Buchhaltung und Kostenrechnung betrugen der direkt den Produkten zurechenbare Materialverbrauch 700.000,00 € und die Fertigungslöhne 680.000,00 €.

Folgende Anfangs- und Endbestände ergaben sich für das Jahr 2016:

	Bestand 01. 01. 16	Bestand 31. 12. 16
Fertige Erzeugnisse	52.000,00 €	64.000,00 €
Unfertige Erzeugnisse	18.000,00 €	14.000,00 €

4.1 Erläutern Sie, welche Kostenart im Betriebsabrechnungsbogen verteilt wird.

4.2 Berechnen Sie für das Jahr 2016 die Selbstkosten des Umsatzes und ermitteln Sie die vier Gemeinkostenzuschlagssätze.

4.3 Ermitteln Sie die Über- oder Unterdeckung im Materialbereich, wenn die HOLZHAUS Müller OHG im Jahr 2016 mit 22 % MGK-Zuschlag gerechnet hat.

Aufgabe 5

Die HOLZHAUS Müller OHG hat sich entschlossen, ein weiteres Produkt selbst herzustellen. Ein Prototyp des neuen Produkts TEICHSCHIFF konnte bereits produziert und auf einer Fachmesse präsentiert werden. Jetzt soll der Listenverkaufspreis für das Produkt TEICHSCHIFF ermittelt werden.

Die Konstruktion meldet folgende Informationen:

Materialverbrauch	620,00 €
Fertigungsdauer (Löhne)	25 Stunden
Laufzeit Sägemaschine	75 Minuten

Die Kostenrechnung stellt folgende Informationen zur Verfügung:

MGK	20 %
FGK	110 %
VwVtGK	30 %
Lohnsatz je Fertigungsstunde	36,00 €
Maschinenstundensatz Sägemaschine	60,00 €

Der Vertrieb bietet den Kunden grundsätzlich 10 % Rabatt und 3 % Skonto an. Die Vertreterprovision liegt bei aktuell 6 %.

5.1 Berechnen Sie die Selbstkosten des neuen Produkts TEICHSCHIFF anhand der gegebenen Informationen.

5.2 Berechnen Sie ausgehend von Selbstkosten des neuen Produkts in Höhe von 3.500,00 € (vereinfachte Annahme) den Listenverkaufspreis, wenn die Unternehmensleitung einen Gewinn von 35 % anstrebt.

5.3 Letztlich wird das neue Produkt mit einem Listenverkaufspreis von 5.690,00 € in das Sortiment aufgenommen. Ein französischer Kunde ist bereit, 5 TEICHSCHIFFE abzunehmen, besteht aber auf einen Rabatt in Höhe von 25 %, gleichzeitig würde er auf den Skonto verzichten.
Berechnen Sie den Gewinn in € und % für diesen Auftrag über 5 TEICHSCHIFFE, wenn alle anderen Angaben, insbesondere die Selbstkosten aus Nr. 5.2., unverändert bleiben.

Aufgabe 6

Die HOLZHAUS Müller OHG könnte zukünftig die Sitzbänke aufgrund bestehender freier Kapazitäten selbst herstellen. Die variablen Kosten je Sitzbank (= Fertigungsholz) lägen bei 90,00 €. Einzig eine spezielle Biegemaschine müsste beschafft werden, die fixe Kosten von 16.400,00 € pro Jahr verursachen würde. Wie bisher würde die HOLZHAUS Müller OHG die Sitzbank für 150,00 € anbieten.

6.1 Berechnen Sie den Deckungsbeitrag, den eine selbst gefertigte Sitzbank erbringen würde.

6.2 Ermitteln Sie den Break-even-Point und erläutern Sie dessen Aussagekraft.

SCHLOTT-Maschinenhandel GmbH

Holzbearbeitungsmaschinen

Schlott-Maschinenhandel GmbH, Burggrabenweg 65, 90451 Nürnberg

Firma
Holzhaus Müller OHG
Rudolf-Diesel-Str. 15
97199 Ochsenfurt

Tel.: 0911 6493266
Fax: 0911 6493250
USt-IdNr. DE7133615409
St-Nr.: 425/650/46391

Rechnung

Bei Zahlung bitte angeben

Kunden-Nr.	Rechnungs-Nr.	Rechn.-Datum	Auftrags-Nr.	Auftr.-Datum	Bestell-Nr.
U-1100235	42566	14. 07. 2017	U-002014	15. 05. 2017	B01-0841

Lieferdatum 10. 07. 2017

Pos.	Art.-Nr.	Bezeichnung	Menge	Einzelpreis	Gesamtpreis netto
1	2-005	**SÄGEMASCHINE CUT 89** TK 101 M mit Blattvorschub Verbrauch 40 KW je Stunde Öltausch 35 Liter je 200 Std. Laufzeit	1	56.700,00 €	56.700,00 €
2	5-008	**Hydrauliköl-Fass** Marke HLP 46 400 Liter	400	4,00 €	1.600,00 €

Warenwert netto	**58.300,00 €**
+ USt. 19 %	**11.077,00 €**
Rechnungsbetrag, brutto	**69.377,00 €**

Lösungsvorschlag

1

0720 MA	56.700,00 €			
6030 AWB	1.600,00 €			
2600 VORST	11.077,00 €	an	4400 VLL	69.377,00 €

2 **TIPP** *Lineare Abschreibung*

Die Maschine wird über 14 Jahre hinweg in gleichen Jahresbeträgen abgeschrieben. Im Jahr der Anschaffung erfolgt die Abschreibung monatsgenau (hier: Juli bis Dezember 2017).

Jahres-AfA: 56.700,00 € : 14 Jahre = 4.050,00 €
monatsanteilig: 4.050,00 € : 12 Mon. · 6 Mon. = **2.025,00 €**

Buchungssatz:

6520 AfA	2.025,00 €	an	0720 MA	2.025,00 €

3.1 **TIPP** *Berechnung der jährlichen Maschinenkosten*

Die kalkulatorischen Abschreibungen werden vom Wiederbeschaffungswert berechnet, hier der Anschaffungswert von 56.700,00 € plus 30 % Preissteigerung. Die kalkulatorischen Zinsen werden grundsätzlich vom halben Anschaffungswert errechnet, da dieser über die gesamte Laufzeit der Maschine die durchschnittliche Kapitalbindung darstellt.

Laufzeit pro Jahr = 150 Std. · 12 Mon. = 1.800 Std.

kalk. Abschreibungen	56.700,00 € · 1,3 : 9 Jahre	8.190,00 €
kalk. Zinsen	56.700,00 € : 2 · 10 %	2.835,00 €
Raumkosten	28 · 6,00 € · 12 Mon.	2.016,00 €
Energieverbrauch	1.800 Std. · 0,22 € · 40 kWh	15.840,00 €
Betriebsstoffe	1.800 Std. : 200 Std. · 35 l · 4,00 €	1.260,00 €
Jahreskosten Maschine		**30.141,00 €**

3.2 MSS = 30.141,00 € : 1.800 Std. = **16,75 €/Std.**

4.1 Im Betriebsabrechnungsbogen werden die **Gemeinkosten** verteilt, d. h. die Kosten, die einem Produkt nicht direkt zugerechnet werden können.

4.2 **TIPP** *Berechnung der Selbstkosten des Umsatzes*

Minderbestände bei den fertigen und unfertigen Erzeugnissen sind zu addieren, da sie bereits Verwaltungs- und Vertriebskosten verursacht haben, Mehrbestände sind entsprechend zu subtrahieren.

MEK	700.000,00 €	
+ MGK	140.000,00 €	**20,00 %**
= MK	840.000,00 €	
+ FL	680.000,00 €	
+ FGK	748.000,00 €	**110,00 %**
HKdE	2.268.000,00 €	
+/– BV FE	12.000,00 €	
+/– BV UFE	4.000,00 €	
HKdU	2.260.000,00 €	
+ VwGK	190.000,00 €	**8,41 %**
+ VtGK	145.000,00 €	**6,42 %**
= SKdU	**2.595.000,00 €**	

Nebenrechnungen „Zuschlagssätze":

MGK: 140.000,00 € · 100 : 700.000,00 €

FGK: 748.000,00 € · 100 : 680.000,00 €

VwGK: 190.000,00 € · 100 : 2.260.000,00 €

VtGK: 145.000,00 € · 100 : 2.260.000,00 €

4.3 SOLL-MGK: 22 % von 700.000,00 € = 154.000,00 €
154.000,00 € – 140.000,00 € = **14.000,00 € (= Überdeckung)**

5.1 **TIPP** *Selbstkostenkalkulation*

Die Gemeinkosten sind aus den Einzelkosten prozentual zu berechnen.

MEK	620,00 €		
+ MGK	124,00 €	20 %	
= MK	744,00 €		
+ FL	900,00 €		36,00 €/Std. · 25 Std.
+ FGK	990,00 €	110 %	
+ Mako	75,00 €		60,00 € : 60 Min. · 75 Min.
= HK	2.709,00 €		
+ VwVtGK	812,70 €	30 %	
= **SK**	**3.521,70 €**		

5.2 **TIPP** *Verkaufskalkulation*

Auf die gegebenen 3.500,00 € Selbstkosten sind 35 % Gewinn aufzuschlagen. Ausgehend von dem sich ergebenden Barverkaufspreis sind der Skonto und die Provision jeweils vom verminderten Grundwert zu errechnen (Skonto = 4.725,00 € · 3 : 91 und Vertriebsprovision = 4.725,00 € · 6 : 91). Der Rabatt wird dann vom sich ergebenden Zielverkaufspreis mit vermindertem Grundwert berechnet: 5.192,31 € · 10 : 90.

SK	3.500,00 €
+ Gewinn 35 %	1.225,00 €
= BVP	4.725,00 €
+ Skonto 3 %	155,77 €
+ Provision 6 %	311,54 €
= ZVP	5.192,31 €
+ Rabatt 10 %	576,92 €
= **LVP**	**5.769,23 €**

5.3 **TIPP** *Differenzkalkulation*

Die Berechnung erfolgt in der angegebenen Lösung auf Basis einer Differenzkalkulation: Rückrechnung ausgehend von einem Nettoangebotspreis von 5.690,00 € pro Stück; der Gewinn pro Stück ergibt sich dann als Differenz aus Barverkaufspreis und Selbstkosten.

SK	3.500,00 €	
+ **Gewinn ? %**	**511,45 €**	**14,61 %**
= BVP	4.011,45 €	
+ Skonto	– €	0 %
+ Provision 6 %	256,05 €	6 %
= ZVP	4.267,50 €	
+ Rabatt 25 %	1.422,50 €	25 %
= LVP	5.690,00 €	

Gewinn gesamt:
511,45 €/Stck. · 5 Stck. = **2.557,25 €**

6.1 db I = 150,00 € – 90,00 € = **60,00 €**

6.2 **TIPP** *Break-even-Point*

Es handelt sich hierbei um eine Break-even-Berechnung für die Sitzbänke, deren fixe Kosten (16.400 €) pro Jahr durch den Deckungsbeitrag der abgesetzten Menge zu erbringen sind.

BEP = 16.400,00 € : 60,00 €/Stck. = **274 Stück**
(aufgerundet, da nur ganze Stückzahlen verkauft werden können)

BEP = Gewinnschwelle; Verkaufsmenge, bei der der Erlös und die Kosten eines Produktes gleich hoch sind und somit weder ein Verlust noch ein Gewinn erwirtschaftet wird. Liegt die Absatzmenge darüber, wird ein Gewinn erzielt, liegt sie darunter, ein Verlust.

PRÜFUNGSAUFGABEN

Abschlussprüfung 2020

Betriebswirtschaftliche Steuerung und Kontrolle

Unternehmensbeschreibung

Diese Unternehmensbeschreibung bezieht sich auf die Aufgaben 2 und 4.

Firma:	Brummer GmbH Nürnberger Straße 281 97076 Würzburg
Geschäftsführer:	Kurt Brummer
Aktuelles Geschäftsjahr:	01. 06. 2020 – 31. 05. 2021
Bankverbindung:	Bank von Unterfranken IBAN: DE91 7903 0282 0019 9822 50 BIC: BUFRDEWBXXX
USt-IdNr.:	DE130119390
Handelsregister:	Würzburg HRB 14921
Kundenkontonummern:	Die Kundenkontonummern sind zugleich die Debitorennummern.
Unternehmensgegenstand:	Die Brummer GmbH ist ein Unternehmen für Berufsbekleidung, Arbeitsschuhe und allgemeinen Berufs- und Industriebedarf. Die Produkte richten sich an private Hobby-Handwerker, professionelle Handwerker und Industriebetriebe. Das Kernsortiment besteht aus Berufsbekleidung, Arbeitsschuhen, Handschuhen sowie weiterer Schutzausrüstung und Werkzeugen. Zudem bietet das Unternehmen eine eigene Textilveredelung, unter anderem mit Stick-, Druck- oder Lasertechnik. Mit Ausnahme der Werkzeuge wird das gesamte Sortiment selbst hergestellt. Die Produktion erfolgt überwiegend in Deutschland. Die Werkzeuge werden als Handelsware zugekauft. Die Brummer GmbH hat vier eigene Fachmärkte in Bayern und einen Onlineshop.

Aufgabe 1

Sie erhalten eine E-Mail von Ihrer Bekannten Irma Maurer.

Von:	irma.maurer@meinemail.de	Gesendet:
An:	[Ihr Vorname.Ihr Nachname]@meinemail.de	Donnerstag, 02. 07. 2020
Betreff:	Unfall, Aktien, Geldanlage	
Anhang:	Rechnung_Doldinger.pdf Kfz-Versicherungspolice.pdf Tabelle_Tagesgeld_Festgeld.pdf	

Hallo [Ihr Vorname],

schön, dass du mich im Krankenhaus besucht hast. Und nochmals tausend Dank, dass du mir bei meinen Anliegen helfen wirst, da ich mit meinem gebrochenen Bein ans Bett gefesselt bin.

Bei deinem Besuch konnte ich dir ja erzählen, dass ich letzten Monat einen Unfall mit meinem Auto verursacht hatte. Mein Unfallgegner hat mir telefonisch mitgeteilt, dass er die Rechnung für die Reparatur seines Fahrzeugs über 1.378,62 € brutto zur Schadensregulierung direkt an mein Versicherungsunternehmen gesendet hat.

Gestern habe ich von der Werkstatt Doldinger die Rechnung für die Reparatur meines eigenen Fahrzeugs per E-Mail erhalten. Danke, dass du mir dafür einen Überweisungsträger der Unterfrankenbank ausfüllen und zum Unterschreiben ins Krankenhaus bringen kannst. Das Angebot nehme ich gerne an. Meine IBAN lautet übrigens DE74 7903 0282 0054 7710 33.

Was mich zudem interessiert: Wie hoch ist der Gesamtschaden des Unfalls? Welchen Betrag muss meine Versicherung für den Gesamtschaden aller Unfallbeteiligten insgesamt tragen? Und wie viel Geld bekomme ich von meiner Versicherung überwiesen?

Noch etwas: Ich habe 100 Aktien eines großen deutschen Automobilunternehmens geerbt. Da ich mich mit Aktien kaum auskenne und mir das Risiko viel zu hoch ist, möchte ich diese alle sofort verkaufen. Darüber hinaus habe ich kürzlich einen Brief erhalten, in dem steht, dass von diesem Automobilunternehmen eine Dividende von 1,10 € pro Aktie ausgeschüttet worden ist, die bereits morgen auf meinem Konto eingehen wird. Welcher Betrag steht mir durch die Aktien insgesamt zur Verfügung, wenn ich zum heutigen Kurs verkaufen würde?

Den kompletten Gutschriftbetrag möchte ich bis zu meiner Weltreise ab Mitte Juli 2022 unbedingt sehr sicher anlegen. Dennoch möchte ich natürlich mein Geld bestmöglich vermehren. In einer Zeitschrift habe ich eine Tabelle gefunden, in der die besten Festgeld- und Tagesgeldkonten beschrieben waren. Das hat sich vielversprechend angehört, aber noch besser war wohl der Tipp von einem Pflegehelfer hier im Krankenhaus. Er wird sein Geld absolut sicher bei einer Rendite von 25 % pro Jahr bei einer garantierten Rückzahlung nach zwei Jahren anlegen. Ich könnte mit einsteigen, muss ihm aber noch heute Bescheid geben. Welche der drei Geldanlagemöglichkeiten würdest du mir empfehlen und welche sollte ich besser nicht nehmen? Auch deine Begründung würde mich interessieren.

In den Anhängen findest du die relevanten Unterlagen. Ich freue mich über deine E-Mail, damit ich dem Pflegehelfer heute noch Bescheid geben kann.

Danke für deine Hilfe und liebe Grüße

Irma

Sie recherchieren, dass der aktuelle Kurs der Aktie 60,97 € beträgt und sich die Transaktionsgebühren für den Verkauf auf 0,5 % des aktuellen Kurswertes belaufen.

Führen Sie die notwendigen Arbeitsschritte durch und dokumentieren Sie diese nachvollziehbar.

Anlage 1.1 **Rechnung_Doldinger.pdf**

Doldinger GmbH
Kfz-Reparatur-Service

Doldinger GmbH, Nürnberger Straße 281, 63743 Aschaffenburg

Irma Maurer
Kerschensteiner Straße 22
63741 Aschaffenburg

Doldinger GmbH
Nürnberger Straße 281
63743 Aschaffenburg
Telefon: +49 6021 556677
Telefax: +49 6021 556678
E-Mail: info@doldinger-gmbh.de

Rechnung Unfallschaden

Kundennummer	Auftragsdatum	Rechnungsnummer	Rechnungsdatum
24135	17. 06. 2020	AR-757	01. 07. 2020

Wir bedanken uns für Ihren Auftrag und berechnen Ihnen für die am 29. 06. 2020 erfolgte Reparatur Ihres Fahrzeuges mit dem Kennzeichen AB – DK 111 folgende Leistungen:

Stoßfänger ausgebaut, gerichtet, neu lackiert, eingebaut; rechter Hauptscheinwerfer ausgetauscht; Wagen Probe gefahren	**425,00 €**
Original-Lack 500 ml	**26,20 €**
Hauptscheinwerfer rechts	**189,00 €**

Lohn netto	Material netto	steuerpflichtiges Nettoentgeld	Umsatzsteuer	Rechnungsbetrag brutto
425,00 €	215,20 €	640,20 €	19 % 121,64 €	761,84 €

Der Betrag ist zahlbar mit Abzug von 3 % Skonto bis zum 15. 07. 2020, netto Kasse bis spätestens 31. 07. 2020.

Doldinger GmbH
Nürnberger Straße 281
63743 Aschaffenburg
Telefon: +49 6021 556677
Fax: +49 6021 556678
E-Mail: info@doldinger-gmbh.de

Geschäftsführer: Peter Doldinger
Handelsregister HRB 14921
USt-IdNr.: DE130119390

Bankverbindung:
Unterfrankenbank
IBAN: DE91 7903 0282 0019 9822 50
BIC: BUFRDEWBXXX

Anlage 1.2 **Kfz-Versicherungspolice.pdf**

BELIANZ AG

Belianz AG, Frankenstraße 241, 90443 Nürnberg

Bei Rückfragen bitte angeben:
865/752 252

Irma Maurer
Kerschensteiner Straße 22
63741 Aschaffenburg

Telefon: +49 911 325626
Telefax: +49 911 325628
E-Mail: dieter.schlohweiss@belianz.com

Nürnberg, 21. 12. 2019

Versicherungsschein-Kraftfahrtversicherung 865/752 252

Versichertes Fahrzeug:	PKW, VW, AB – DK 111 74 kW/101 PS Ident-Nr. WVWZZZ4BZ5E224532	
Vertragsdauer:	Beginn: 01. 01. 2020 Ende: 31. 12. 2020	

Versicherungsumfang

Kfz-Haftpflichtversicherung:	100 Mio. € Versicherungssumme für Personen-, Sach- und Vermögensschäden je Schadensfall	**685,25 €**
Kaskoversicherung:	Vollkasko, 300,00 € Selbstbeteiligung Teilkasko, 150,00 € Selbstbeteiligung	**412,50 €**

Tarifierungsmerkmale

Jährliche Fahrleistung	bis zu 17.000 km
Fahrer:	ausschließlich Versicherungsnehmer oder Ehepartner
Fahreralter:	auch unter 25 Jahren
Geburtsdatum jüngster Fahrer:	27. 03. 1996
Regelmäßiger Stellplatz:	keiner
Nutzung:	ausschließlich privat
Zahlungsweise:	jährlich; die Beträge werden dem folgenden Konto belastet: DEXX XXXX XXXX XXXX XX10 33

Belianz AG

Belianz AG
Frankenstraße 241
90443 Nürnberg

Vorstand: Hans Eber
Handelsregister HRB 19825
USt-IdNr.: DE741009419

Bankverbindung:
Mittelrankenbank
IBAN: DE81 7603 2411 0076 1290 21
BIC: BMFRDENBxxx

Anlage 1.3 Tabelle_Tagesgeld_Festgeld.pdf

Tagesgeld[1]

Sparer, die jederzeit über ihr Geld verfügen wollen, sollten ein gutes Tagesgeld wählen. Der Zins kann sich jedoch ändern.

Anbieter	Land	Mindestanlage (EURO)	Zins/Rendite pro Jahr in % (bei 5.000,00 €)
TF Bank	Schweden[2]	Keine[3]	0,65
My Money Bank[4]	Frankreich[5]	Keine[3]	0,61
Komplett Bank	Norwegen[5]	5.000,00[6]	0,60
Leaseplan Bank	Niederlande[5]	Keine	0,50
Creditplus Bank[4]	Deutschland	Keine	0,41

Festgeld[1]

Für Sparer, die sich einen Zinssatz für eine feste Zeit sichern wollen, sind nachfolgend die sechs besten Festgeldanbieter für Laufzeiten zwischen einem und fünf Jahren aufgeführt.

Anbieter	Land	Mindestanlage (EURO)	Rendite pro Jahr in % bei einer Laufzeit von ... Jahren				
			1	2	3	4	5
VTB Direktbank	Deutschland	500,00	–	0,75	1,00	1,00	1,20
Bank1	Deutschland	1.000,00	0,60	0,80	1,00	1,10	1,20
DHB Bank	Niederlande[5]	2.500,00	0,55	0,75	0,95	1,10	1,20
CA Consumer Finance[7]	Frankreich[5]	5.000,00	1,01	1,21	1,31	1,36	1,41
Kommunalkredit Invest	Österreich[5]	10.000,00	0,70	0,80	1,11	–	–
Klarna[7]	Schweden[2]	10.000,00	1,02	0,95	1,25	1,25	1,15

[1] Angebote, bei denen Kosten etwa für die Kontoführung anfallen oder die an Bedingungen wie die Eröffnung eines Girokontos mit Gehaltseingang geknüpft sind, werden nicht berücksichtigt. Die Zinsen von mehrjährigen Anlagen müssen mindestens jährlich ausgezahlt oder dem Anlagekonto gutgeschrieben und im nächsten Jahr mitverzinst werden.

[2] Je nach Wechselkurs entspricht der Schutz durch die nationale Einlagensicherung zeitweise einem Betrag von deutlich unter 100.000,00 €.

[3] Der Zins gilt nur für Beträge bis 100.000,00 €.

[4] Das Produkt hat zwei Anlagetermine pro Monat. Über den Anlagebetrag kann nur zweimal monatlich verfügt werden.

[5] Die Einlagensicherung ist auf 100.000,00 € begrenzt.

[6] Erstanlage; der Betrag kann später unterschritten werden.

[7] Kontoeröffnung nur über Internet möglich; Kontoführung per Telefon

Vorlage 1.1 Überweisungsträger

SEPA-ÜBERWEISUNG **Unterfrankenbank**
BIC: BUFRDEWBXXX

Nur für Überweisungen in Deutschland, in andere EU-/EWR-Staaten und in die Schweiz in Euro

Angaben zum Zahlungsempfänger: Name, Vorname/Firma (max. 27 Stellen)

IBAN

BIC des Kreditinstitutes / Zahlungsdienstleisters (8 oder 11 Stellen)

Betrag: Euro, Cent

Kunden-Referenznummer – Verwendungszweck, ggf. Name und Anschrift des Zahlers – (nur für Zahlungsempfänger)

noch Verwendungszweck (max. 2 Zeilen á 27 Stellen)

Angaben zum Kontoinhaber: Name, Vorname / Firma, Ort (max. 27 Stellen)

IBAN

Datum

Unterschrift(en)

Vorlage 1.2 E-Mail

Von: [Ihr Vorname.Ihr Nachname]@meinemail.de

An: irma.maurer@meinemail.de

Betreff: AW: Unfall, Aktien, Geldanlage

Gesendet: Donnerstag, 02. 07. 2020

Lösungsvorschlag

TIPP *Aufgabe 1, Bewertungseinheiten: 25*

Zuerst sollten Sie sich einen Überblick über die Situation verschaffen, denn gerade bei dieser Aufgabe sind mit drei Anlagen und zwei Vorlagen neben der einführenden E-Mail reichlich Arbeitsmaterialien zu sichten. Im Folgenden sollten Sie die notwendigen Arbeitsschritte in eine sinnvolle Reihenfolge bringen.

1. Ausfüllen des Überweisungsträgers zum Ausgleich der Rechnung der Werkstatt Doldinger.
2. Berechnung des Gesamtschadens des Unfalls und der Leistung (= Gesamtaufwand) der Versicherung.
3. Berechnung der zu erwartenden Überweisung der Versicherung an Irma Maurer.
4. Berechnung des Gesamterlöses aus dem Verkauf der Aktien und der Dividendengutschrift.
5. Unterbreitung eines Vorschlags zur Kapitalanlage des Gesamterlöses aus einer Reihe von Angeboten.
6. Dokumentation und Zusammenfassung der Ergebnisse in einer E-Mail an Irma Maurer.

Arbeitsschritt 1

Rechnungsbetrag	761,84 €
– 3 % Skonto	22,86 €
= Überweisungsbetrag	738,98 €

TIPP Im Referenzfeld sollte neben der Rechnungs- und Kundennummer auf jeden Fall auch der Skontoabzug vermerkt sein.
Der Überweisungsträger darf nicht unterschrieben werden, da dies dann Irma Maurer als Konteninhaberin vornehmen muss.

Überweisungsträger, Vorlage 1.1

SEPA-ÜBERWEISUNG **Unterfrankenbank** BIC: BUFRDEWBXXX

Nur für Überweisungen in Deutschland, in andere EU-/EWR-Staaten und in die Schweiz in Euro

Angaben zum Zahlungsempfänger: Name, Vorname/Firma (max. 27 Stellen)

DOLDINGER GMBH

IBAN

DE91790302820019982250

BIC des Kreditinstitutes/Zahlungsdienstleisters (8 oder 11 Stellen)

Betrag: Euro, Cent

738,98

Kunden-Referenznummer – Verwendungszweck, ggf. Name und Anschrift des Zahlers – (nur für Zahlungsempfänger)

RN AR-757 KD-NR.24135 VOM

noch Verwendungszweck (max. 2 Zeilen á 27 Stellen)

17.06.20 ABZGL.3% SKONTO

Angaben zum Kontoinhaber: Name, Vorname/Firma, Ort (max. 27 Stellen)

MAURER, IRMA

IBAN

DE74790302820054771033

Datum

02.07.2020

Unterschrift(en)

Arbeitsschritt 2

TIPP Der Gesamtschaden setzt sich aus der Rechnung des Unfallgegners und der Zahlung an die Doldinger GmbH zusammen. Der von der Versicherung zu tragende Anteil ist um den Selbstbehalt der Vollkasko-Versicherung in Höhe von 300,00 € zu kürzen.

Rechnung des Unfallgegners	1.378,62 €
+ Überweisung an Doldinger GmbH	738,98 €
= Gesamtschaden	2.117,60 €
– Selbstbehalt Vollkasko-Versicherung	300,00 €
= gesamte Versicherungsleistung	1.817,60 €

Arbeitsschritt 3

Die Versicherung wird den um den Skontoabzug gekürzten Rechnungsbetrag der Doldinger GmbH abzüglich des Selbstbehalts von 300,00 € überweisen.

Überweisung an Doldinger GmbH	738,98 €
– Selbstbehalt bei Vollkasko-Versicherung	300,00 €
= erwartete Überweisung der Versicherung	438,98 €

TIPP Die Rechnung des Versicherungsgegner wird direkt mit der Versicherung abgerechnet.

Arbeitsschritt 4

Kurswert der 100 Aktien:	100 · 60,97 €	6.097,00 €
– 0,5 % Transaktionsgebühr		30,49 €
+ ausstehende Dividendengutschrift	100 · 1,10 €	110,00 €
= Gesamterlös: Verkauf + Dividende		6.176,51 €

Arbeitsschritt 5

Gesucht wird eine sehr sichere Kapitalanlage mit einer Laufzeit von bis zu 2 Jahren, da Irma Maurer im Juli 2022 eine Weltreise plant. Neben der Sicherheit ist ihr die Verfügbarkeit nach 2 Jahren ebenso wichtig wie eine angemessene Rendite.

Da die Festgelder mit einer Laufzeit von 2 Jahren durchweg eine höhere Verzinsung ausweisen als das Tagesgeld, fallen die Tagesgeldangebote komplett heraus.
Ebenso der Vorschlag des Pflegers, denn eine erwartete Rendite in Höhe von 25 % pro Jahr kann nicht seriös sein oder nur mit höchsten Risiken „erkauft“ werden.

Innerhalb der Festgeldangebote bietet die CA Consumer Finance mit 1,21 % die höchste Verzinsung. Die Einlagen sind mit 100.000,00 € gesichert und der Abschluss kann über das Internet erfolgen – somit ist die Einlage auch sicher und da die Anlage im Euro-Raum erfolgt, besteht auch kein Wechselkursrisiko.

Arbeitsschritt 6

E-Mail, Vorlage 1.2

Von:	[Ihr Vorname.Ihr Nachname]@meinemail.de	Gesendet: Donnerstag, 02. 07. 2020
An:	irma.maurer@meinemail.de	
Betreff:	AW: Unfall, Aktien, Geldanlage	

Liebe Irma,

wie gewünscht habe ich alle Berechnungen zu deinem Unfallschaden vorgenommen. Der Gesamtschaden beträgt 2.117,60 €, davon muss deine Versicherung 1.817,60 € tragen. Da du die Rechnung an die Doldinger GmbH beglichen hast, wirst du von der Versicherung nach Abzug des Selbsterhalts 438,98 € erhalten.

Den Überweisungsträger an die Firma Doldinger GmbH habe ich entsprechend vorbereitet und dabei auch den Skontoabzug berücksichtigt.

Für deine Aktien wirst du inklusive der Dividende und nach Abzug der Transaktionsgebühr 6.176,51 € erhalten. Wenn du das Geld sicher anlegen willst, empfehle ich dir das zweijährige Festgeld bei der CA Consumer Finance. Dies bringt eine Verzinsung von 1,21 % pro Jahr und damit von allen Tages- und Festgeldern die höchste Rendite. Die Einlagen sind bis zu 100.000,00 € gesichert und du kannst das Konto über das Internet eröffnen. Vom Angebot deines Pflegers rate ich dir dringend ab. Ein Angebot mit einer Rendite von 25 % kann nicht seriös sein.

Ich hoffe, ich konnte dir behilflich sein.

Bis später

[Ihr Vorname]

Aufgabe 2

Sie absolvieren eine kaufmännische Ausbildung bei der Brummer GmbH. Von einer Besprechung zur Einführung der neuen Spezial-Arbeitshose „Dawson extreme“ liegt Ihnen dieses Protokoll vor:

<table>
<tr><th colspan="3">Protokoll: Besprechung zur Einführung der neuen Spezial-Arbeitshose „Dawson extreme“</th></tr>
<tr><td colspan="2">Datum, Ort:</td><td>01. 07. 2020, Besprechungszimmer (Raum 41)</td></tr>
<tr><td colspan="2">Teilnehmende Personen:</td><td>Anton Kupfer (Controlling), Carla Schmidt (Marketing), Paula Schmitz (Produktion), [Ihr Vorname Ihr Nachname] (Auszubildende(r))</td></tr>
<tr><td>TOP</td><td>Wer?</td><td>Was?</td></tr>
<tr><td>1</td><td>Paula Schmitz</td><td>Paula Schmitz äußert sich sehr zufrieden über die neue Arbeitshose und deren Design. Die Qualität genügt höchsten Ansprüchen und ist damit der Konkurrenz weit voraus. Paula Schmitz stellt die Kalkulationsdaten zur Ermittlung des Nettoverkaufspreises zur Verfügung.</td></tr>
<tr><td>2</td><td>Anton Kupfer</td><td>Anton Kupfer gibt zu bedenken, dass bei der Ermittlung des Nettoverkaufspreises nicht nur die eigenen Kosten, sondern auch die Verkaufspreise der Konkurrenz und die maximale Zahlungsbereitschaft der Kunden zu beachten sind. Er hat die Listenverkaufspreise wichtiger Konkurrenten recherchiert und zudem die erwarteten Betriebsergebnisse in Abhängigkeit unterschiedlicher Nettoverkaufserlöse ermittelt. Beides stellt er für die Festlegung des Nettoverkaufspreises zur Verfügung.</td></tr>
<tr><td colspan="3">To-do</td></tr>
<tr><td>Bis wann?</td><td>Wer?</td><td>Was?</td></tr>
<tr><td>02. 07. 2020</td><td>[Ihr Vorname Ihr Nachname]</td><td>Präsentation und nachvollziehbare Argumentation zu folgenden Punkten vorbereiten:
1. Kostenorientierte Preisgestaltung:
Gewünschten Nettoverkaufspreis auf Basis der von Frau Schmitz zur Verfügung gestellten „Kalkulationsdaten“ kalkulieren
2. Konkurrenzorientierte Preisgestaltung:
Einen sinnvollen Nettoverkaufspreis aus der Wettbewerbsanalyse von Herrn Kupfer ableiten
3. Nachfrageorientierte Preisgestaltung:
Einen sinnvollen Nettoverkaufspreis auf Basis der erwarteten Betriebsergebnisse vorschlagen
4. Psychologische Preisgestaltung:
Aufgrund der bisher gewonnenen Erkenntnisse einen psychologisch sinnvollen Nettoverkaufspreis vorschlagen
5. Zu erwartenden Gewinn je Hose in Euro und in Prozent im Hinblick auf den vorgeschlagenen psychologischen Nettoverkaufspreis berechnen
6. Endgültigen Nettoverkaufspreis festlegen
7. Ergebnisse auf einer Präsentationsfoliefesthalten</td></tr>
<tr><td colspan="2">Anlagen:</td><td>– Kalkulationsdaten
– Wettbewerbsanalyse
– Voraussichtliche Betriebsergebnisse</td></tr>
</table>

Führen Sie die notwendigen Arbeitsschritte durch und dokumentieren Sie diese nachvollziehbar.

Anlage 2.1 Kalkulationsdaten

Kalkulationsdaten für eine Arbeitshose „Dawson extreme“		
Materialbereich		
Fertigungsmaterial		**Kosten je Arbeitshose**
Hochwertige Gewebestoffe und Polyamid		16,50 €
Futter und Wattierung		7,50 €
Weitere Materialien		16,00 €
Materialgemeinkostenzuschlagssatz		52,4 %
Fertigungsbereich		
Fertigungslöhne gemäß Tarifvertrag vom 01. 05. 2020		
Lohngruppe	**Stundenlohn**	**Benötigte Zeit je Arbeitshose**
Lohngruppe 3	14,00 €	90 Min.
Restfertigungsgemeinkostenzuschlagssatz		161,8 %
Maschinenplatzabhängige Fertigungsgemeinkosten für Laserschnitt, Näh- und Färbeautomation)		73,00 € je Std., Vorgabezeit laut Arbeitsplan 45 Min.
Sonstige Angaben		
Verwaltungsgemeinkostenzuschlagssatz		24,1 %
Vertriebsgemeinkostenzuschlagssatz		21,8 %
Gewinn		20,0 %
Kundenskonto		3,0 %
Kundenrabatt		5,0 %

Anlage 2.2 Wettbewerbsanalyse

Nettoverkaufspreise von Arbeitshosen wichtiger Konkurrenten			
Unternehmen	Nettoverkaufspreis in €	Unternehmen	Nettoverkaufspreis in €
Security Clothes AG	379,99	fritz-amann OHG	354,99
workwear 4 everyone AG	249,99	Secure4you GmbH	274,99
Schmitt & Co KG	229,99	vogel-strauss AG	214,99
Durchschnittlicher Nettoverkaufspreis in €: 284,16			

Anlage 2.3 Erwartete Betriebsergebnisse

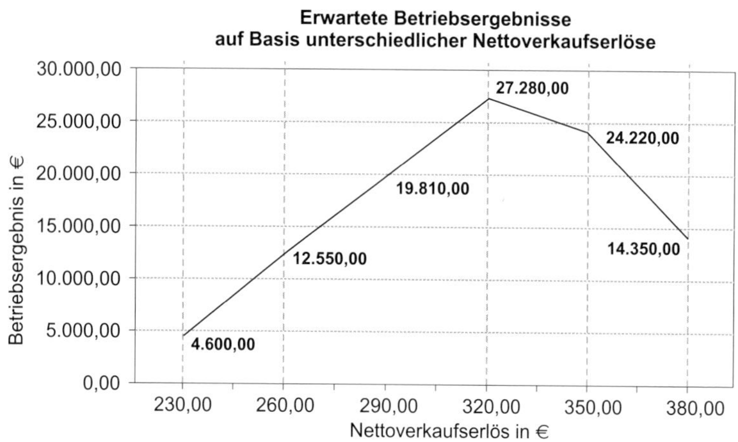

Erwartete Betriebsergebnisse auf Basis unterschiedlicher Nettoverkaufserlöse (unter Berücksichtigung der erwarteten Absatzmengen)						
Nettoverkaufserlöse in € je Stück	**230,00**	**260,00**	**290,00**	**320,00**	**350,00**	**380,00**
Absatz in Stück	600	550	510	480	420	350
Nettoverkaufserlöse in €	138.000,00	143.000,00	147.900,00	153.600,00	147.000,00	133.000,00
Gesamtkosten in €	133.400,00	130.450,00	128.090,00	126.320,00	122.780,00	118.650,00
Erwartetes Betriebsergebnis in €	4.600,00	12.550,00	19.810,00	27.280,00	24.220,00	14.350,00

Vorlage 2.1 Präsentationsfolie

„Dawson extreme"

Ergebnisse der Überlegungen zur Preisgestaltung

1. Kostenorientierter Preisvorschlag (netto)

2. Konkurrenzorientierter Preisvorschlag (netto)

3. Nachfrageorientierter Preisvorschlag (netto)

4. Psychologischer Preisvorschlag (netto)

5. Zu erwartender Gewinn je Hose und Gewinnspanne

6. Endgültiger Nettoverkaufspreis

Lösungsvorschlag

TIPP *Aufgabe 2, Bewertungseinheiten: 25*

Im Gegensatz zur ersten Aufgabe können Sie sich nach der Lektüre der Tagesordnungspunkte (TOP) 1 und 2 hinsichtlich der Strukturierung der Arbeitsschritte auf die To-do-Liste beziehen. Die Ergebnisse der Berechnungen und Überlegungen sollen am Ende in der Vorlage 2.1 (Präsentationsfolie) eingetragen werden.

Arbeitsschritt 1 – Berechnung des Nettoverkaufspreises

TIPP Auf Basis der Kalkulationsdaten aus der Anlage 2.1 ist ausgehend vom Fertigungsmaterial der Nettoverkaufspreis zu errechnen.

Fertigungsmaterial	16,50 € + 7,50 € + 16,00 €	40,00 €
+ Materialgemeinkosten	40,00 € · 52,4 %	20,96 €
= Materialkosten		60,96 €
Fertigungslöhne	1,5 Stunden · 14,00 €	21,00 €
+ Restfertigungsgemeinkosten	21,00 € · 161,8 %	33,98 €
+ Maschinenkosten	0,75 Stunden · 73,00 €	54,75 €
= Fertigungskosten		109,73 €
Materialkosten		60,96 €
+ Fertigungskosten		109,73 €
= Herstellkosten		170,69 €
+ Verwaltungsgemeinkosten	170,69 € · 24,1 %	41,14 €
+ Vertriebsgemeinkosten	170,69 € · 21,8 %	37,21 €
= Selbstkosten		249,04 €
+ Gewinn	249,04 € · 20 %	49,81 €
= Barverkaufspreis		298,85 €
+ Kundenskonto	298,85 € · 3 % : 97 %	9,24 €
= Zielverkaufspreis		308,09 €
+ Kundenrabatt	308,09 € · 5 % : 95 %	16,22 €
= Nettoverkaufspreis		**324,31 €**

TIPP Bei der Berechnung des Kundenskontos und Kundenrabatts ist zu beachten, dass mit dem verminderten Grundwert bei der Vorkalkulation zu rechnen ist.

Arbeitsschritt 2 – Vorschlag für konkurrenzorientierte Preisgestaltung

Bei der Betrachtung der Preise der Mitbewerber können wir feststellen, dass sich unser mittels der Vollkostenrechnung ermittelte Preis von 324,31 € im oberen Preissegment befindet, es aber auch Mitbewerber gibt, die deutlich über unserem Preis liegen. Da Paula Schmitz äußerte, dass die Arbeitshose höchsten Qualitätsansprüchen genügt, sollte sich der berechnete Preis durchaus am Markt durchsetzen lassen. Daher sollten wir den Preis vorerst bei 324,31 € belassen.

Arbeitsschritt 3 – Nachfrageorientierte Preisgestaltung

Der Blick auf die Grafik offenbart auf den ersten Blick den optimalen Preis, der bei 320,00 € liegt, da bei diesem Preis das höchste Betriebsergebnis (= Gewinn) zu erwarten ist. Zwar werden wir zu diesem Preis nur 480 Arbeitshosen absetzen, dafür aber die maximalen Umsätze einfahren.
Somit sollten wir den Preis auf 320,00 € korrigieren.

Arbeitsschritt 4 – Psychologischer Preis

Die bisher gewonnenen Erkenntnisse hatten uns ja zu einem Angebotspreis von 320,00 € geführt. Optisch ein wenig günstiger sähe ein Preis von 319,99 € oder 319,00 € aus. Die geringfügige Preissenkung wird das Betriebsergebnis nur unwesentlich negativ berühren. Eher ist zu erwarten, dass sich vielleicht noch die eine oder andere Arbeitshose mehr absetzen lassen wird im Vergleich zu einem „glatten" Preis.
Vorschlag: 319,99 €

Arbeitsschritt 5 – Ermittlung Gewinn in € und %

TIPP Auf Basis des aktuell vorgeschlagenen Verkaufspreises von 319,99 € ist nun der Gewinn in € und % als Differenzkalkulation zu berechnen. Vom neuen Nettoverkaufspreis ist bis zum Barverkaufspreis zurück zu rechnen. Die Differenz aus Barverkaufspreis und in Arbeitsschritt 1 berechnetem Selbstkostenpreis ergibt den Gewinn in Euro. Dieser Gewinn ist dann ins Verhältnis zum Selbstkostenpreis zu setzen, um den Gewinn in % zu erhalten.

Selbstkostenpreis		249,04 €
+ Gewinn		**45,83 €** ↑
= Barverkaufspreis		294,87 €
+ Kundenskonto	303,99 € · 3 %	9,12 €
= Zielverkaufspreis		303,99 €
+ Kundenrabatt	319,99 € · 5 %	16,00 €
= Nettoverkaufspreis		319,99 €

$$\text{Gewinn in \%} = \frac{45{,}83\ € \cdot 100}{249{,}04\ €} = 18{,}40$$

Arbeitsschritt 6 – Festlegung des endgültigen Nettoverkaufspreises

Da unter Anwendung des psychologischen Preises immerhin noch ein Gewinn von 18,4 % erreicht werden kann und unter marktorientierter Betrachtung das Betriebsergebnis optimal ist, sollte der Preis bei 319,99 € belassen werden.

Arbeitsschritt 7 – Ausfüllen der Präsentationsfolie

> **TIPP** Auf Basis der in den Arbeitsschritten 1 bis 6 ermittelten Ergebnisse ist die Präsentationsfolie entsprechend auszufüllen.

Präsentationsfolie, Vorlage 2.1

„Dawson extreme"

Ergebnisse der Überlegungen zur Preisgestaltung

1. Kostenorientierter Preisvorschlag (netto)

   324,31 €

2. Konkurrenzorientierter Preisvorschlag (netto)

   324,31 € ist in Ordnung wegen der sehr hohen Qualität. Damit liegt der Preis im oberen Preissegment der Spanne 214,99 € - 379,99 €.

3. Nachfrageorientierter Preisvorschlag (netto)

   Maximales Betriebsergebnis bei 320,00 €.

4. Psychologischer Preisvorschlag (netto)

   319,99 €; der Preis liegt sehr nahe an dem kalkulierten Nettoverkaufspreis, bei dem das Betriebsergebnis maximal ist, ist aber psychologisch zu bevorzugen.

5. Zu erwartender Gewinn je Hose und Gewinnspanne

   Gewinn je Arbeitshose 45,83 €, dies entspricht einem Gewinnaufschlag von 18,4 %.

6. Endgültiger Nettoverkaufspreis

   319,99 €; auch wenn der angestrebte Gewinnaufschlag von 20 % nicht ganz erreicht wird, spricht die Ausrichtung an den Mitbewerbern und am Markt für diesen Preis.

Aufgabe 3

In dieser Aufgabe müssen Sie
- die Angebote dreier Fahrschulen hinsichtlich verschiedener Kriterien vergleichen und,
- einem Nachbarn eine passende Fahrschule empfehlen.

Nach der Schule treffen Sie Ihren Nachbarn Philipp.

SIE: „Hey Philipp, sehen wir uns heute Nachmittag?"

PHILIPP: „Eigentlich gerne, aber ich muss noch für die Schule lernen und mich endlich um eine passende Fahrschule für meinen Autoführerschein der Klasse B kümmern."

SIE: „Wird ja auch Zeit, du bist ja schon 18 Jahre alt. Dann kannst du mich auch mal von einer Party abholen."

PHILIPP: „Dann suche mir doch eine passende Fahrschule und dafür hole ich dich mal von einer Party ab."

SIE: „Das kann ich machen. Welche Fahrschulen kommen denn für dich in Frage?"

PHILIPP: „Eine Vorauswahl habe ich schon getroffen. Von der Fahrschule Peters habe ich einen Flyer geholt, die ist direkt um die Ecke. Da arbeitet die Mama von deiner Mitschülerin Sandra, deren Mama ist total nett. Dann gibt es noch die Fahrschule Fahrprofi. Da habe ich alle relevanten Infos auf einen Notizzettel geschrieben."

SIE: „Hast du noch Angebote von weiteren Fahrschulen?"

PHILIPP: „Die City Driving School habe ich gerade erst telefonisch erreicht. Das war eine Empfehlung meiner Mitschülerin Aylin. Die hat letzten Monat dort angefangen und es gefällt ihr sehr gut. Da habe ich auch alle Infos auf einen Notizzettel geschrieben."

SIE: „Welche Kriterien sind bei dem Vergleich der 3 Fahrschulen wichtig für dich?"

PHILIPP: „Ich möchte den Führerschein schnell haben. Ermittle, wann ich voraussichtlich mit allen Theorie- und Praxisstunden fertig bin. Ich kann bei den 3 Fahrschulen ab dem 06. 07. 2020 anfangen, weil dann alle schriftlichen Abschlussprüfungen vorbei sind. Freie Kapazitäten haben alle Fahrschulen. Mittwochs ab 18:30 Uhr kann ich wegen meines Fußballtrainings nicht. Vom 01. 08. 2020 bis 09. 08. 2020 bin ich im Urlaub."

SIE: „Welche Punkte soll ich bei meiner Empfehlung noch beachten?"

PHILIPP: „Selbst wenn mein Papa den Führerschein bezahlen wird, achte bitte auf einen möglichst günstigen Preis. Schau bitte auch darauf, dass ich gut zur Fahrschule komme. Die Kriterien siehst du aber auch in der Übersichtstabelle, die ich bereits vorbereitet habe. Andere Aspekte, die du findest, kannst du unter ‚Sonstiges' zusammenfassen."

SIE: „Ich kümmere mich darum. Dafür habe ich mindestens zweimal Abholen bei dir gut."

Bevor Sie sich an die Arbeit machen, nehmen Sie sich den Kalender zur Hand.

Führen Sie die notwendigen Arbeitsschritte durch und dokumentieren Sie diese nachvollziehbar.

Anlage 3.1 Flyer der Fahrschule Peters

Fahrschule Peters – Ihr Partner in Sachen Führerschein

Was kosten ein Führerschein?

Die Kosten für den Führerschein setzen sich aus den Kosten der Fahrschule (siehe unten) sowie den externen Kosten zusammen.

Außerhalb der Fahrschule solltest du für Passbilder, Sehtest, Kurs „Sofortmaßnahmen am Unfallort", Führerscheinantrag und behördliche Prüfungsgebühren mit 220,00 € rechnen.

Die Kosten in der Fahrschule hängen stark vom individuellen Übungsbedarf ab. Gesetzlich vorgeschrieben ist lediglich der Umfang der Sonderfahrten (z. B. Klasse B: 5 Stunden Überlandfahrten, 4 Stunden Autobahnfahrten, 3 Stunden Nachtfahrten). Zur Orientierung kann von insgesamt 30 praktischen Fahrstunden (inklusive Sonderfahrten) ausgegangen werden, die in Deutschland durchschnittlich für den Erwerb der Führerscheinklasse B benötigt werden.

Unsere Preise

	Klasse A	Klasse B	Klasse C
Grundbetrag (Theorie, Materialien usw.)	330,00 €	310,00 €	410,00 €
Anmeldung theoretische Prüfung	25,00 €	25,00 €	25,00 €
Anmeldung praktische Prüfung	90,00 €	90,00 €	90,00 €
Übungsfahrstunde (45 Minuten)	45,00 €	40,00 €	62,00 €
Sonderfahrten (45 Minuten)	58,00 €	55,00 €	65,00 €

Zahlungen sind bar, per Überweisung, per PayPal oder durch Lastschrifteinzug möglich.

Achtung: Betriebsferien vom 11.07.2020 - 25.07.2020

Organisatorisches

Der Theorieunterricht findet montags, dienstags und donnerstags jeweils von 17:00–18:30 Uhr statt. In der Führerscheinklasse A sind insgesamt 16 Termine, in Führerscheinklasse B insgesamt 14 Termine verbindlich für alle Fahrschulen in Deutschland vorgeschrieben. In Führerscheinklasse C richtet sich die Anzahl der Theoriestunden nach der bereits vorhandenen Fahrerlaubnis.
Die praktischen Fahrstunden vereinbaren wir individuell mit dir. Pro Woche sind bis zu 4 praktische Fahrstunden (45 Minuten) möglich. Bitte beachte, dass die praktischen Fahrstunden erst in der Woche nach der ersten Theoriestunde beginnen.

Steig ein und fahr mit uns – wir freuen uns auf dich!

Hast du Fragen? Möchtest Du dich anmelden? Ruf uns einfach an: 0176 44474944

Weitere Infos findest du hier:

Fahrschule Peters Sommeraktion 2020

Gegen Vorlage dieses Abschnitts erhältst Du bei einer Anmeldung für die Führerscheine der Klassen A oder B zwei Fahrstunden (keine Sonderfahrten) kostenlos!

Anlage 3.2 Notizen zur Fahrschule Fahrprofi

Fahrschule Fahrprofi

3 km entfernt, erreichbar per Fahrrad, sehr gute Bewertungen im Internet

Nur noch folgender Ferienkurs möglich:

Theorie	17.08.2020 - 04.09.2020, jeden Werktag 08:00 - 09:30 Uhr, inclusive Kaffee und Frühstückssnack Prüfungstermin 04.09.2020
Praxis	14.08.2020 - 10.09.2020 Prüfungstermin 10.09.2020

Grundbetrag und Prüfungen	415,00 €
1 Fahrstunde	45,00 €
1 Sonderfahrt	57,00 €

50,00 € Rabatt bei Anmeldung bis 24.07.2020

Zahlung durch Überweisung oder Lastschrifteinzug;
bei Lastschrifteinzug 2% Skonto auf den Rechnungsbetrag der Fahrschule

Externe Kosten (nicht bei der Fahrschule zu zahlen) 220,00 €

Anlage 3.3 Notizen zur Fahrschule City Driving School

Fahrschule City Driving School

10 Minuten per Auto entfernt, Papa könnte mich zum Theorieunterricht fahren; für die Praxisstunden würde ich von der Fahrschule zuhause abgeholt werden

Theorie	Dienstag, Mittwoch und Donnerstag von 18:30 - 20:00 Uhr mindestens zwei Termine pro Woche sollte man besuchen
Praxis	3 praktische Fahrstunden pro Woche Beginn sofort (auch ohne vorherige Theoriestunden) möglich, durchschnittlich werden 27 Fahrstunden benötigt

Pauschalpries 1.950,00 € (inklusive benötigter Fahrstunden und erster Prüfung); nur externe Kosten (220,00 €) kommen wie bei allen Fahrschulen noch dazu

Anlage 3.4 Kalender

Juni 2020

KW	Mo	Di	Mi	Do	Fr	Sa	So
23	1	2	3	4	5	6	**7**
24	8	9	10	11	12	13	**14**
25	15	16	17	18	19	20	**21**
26	22	23	24	25	26	27	**28**
27	29	30					

Juli 2020

KW	Mo	Di	Mi	Do	Fr	Sa	So
27			1	2	3	4	**5**
28	6	7	8	9	10	11	**12**
29	13	14	15	16	17	18	**19**
30	20	21	22	23	24	25	**26**
31	27	28	29	30	31		

August 2020

KW	Mo	Di	Mi	Do	Fr	Sa	So
31						1	**2**
32	3	4	5	6	7	8	**9**
33	10	11	12	13	14	15	**16**
34	17	18	19	20	21	22	**23**
35	24	25	26	27	28	29	30
36	31						

September 2020

KW	Mo	Di	Mi	Do	Fr	Sa	So
36		1	2	3	4	5	**6**
37	7	8	9	10	11	12	**13**
38	14	15	16	17	18	19	**20**
39	21	22	23	24	25	26	**27**
40	28	29	30				

Vorlage 3.1 Übersichtstabelle

Kriterien / Angebote	Fahrschule Peters	Fahrschule Fahrprofi	Fahrschule City Driving School
Kosten			
Voraussichtlicher Abschluss Theorie			
Voraussichtlicher Abschluss Praxis			
Erreichbarkeit der Fahrschule			
Sonstiges			

Lösungsvorschlag

TIPP *Aufgabe 3, Bewertungseinheiten: 25*

Neben den zu Beginn der Wahlaufgaben gegebenen kleinen Zusammenfassung der erwarteten Tätigkeiten lassen sich aus dem Dialog die folgenden Arbeitsschritte ableiten.

1. Angebotsvergleich (Preis) der drei zur Auswahl stehenden Fahrschulen.
2. Berechnung des frühestmöglichen Abschlusses der Theorie und Praxis unter Berücksichtigung der eigenen Restriktionen und der der Fahrschulen.
3. Beurteilung der Erreichbarkeit der Fahrschulen.
4. Sonstige Informationen, die sich aus dem Dialog bzw. den Unterlagen der Fahrschulen ergeben.
5. Zusammenfassen der Ergebnisse auf der Vorlage 3.1 Übersichtstabelle.
6. Treffen einer begründeten Entscheidung für eine der drei Fahrschulen.

Arbeitsschritt 1 – Angebotsvergleich

TIPP Da bei allen drei Fahrschulen die Prüfungsgebühr 220,00 € beträgt, kann diese außer Acht gelassen werden. Sollte diese berücksichtigt werden, so wird sich am Ergebnis jedoch keine Veränderung ergeben.
Wie dem Angebot der Fahrschule Peters zu entnehmen ist, ist von insgesamt 30 praktischen Fahrstunden auszugehen, davon entfallen 12 auf Sonderfahrten, womit 18 gewöhnliche Fahrstunden verbleiben. Das Angebot von Peters und Fahrprofi sollte deshalb auch mit dieser Stundenanzahl gerechnet werden. Bei der Fahrschule City Driving School spielt aufgrund des Pauschalpreises die Zahl der praktischen Fahrstunden für die Höhe der Kosten keine Rolle.

	Peters	Fahrprofi	City Driving School
Grundbetrag	310,00 €	–	
+ Prüfungen	115,00 €	415,00 €	
+ 18 reguläre Fahrstunden	720,00 €	810,00 €	
+ 12 Sonderfahrten	660,00 €	684,00 €	
= Zwischensumme	1.805,00 €	1.909,00 €	1.950,00 €
– Rabatt	80,00 €	50,00 €	–
= Rechnungsbetrag	1.725,00 €	1.859,00 €	1.950,00 €
– Skonto	–	37,18 €	–
= Gesamtkosten	1.725,00 €	1.821,82 €	1.950,00 €

TIPP Anmerkungen:
Die Fahrstunden bei Peters und Fahrprofi ergeben sich aus der Multiplikation von Stundenzahl und Stundenpreis laut Angebot.
Der Rabatt bei Peters entspricht den beiden kostenfreien Fahrstunden entsprechend dem Sommerangebot 2020. Fahrprofi bietet einen Rabatt von 50,00 € bei Anmeldung bis 24. 07. 2020.

Arbeitsschritt 2 – Berechnung des frühestmöglichen Abschlusses nach Praxis und Theorie

TIPP Unabhängig von den Fahrschulen ist zu berücksichtigen, dass der Unterricht am 06. 07. 2020 beginnen soll und Philipp vom 01.–09. 8. im Urlaub sein wird.

Fahrschule Peters

Drei Unterrichtstermine (Theorie) pro Woche könnten wahrgenommen werden. Allerdings sind keine Unterrichtseinheiten vom 11. 07.–25. 07. wegen der Betriebsferien der Fahrschule möglich.

Somit sind folgende Unterrichtseinheiten möglich:

KW 28	3
KW 31	3
KW 33 und 34	6

Verbleiben noch zwei Termine in der KW 35 (Montag und Dienstag)
Abschluss der Theorie wäre am 25. 08. 2020.

Erst nach der ersten Woche Theorieunterricht kann mit den praktischen Stunden begonnen werden. Somit erst in der KW 31.

KW 31	4 Fahrstunden
KW 33–38	24 Fahrstunden

Verbleiben noch zwei Fahrstunden, die in der KW 39 abgelegt werden müssten.
Frühester Abschluss der Praxis wäre somit der 22. 09. 2020.

Fahrschule Fahrprofi

Bei dieser Fahrschule stehen aufgrund des Ferienkurses die Prüfungstermine bereits fest:

Theorie	04. 09. 2020
Praxis	10. 09. 2020

Fahrschule City Driving School

TIPP Bei dieser Fahrschule ist zu berücksichtigen, dass der Mittwoch-Termin für den theoretischen Unterricht nicht wahrgenommen werden kann. Dafür werden aber nur 27 Fahrstunden angenommen und mit der Praxis kann sofort begonnen werden, jedoch nur mit jeweils 3 Fahrstunden je Woche.

Dies bedeutet für die Theorie: 14 UE : 2 UE/Woche = 7 Wochen
Dies bedeutet für die Praxis: 27 Fahrstunden : 3 Fahrstunden/Woche = 9 Wochen

TIPP Die eigene Ferienwoche ist entsprechend zu berücksichtigen.

Ende der Theorie: Donnerstag 27. 08. 2020 (KW 28 – KW 35)
Ende der Praxis frühestens am Mittwoch 09. 09. 2020 (KW 28 – KW 37)

Arbeitsschritt 3 – Erreichbarkeit der Fahrschulen

Fahrschule Peters weist den kürzesten Weg auf. Sie liegt „um die Ecke" und ist damit zu Fuß in kürzester Zeit erreichbar.

Fahrschule Fahrprofi ist 3 km entfernt, kann aber mit dem Fahrrad gut erreicht werden.

Fahrschule City Driving School liegt offensichtlich am weitesten entfernt. Mit dem Auto wären dies 10 Minuten. Jedoch würde dies nur die Theoriestunden betreffen, da zu den praktischen Fahrstunden der Fahrlehrer Philipp abholen würde. Beim Besuch der Theoriestunden wäre Philipp darauf angewiesen, dass sein Vater ihn fährt.

Arbeitsschritt 4 – Ergänzende Informationen

Fahrschule Peters bietet laut Angebot zahlreiche Zahlungsmöglichkeiten und aus dem Dialog lässt sich herauslesen, dass die Mitarbeiterin, zudem die Mutter einer Mitschülerin, sehr nett sei.

Fahrschule Fahrprofi hat laut der Notiz sehr gute Bewertungen im Internet und der Prüfungstermin steht bereits fest. Der Zeitraum, in dem die Unterrichts- und Fahrstunden stattfinden, ist hier am kürzesten. Außerdem werden noch Kaffee und Frühstückssnack gereicht.

Fahrschule City Driving School wird von der Mitschülerin Aylin empfohlen und bietet eine Kostengarantie.

Arbeitsschritt 5 – Übertrag der Ergebnisse in die Tabelle

Übersichtstabelle, Vorlage 3.1

Kriterien / Angebote	Fahrschule Peters	Fahrschule Fahrprofi	Fahrschule City Driving School
Kosten	1.725,00 €	1.821,82 €	1.950,00 €
Voraussichtlicher Abschluss Theorie	25. 08. 2020	04. 09. 2020	27. 08. 2020
Voraussichtlicher Abschluss Praxis	22. 09. 2020	10. 09. 2020	09. 09. 2020
Erreichbarkeit der Fahrschule	zu Fuß	mit dem Fahrrad 3 km	10 min mit dem Auto
Sonstiges	nette Mitarbeiterin Zahlungsmodalitäten	fester Prüfungstermin; sehr gute Bewertung im Internet Kaffee und Frühstückssnack	Kostengarantie Empfehlung von Aylin

Arbeitsschritt 6 – Begründete Entscheidung

Die Entscheidung könnte sehr gut zugunsten der Fahrschule Fahrprofi fallen, da sie einen festen Prüfungstermin garantiert, der auch im Vergleich zu den anderen Fahrschulen sehr früh liegt. Weiterhin ist der Zeitraum, in dem Philipp durch Unterricht und Fahrstunden gebunden ist, am kürzesten. Auch wenn die Fahrschule Peters rund 95,00 € günstiger ist, so sollten die vorher dargelegten Aspekte zugunsten der Fahrschule Fahrprofi sprechen.

Aufgabe 4

In dieser Aufgabe müssen Sie

- einen Werbeplan erstellen,
- ein Werbebudget aufteilen und
- in sozialen Netzwerken eine begründete Auswahl treffen.

Sie absolvieren eine kaufmännische Ausbildung bei der Brummer GmbH. Von der Leiterin der Abteilung Marketing, Carla Schmidt, haben Sie folgende E-Mail erhalten:

Bezug der Wohnung und damit den Mietbeginn zum 01. 08. 2019 gegeben.

Von:	carla.schmidt@brummer-gmbh.de	Gesendet:
An:	[Ihr Vorname.Ihr Nachname]@brummer-gmbh.de	Donnerstag, 02. 07. 2020
CC:		
Betreff:	Werbung Arbeitsjacken „FIBERTWICE“	
Anhang:	FIBERTWICE_Produktionsblatt.pdf	

Hallo [Ihr Vorname],

für die nächste Werbeaktion haben wir unsere neuen „FIBERTWICE“ Arbeitsjacken ausgewählt. Die Produktlinie soll am 01. 10. 2020 auf den Markt kommen. Nähere Infos zu diesem Artikel finden Sie im Informationsblatt in der Anlage.

Sie haben die Aufgabe, für die „FIBERTWICE“ Arbeitsjacken einen schlüssigen Werbeplan gemäß unserer Vorlage im Intranet zu erstellen.

Zielgruppe sind zunächst private Verbraucher in Bayern aus der Altersgruppe 15 – 65 Jahre, beispielsweise Heimhandwerker und Hobbygärtner.

Das Budget für die Umsetzung des Werbeplans beträgt insgesamt 310.000,00 € netto.

Bitte schlagen Sie eine begründete Verteilung auf Kino, Radio und Zeitung vor. Hierfür stehen 260.000,00 € netto zur Verfügung. Unsere Werbeabteilung produziert bereits Video- und Radiospots sowie Anzeigen. Diese Produktionskosten belasten unser Budget nicht. Die Mediadaten für Kino, Radio und Zeitung finden Sie ebenfalls im Intranet.

Die restlichen 50.000,00 € netto stellt das Unternehmen erstmals für Werbung in sozialen Netzwerken zur Verfügung. Entscheiden Sie sich bei der Zielgruppenwahl in den sozialen Netzwerken begründet für ein Auswahlsystem sowie für eine Abrechnungsmethode und füllen Sie das Formular „Werbung in sozialen Netzwerken“ aus unserem Intranet aus.

Ich bin gespannt auf Ihren Entwurf eines erfolgversprechenden Werbeplans für unsere „FIBERTWICE" Arbeitsjacken. Hierzu erwarte ich Sie heute Mittag mit den Unterlagen in meinem Büro.

Viele Grüße

Carla Schmidt

Carla Schmidt
Brummer GmbH
Nürnberger Straße 281
97076 Würzburg
carla.schmidt@brummer-gmbh.de

Führen Sie die notwendigen Arbeitsschritte durch und dokumentieren Sie diese nachvollziehbar.

Anlage 4.1 FIBERTWICE_Produktionsinformationsblatt.pdf

„FIBERTWICE" Arbeitsjacken – Produktinformationsblatt

Produkteigenschaften

Die neuen „FIBERTWICE" Arbeitsjacken geben Wärme ein sportliches Gesicht. Das Design ist modern und ähnelt Jacken aus dem Sport- oder Outdoorbereich. Die modischen Jacken sind leicht, isolierend, atmungsaktiv, schnelltrocknend – für höchste Ansprüche und bestes Wärmeverhalten bei Fleecejacken.
Sie erhalten ihre hervorragenden Eigenschaften durch die patentierten Stoffe.
„ISOSPIRIT" Fleece-Material (eine angeraute Waffel-Struktur auf der Innenseite sorgt für bestes Trageempfinden) und „THERMOSPIRIT" (ein dichter Kunstfaserpelz, der mit geringem Gewicht trotzdem ideal Wärme spendet).

Produktvarianten

„WARM" Herrenjacken in M, L, XL, XXL:	Verkaufspreis 299,00 €(brutto)
„WARM" Damenjacken in S, M, L, XL:	Verkaufspreis 289,00 € (brutto)

Die leichtere Ausführung „WARM" mit „ISOSPIRIT" (angenehm warm, isolierend, atmungsaktiv, schnelltrocknend) besteht aus „ISOSPIRIT"-Funktionsstoffen. Sie sind weich und beweglich, halten den Körper warm und sorgen gleichzeitig für perfekte Zirkulation.

„X-WARM" Herrenjacken in M, L, XL, XXL:	Verkaufspreis 399,00 € (brutto)
„X-WARM" Damenjacken in S, M, L, XL:	Verkaufspreis 389,00 € (brutto)

Die Ausführung für besonders kaltes Wetter „X-WARM" mit „THERMOSPIRIT" (perfekte Isolation, bestes Wärmeverhalten, atmungsaktiv, schnelltrocknend) schützt den Körper auch bei niedrigen Temperaturen und körperlicher Belastung angenehm vor Kälte.

Anlage 4.2 Mediadaten Kino

Mediadaten der „Cinemagna Gruppe"

Allgemeine Informationen

- 12 Kinos mit 84 Sälen in Bayern
- 3 Vorführungen des Werbespots je Saal pro Tag
- durchschnittlich 112.342 Kontakte je Kinowoche
- Spotlänge: 20 Sekunden
- Werbedauer: 1–8 Kinowochen

Preis netto der Kinowerbung bei Cinemagna

- Kosten pro Kinowoche: 17.420,00 €
- ab 4 Kinowochen 20 % Rabatt auf den Gesamtpreis
- Der Werbespot wird in den gebuchten Kinowochen stets von Donnerstag bis Mittwoch gezeigt.

Mediadaten des Radiosenders „Hitradio Bayernfunk“

Allgemeine Informationen

In Bayern hören 82 % der Bevölkerung täglich Radio, im Bad, beim Frühstücken, im Auto oder im Fitnessstudio. Radiowerbung gehört seit Jahrzehnten zu den wichtigsten Werbeformen. Sie erreicht unterschiedlichste Zielgruppen und erzielt schnell und intensiv ihre gewünschte Wirkung.

Empfehlungen für einen erfolgreichen Radiospot:

- eine Spotlänge von 10 - 20 Sekunden
- 2–4 Schaltungen pro Tag bei mindestens zwei Wochen Laufzeit oder
- 5–6 Schaltungen pro Tag bei mindestens einer Woche Laufzeit

Reichweite des Senders

Hauptsächlicher Hörerkreis (90 %)	14–69 Jahre
Tagesreichweite	2.623.400 Hörer
Durchschnittliche Hörer pro Stunde mit Werbung	812.300 Hörer

Preisstaffel nach Sendezeit mit Reichweitenangabe

Preis für die Ausstrahlung eines Werbespots mit 20 Sekunden Länge:

Uhrzeit	Preis netto	Reichweite (Hörer)
06:00–09:00 Uhr	1.450,00 €	1.440.000
09:00–12:00 Uhr	620,00 €	723.000
12:00–15:00 Uhr	860,00 €	864.000
15:00–18:00 Uhr	1.320,00 €	1.253.000
18:00–22:00 Uhr	320,00 €	328.000
22:00–06:00 Uhr	160,00 €	112.000

Mediadaten der Zeitung „Bayern Zeitung"

Allgemeine Informationen

Größte Tageszeitung für Bayern und Süddeutschland

Ausgaben: Montag bis Freitag sowie Samstagsausgabe

Auflage: Montag bis Freitag 318.400 Exemplare mit ca. 1.250.000 Lesern, Samstag 404.200 Exemplare mit ca. 1.480.000 Lesern

Formate und Preise einer Zeitungsanzeige

1/2 Seite
6 Spalten
Breite 370 mm
Höhe 264 mm

Preis netto
Montag – Freitag
pro Tag 47.200,00 €,
Samstag 55.100,00 €

1/3 Seite
6 Spalten
Breite 370 mm
Höhe 176 mm

Preis netto
Montag – Freitag
pro Tag 36.100,00 €,
Samstag 42.300,00 €

1/4 Seite
3 Spalten
Breite 185 mm
Höhe 264 mm

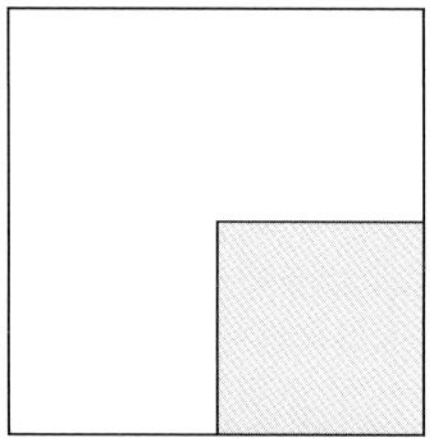

Preis netto
Montag – Freitag
pro Tag 27.200,00 €,
Samstag 36.400,00 €

Mengenrabatt für alle Formate 10% ab drei Anzeigen

Vorlage 4.1 Werbeplan-Vorlage aus dem Intranet

Werbeplan	
Begriff	Nachvollziehbarer Vorschlag
Werbeobjekt (Wofür soll geworben werden?)	
Werbeziel (Welches Ziel soll erreicht werden?)	
Budget (Wie viel Geld steht zur Verfügung?)	
Zielgruppe (Wer soll erreicht werden?)	
Streugebiet (Wo soll geworben werden?)	
Streuzeit (Wann soll geworben werden?)	
Werbemedium (Mit welchen Medien soll geworben werden?)	

Vorlage 4.2 Formular „Werbung in sozialen Netzwerken aus dem Intranet

Zielgruppenwahl in sozialen Netzwerken (Targeting)
Es gibt eine spezifische und eine weit gefasste Auswahl für Zielgruppen.

Ihre Auswahl bitte ankreuzen	Beschreibung
Spezifisches Targeting ○	Sie geben genaue Parameter vor, innerhalb derer versucht wird, die beste Zielgruppe für Ihre Werbeanzeige zu finden. Diese Parameter können die Form von demografischem Targeting[1], Custom Audiences[2] oder Lookalike Audiences[3] annehmen.
Breit angelegtes Targeting ○	Sie überlassen es uns, die beste Zielgruppe für Ihre Werbeanzeige aufzuspüren. Dieses empfiehlt sich, wenn Sie nicht genau wissen, wen Sie ansprechen möchten und potenzielle Kunden finden möchten, die Sie sonst nie gefunden hätten.

1 Personenauswahl erfolgt z. B. nach Alter, Geschlecht, Beruf, Hobbys, Ort.
2 Personen, die in sozialen Medien bereits Interesse an Ihrem Unternehmen/Ihren Produkten gezeigt haben.
3 Neue Personen, die Ihren wichtigen Zielgruppen ähneln, weil sie z. B. ähnliche Interessen haben.

Begründung:

Wahl der Abrechnungsmethode in sozialen Netzwerken
Die Abrechnung erfolgt pro Klick auf die Anzeige je 0,50 € netto.

Ihre Auswahl bitte ankreuzen	Beschreibung
Gesamtbudget ○	Das Gesamtbudget ist der maximale Betrag, den Sie für eine Anzeige ausgeben, solange sie geschaltet ist. Wenn Sie z. B. ein Gesamtbudget von 10.000,00 € netto festlegen, werden Ihnen bei Erreichen des Budgets die 10.000,00 € netto in Rechnung gestellt und die Werbeanzeige wird deaktiviert.
Tagesbudget ○	Das Tagesbudget ist der durchschnittliche Betrag, den Sie pro Tag für eine Anzeige ausgeben. Wenn Sie z. B. ein Tagesbudget von 100,00 € netto pro Tag festlegen, werden Ihnen pro Tag maximal 100,00 € netto in Rechnung gestellt. Ist der Betrag erreicht, wird die Werbeanzeige erst am nächsten Tag wieder aktiviert.

Begründung:

Lösungsvorschlag

TIPP *Aufgabe 4, Bewertungseinheiten: 25*

Aus der E-Mail von Carla Schmidt lassen sich genauere Angaben zu den Arbeitsschritte ableiten:

1. Erstellen eines Werbeplans entsprechend den Informationen aus der E-Mail unter Verwendung der Vorlage 4.1.
2. Unterbreitung eines Vorschlags für die Aufteilung des Werbebudgets auf die Werbeträger Kino, Radio und Zeitung.
3. Ausfüllen des Formulars „Werbung in sozialen Netzwerken" mit einer begründeten Entscheidung für eines der angebotenen Abrechnungssysteme sowie die passende Zielgruppenwahl.

Arbeitsschritt 1 – Erstellen eines Werbeplans

TIPP Die Informationen für den Werbeplan lassen sich aus der E-Mail und dem Produktionsinformationsblatt herauslesen.

Werbeplanvorlage aus dem Intranet, Vorlage 4.1

Werbeplan	
Begriff	Nachvollziehbarer Vorschlag
Werbeobjekt (Wofür soll geworben werden?)	„FIBERTWICE" Arbeitsjacken in den Ausführungen „WARM" und „X-WARM" als Herren- und Damenjacken in unterschiedlichen Größen
Werbeziel (Welches Ziel soll erreicht werden?)	Markteinführung der neuen Jacken zum 01. 10. 2020. Der Bekanntheitsgrad dieser Jacken und der Marke sollen gestärkt werden.
Budget (Wie viel Geld steht zur Verfügung?)	Gesamtbudget netto 310.000,00 €. Davon 260.000,00 € für die klassischen Werbeträger und 50.000,00 € für Werbung in den sozialen Netzwerken.
Zielgruppe (Wer soll erreicht werden?)	Private Verbraucher im Alter von 15 bis 65 Jahre; insbesondere Heimwerker und Hobbygärtner
Streugebiet (Wo soll geworben werden?)	Bayern
Streuzeit (Wann soll geworben werden?)	Zur Markteinführung einer Winterkollektion zum 01. 10. 2020 empfiehlt sich aufgrund der Witterung ein relativ kurzer Vorlauf von maximal 4 Wochen und eine dann bis zum Weihnachtsgeschäft laufende Werbung.
Werbemedium (Mit welchen Medien soll geworben werden?)	Kino, Zeitung, Radio und soziale Netzwerke unter Einhaltung des oben genannten Budgets

Arbeitsschritt 2 – Aufteilung des Werbebudgets

TIPP Die folgende Aufteilung des Werbebudgets ist nur ein Vorschlag. Selbstverständlich ist auch jede andere sinnvoll begründete Aufteilung möglich.

Gegeben ist die Absicht, 50.000,00 € für Werbung in den sozialen Netzwerken zu investieren. Somit verbleiben 260.000,00 € für die klassischen Werbeträger Kino, Zeitung und Radio.

Hinsichtlich der Streuzeit erscheint die **Kino-Werbung** eher später im Jahr günstig. Gerade im Spätherbst und Winter gehen mehr Menschen in die Kinos. Da ab der 4. Woche ein Rabatt von 20 % gewährt wird, würden sich die 4 Wochen vor Weihnachten ab Mitte November anbieten.
Kosten:
4 Wochen · 17.420,00 € = 69.680,00 €
69.680,00 € – 20 % = 55.744,00 €

Zur Einführung wäre sicherlich die Werbung in der **Bayern-Zeitung** sinnvoll, die aber mindestens drei bis vier Wochen vor der Markteinführung geschaltet sein sollte. Mit einer rund 30 % höheren Auflage empfiehlt sich die Samstagsausgabe. Beim Überschlagen der Kosten sollte vom Format her eine 1/4 Seite gewählt werden. Da die Anzeige an vier Samstagen geschaltet werden soll, werden 10 % Rabatt gewährt.
Kosten:
4 Samstage · 36.400,00 € = 145.600,00 €
145.600,00 € – 10 % = 131.040,00 €

verbleibendes Budget: 260.000,00 € – 55.744,00 € – 131.040,00 € = 73.216,00 €

Als Dauerwerbung wäre die **Radiowerbung** geeignet, die ab Mitte September bis mindestens Mitte Dezember laufen könnte. Aufgrund der Reichweite sollten auf jeden Fall die Top-Zeiten von 6:00–9:00 Uhr und von 15:00–18:00 Uhr gewählt werden.

Das ergibt bei jeweils einmaligem Einspielen einen Tagespreis von:
1.450,00 € + 1.320,00 € = 2.770,00 €

Das heißt, man könnte 73.216,00 € : 2.770,00 € = 26 Tage Werbung einspielen.
Somit würde es sich anbieten, für 13 Wochen an je zwei Tagen den Radiospot einspielen zu lassen. Damit käme man von Mitte September bis Weihnachten.
Kosten: 2.770,00 € · 26 Tage = 72.020,00 €

Insgesamt wären dann noch 1.196,00 € nicht verplant.

Arbeitsschritt 3 – Ausfüllen des Formulars „Werbung in sozialen Netzwerken"

Formular „Werbung in sozialen Netzwerken aus dem Intranet, Vorlage 4.2

Zielgruppenwahl in sozialen Netzwerken (Targeting) Es gibt eine spezifische und eine weit gefasste Auswahl für Zielgruppen.	
Ihre Auswahl bitte ankreuzen	Beschreibung
Spezifisches Targeting (X)	Sie geben genaue Parameter vor, innerhalb derer versucht wird, die beste Zielgruppe für Ihre Werbeanzeige zu finden. Diese Parameter können die Form von demografischem Targeting[1], Custom Audiences[2] oder Lookalike Audiences[3] annehmen.
Breit angelegtes Targeting ( )	Sie überlassen es uns, die beste Zielgruppe für Ihre Werbeanzeige aufzuspüren. Dieses empfiehlt sich, wenn Sie nicht genau wissen, wen Sie ansprechen möchten und potenzielle Kunden finden möchten, die Sie sonst nie gefunden hätten.

[1] Personenauswahl erfolgt z. B. nach Alter, Geschlecht, Beruf, Hobbys, Ort.
[2] Personen, die in sozialen Medien bereits Interesse an Ihrem Unternehmen/Ihren Produkten gezeigt haben.
[3] Neue Personen, die Ihren wichtigen Zielgruppen ähneln, weil sie z. B. ähnliche Interessen haben.

Begründung:

Da wir unsere Zielgruppe (private Verbraucher, 15 bis 65 Jahre, Heimwerker und Hobbygärtner) sehr genau kennen, sollte das spezifische Targeting gewählt werden. Nach Alter und Hobbys könnte zielgenau die Werbung platziert werden.

Wahl der Abrechnungsmethode in sozialen Netzwerken Die Abrechnung erfolgt pro Klick auf die Anzeige je 0,50 € netto.	
Ihre Auswahl bitte ankreuzen	Beschreibung
Gesamtbudget ( )	Das Gesamtbudget ist der maximale Betrag, den Sie für eine Anzeige ausgeben, solange sie geschaltet ist. Wenn Sie z. B. ein Gesamtbudget von 10.000,00 € netto festlegen, werden Ihnen bei Erreichen des Budgets die 10.000,00 € netto in Rechnung gestellt und die Werbeanzeige wird deaktiviert.
Tagesbudget (X)	Das Tagesbudget ist der durchschnittliche Betrag, den Sie pro Tag für eine Anzeige ausgeben. Wenn Sie z. B. ein Tagesbudget von 100,00 € netto pro Tag festlegen, werden Ihnen pro Tag maximal 100,00 € netto in Rechnung gestellt. Ist der Betrag erreicht, wird die Werbeanzeige erst am nächsten Tag wieder aktiviert.

Begründung:

Da wir sicher möglichst lange immer wieder in den sozialen Netzwerken präsent sein wollen, würde sich das Tagesbudget anbieten, nicht dass durch zu viele Klicks binnen eines Tages das Gesamtbudget schnell aufgebraucht würde.

Beispiel für das Tagesbudget: Von Mitte September bis Mitte Dezember sind es rund drei Monate (= 90 Tage). Plus die fehlenden zehn Tage bis Weihnachten wären es insgesamt 100 Tage.

So könnte das Budget entsprechend auf ein Tagesbudget aufgeteilt werden.
50.000,00 € : 100 Tage = 2.770,00 €/Tag
(für alle Aktivitäten in den sozialen Netzwerken)

Aufgabe 5

In dieser Aufgabe müssen Sie
- einen Einsatzplan für ein Schulfest erstellen,
- eine Kostenaufstellung für ein Schulfest anfertigen und
- eine Bestellung vorbereiten.

Sie besuchen die Abschlussklasse V 10a an der Wirtschaftsschule in Hammelburg. Ihre Klasse plant gemeinsam mit den anderen Abschlussklassen (V 10b, Z 11a und Z 11 b) zum Abschied ein Schulfest für alle Lehrkräfte sowie Schülerinnen und Schüler der Schule.

Die Vorbereitungen sind bereits angelaufen und Sie gehören zum Organisationsteam. Damit alle über den gleichen Kenntnisstand verfügen, haben Sie eine Übersicht mit allen Ihnen bisher bekannten Informationen und Aufgaben erstellt, die mit der Schulleitung abgesprochen sind. Bereits erledigte Aufgaben haben Sie abgehakt.

Schulfest – Stand: 02. 07. 2020

Zu erledigende Aufgaben:

- [x] Preise verschiedener Anbieter von Pokalen und Medaillen recherchieren und vergleichen
- [x] Angebote für Essen einholen und vergleichen
- [x] Kostenlose Werbegeschenke als Dankeschön organisieren
- [ ] Übersichtlichen Einsatzplan erstellen: Welche Klassen /Gruppen sind wann wofür zuständig?
- [ ] Aufstellung aller voraussichtlichen Kosten (Pokale und Medaillen, für den Essensstand benötigte Lebensmittel) für die Schulleitung ausarbeiten
- [ ] Bestellformular für Pokale und Medaillen für das Fußballturnier und den Schülerwettbewerb unterschriftsreif für die Schulleitung ausfüllen; Lieferung an die Schuladresse

Bekannte Informationen:

Voraussichtliche Teilnehmerzahl insgesamt: 360

Verkaufsmengen des letzten Schulfestes (damalige Teilnehmerzahl insgesamt: 400) zur Planung für den Einkauf: 180 Steakbrötchen, 240 Brötchen mit je 3 Bratwürstchen und 40 Maiskolben.

Geplante Aktionen bzw. Stationen:
- Essensstand: Verkauf von Steakbrötchen, Brötchen mit je 3 Nürnberger Bratwürstchen, Maiskolben
- Getränkestand: Organisation durch Hausmeister; Abschlussklassen unterstützen ihn während des Sommerfestes beim Verkauf
- Fußballturnier: Klassen V 9 a, V 9 b, Z 10 a und Z 10 b
- Schülerwettbewerb: Klassen V 7 a, V 7 b, V 8 a und V 8 b

Auszeichnung (Pokale und Medaillen) für:
- Fußballturnier: je ein Pokal in Gold, Silber beziehungsweise Bronze mit der Gravur „Schulfest 2020“ für die Klassen auf den Plätzen 1, 2 und 3 sowie Werbegeschenke für den Rest
- Schülerwettbewerb: je eine Medaille in Gold, Silber beziehungsweise Bronze mit der Gravur „Schulfest 2020“ für alle Schülerinnen und Schüler der Klassen auf den ersten 3 Plätzen und Werbegeschenke für den Rest.

Folgende Absprachen wurden bereits getroffen:

- Termin: 10.07.2020, 09:00–13:00 Uhr
- Aufbau aller Stationen 08:00–09:00 Uhr, Abbau 13:00–14:00 Uhr; jeweils durch zwei Abschlussklassen
- Betreuung der Aktionen bzw. Stationen:
  - im Stundentakt auf alle Abschlussklassen verteilen
  - jede Abschlussklasse eine Stunde frei zur Teilnahme am Schulfest
  - Betreuung des Fußballturniers von 12:00–13:00 Uhr durch Teile des Lehrerkollegiums (Schüler bereiten in der Zeit Siegerehrungen vor)
  - Elternbeirat: übernimmt erste und letzte Schicht beim Essensstand
  - Lehrkräfte aus Nichtabschlussklassen: übernehmen zusammen eine zusätzliche Stunde Betreuung an einer Aktion bzw. Station
- Aufsichtspflicht: Einteilung der Lehrkräfte erfolgt durch die Schulleitung
- Elternbeirat: stellt Grillkohle, Grillanzünder, Senf und Ketchup sowie Grills und Grillzubehör bereit
- Bestellungen beim Partyservice Wolf und bei der Pokale Werner GmbH übernimmt die Schulleitung

Sie beschaffen sich die Preisliste des ausgewählten Anbieters für Pokale und Medaillen sowie die Informationen zum Angebot des ausgewählten Anbieters für Speisen. Zudem lassen Sie sich im Sekretariat ein Datenblatt mit den aktuellen Schülerzahlen geben.

Führen Sie die notwendigen Arbeitsschritte durch und dokumentieren Sie diese nachvollziehbar.

Anlage 5.1 Preisliste Pokale Werner (Auszug)

Pokale Werner GmbH

Artikel	Artikelnummer	Höhe	Farbe	Preise
Henkelpokal „Champion“	93371 PH-G	18 cm	Gold	15,50 €
Material: Metall mit Gravur	93371 PH-S	18 cm	Silber	15,50 €
(maximal 10 Zeichen)	93371 PH-B	18 cm	Bronze	15,50 €
Henkelpokal „Champion“	93372 PH-G	25 cm	Gold	17,50 €
Material: Metall mit Gravur	93372 PH-S	25 cm	Silber	17,50 €
(maximal 20 Zeichen)	93372 PH-B	25 cm	Bronze	17,50 €
Pokal mit Fußballfigur	93471 PF-1	22 cm	Gold	24,95 €
Material: Kunststoff ohne Gravur	93471 PF-2	22 cm	Silber	24,95 €
	93471 PF-3	22 cm	Bronze	24,95 €
Pokal mit Tennisspieler	93571 PF-1	18 cm	Rot/Silber	17,70 €
Material: Kunststoff mit Gravur	93571 PF-2	21 cm	Rot/Silber	19,70 €
(maximal 20 Zeichen)	93571 PF-3	24 cm	Rot/Silber	21,70 €
Pokal mit Fußballschuh	93671 PF-1	14 cm	–	22,95 €
Material: Glas mit Gravur	93671 PF-2	18 cm	–	26,95 €
(maximal 20 Zeichen)	93671 PF-3	22 cm	–	30,95 €

Artikel	Artikelnummer	Durchmesser	Farbe	Preise
Medaille B211	94332 M-G	45 cm	Gold	1,25 €
Material: Metall mit Band;	94332 M-S	45 cm	Silber	1,25 €
ohne Gravur	94332 M-B	45 cm	Bronze	1,25 €
Medaille B278	94335 M-G	60 cm	Gold	1,55 €
Material: Metall mit Band;	94335 M-S	60 cm	Silber	1,55 €
mit Gravur (maximal 20 Zeichen)	94335 M-B	60 cm	Bronze	1,55 €

Alle Preise sind Bruttopreise inklusive 19 % Umsatzsteuer. Bei einem Bruttowarenwert unter 100,00 € stellen wir 7,99 € Versandkosten (brutto) in Rechnung. Die Lieferzeit innerhalb Deutschlands beträgt maximal 5 Tage.

Anlage 5.2 Telefonnotiz

Telefonnotiz	
Anruf von:	[Ihr Vorname Ihr Nachname]
Gesprächspartner:	*Sebastian Wolf (Partyservice Wolf)*
Datum:	*30. 06. 2020*
Telefon:	*09762 51028*

Angebot für geplantes Schulfest

- *Alle Preise sind Bruttopreise*
- *Packung mit 12 Nürnberger Bratwürstchen, gekühlt 2,40 €*
- *Packung mit 6 Steaks, gekühlt 8,70 €*
- *Packung mit 4 Stück Maiskolben , garfertig 4,00 €*
- *Brötchen, Stückpreis 0,35 €*
- *Die Lieferung der Ware erfolgt kostenfrei*
- *Gelieferte Ware ist von der Rücknahme ausgeschlossen*

Anlage 5.3 Datenblatt

Wirtschaftsschule Hammelburg
Obere Stadtmauer 63 – 67, 97762 Hammelburg

Anzahl an voll- und teilzeitbeschäftigten Lehrkräften: 40

Klassenstärken:

V 7 a	29	Z 10 a	29
V 7 b	27	Z 10 b	30
V 8 a	28	Z 11 a	27
V 8 b	27	Z 11 b	26
V 9 a	25		
V 9 b	26		
V 10 a	22		
V 10 b	24		

Stand: 02. 07. 2020

Vorlage 5.1 Bestellformular Pokale Werner

Bestellung

E-Mail: info@pokale-werner.de

Fax: +49 385 711 599

Hiermit bestelle ich:

Menge	Artikel	Gravur	Artikelnummer	Einzelpreis

Anschrift:

* Besteller:

* Straße /Hausnummer:

* PLZ /Ort:

Telefonnummer:

E Mail:

* Datum /Unterschrift:

* Diese Felder sind Pflichtangaben. Ihre personenbezogenen Daten werden nur zum Zwecke der Abwicklung des Bestellvorgangs im Rahmen der aktuell geltenden Datenschutzgesetze erhoben, verarbeitet und genutzt. Die Daten werden nicht an Dritte weitergegeben und ausschließlich für den genannten Zweck verwendet.

Lösungsvorschlag

TIPP *Aufgabe 5, Bewertungseinheiten: 25*

Die folgenden Arbeitsschritte lassen sich aus Übersicht ableiten:

1. Erstellen eines übersichtlichen Einsatzplans
2. Berechnung der voraussichtlichen Kosten für Medaillen, Pokale und benötigte Lebensmittel des Essensstandes.
3. Bestellformular unterschriftsreif ausfüllen.

Arbeitsschritt 1 – Erstellen eines übersichtlichen Einsatzplanes

- Bei der Erstellung des Einsatzplanes ist zu berücksichtigen, dass jede Abschlussklasse in einer Stundenschicht frei hat.
- Die zu betreuenden Aktivitäten sind der Essensstand, der Getränkestand, das Fußballturnier und der Schülerwettbewerb.
- Der Elternbeirat übernimmt die erste und letzte Schicht beim Essensstand.
- Das Lehrerkollegium übernimmt die letzte Schicht des Fußballturniers
- eine Schicht an einer beliebigen Station wird von den Lehrkräften aus den Nichtabschlussklassen übernommen.

Zeiten / Station	Essensstand	Getränkestand	Fußball-turnier	Schüler-wettbewerb	Freie Klasse
08:00–09:00	Aufbau: V 10 a, V 10 b				
09:00–10:00	**Elternbeirat**	V 10 a	Z 11 a	Z 11 b	V 10 b
10:00–11:00	V 10 a	V 10 b	Z 11 a	Z 11 b	keine
11:00–12:00	V 10 a	V 10 b	Z 11 a	Lehrkräfte (Nicht-abschluss-klassen)	Z 11 b
12:00–13:00	**Elternbeirat**	V 10 b	**Lehrer-kollegium**	Z 11 b	Z 11 a, V 10 a
13:00–14:00	Abbau: Z 11 a, Z 11 b				

TIPP Die vorgelegte Einteilung weist den Vorteil auf, dass die Klassen bis auf die V10a an jeweils nur einem Stand im Einsatz sind und damit die Erfahrungen an die Mitschüler*innen weitergeben können.
Aber auch jede andere Einteilung, die die fett gedruckten Einsätze berücksichtigt, sowie die Vorgabe, dass alle Klassen auch eine freie Stunde haben, ergibt eine korrekte Lösung. Die Lehrkräfte der Nichtabschlussklassen könnten auch eine andere Station übernehmen.

Arbeitsschritt 2 – Berechnung der voraussichtlichen Kosten

Zuerst sind die benötigten Mengen zu berechnen.

Die voraussichtliche Teilnehmerzahl liegt mit 360 10 % unter der Teilnehmerzahl des Vorjahres, d. h., die erwarteten Verbrauchsmengen sind entsprechend um 10 % nach unten zu korrigieren.

Steaks	180 Stück – 10 % = 162
Bratwürste	720 Stück – 10 % = 648
Brötchen	420 Stück – 10 % = 378
Maiskolben	40 Stück – 10 % = 36

Benötigte Packungen:

Steaks	162 Stück : 6 St. =	27 Packungen · 8,70 € =	234,90 €
Bratwürste	648 Stück : 12 St. =	54 Packungen · 2,40 € =	129,60 €
Brötchen		378 Stück · 0,35 € =	132,30 €
Maiskolben	36 Stück : 4 St. =	9 Packungen · 4,00 € =	36,00 €
Gesamtkosten			532,80 €

TIPP Der Henkelpokal Champion erfüllt als einziger die Herausforderungen, sowohl bzgl. Farbe als auch der Gravur mit 20 Zeichen.

Henkelpokal Champion (20 Zeichen)	3 Stück · 17,50 € =	52,50 €
Medaillen mit Gravur 29 Schüler · 3 St. = 87 Stück ·	1,55 € =	134,85 €
Gesamtkosten für Pokale und Medaillen		187,35 €
Kosten insgesamt:		720,15 €

TIPP Anmerkung:
Die Klasse V 7 a ist mit 29 Schüler*innen die stärkste Klasse. Da im Vorfeld nicht entschieden ist, welche Medaille diese Klasse erhalten könnte, sind sowohl in Gold, in Silber und in Bronze 29 Medaillen zu bestellen.

Party Service Wolf hat die kostenfreie Lieferung angeboten und bei Pokale Werner wird die Versandkostengrenze von 100,00 € überschritten, sodass auch hier keine weiteren Kosten anfallen. Alle Preise sind zudem als Bruttopreise angegeben.

Arbeitsschritt 3 – Bestellformular unterschriftsreif ausfüllen

Bestellformular Pokale Werner, Vorlage 5.1

Bestellung

E-Mail: info@pokale-werner.de

Fax: +49 385 711 599

Hiermit bestelle ich:

Menge	Artikel	Gravur	Artikelnummer	Einzelpreis
1	Henkelpokal „Champion“	Schulfest 2020	93372 PH-G	17,50 €
1	Henkelpokal „Champion“	Schulfest 2020	93372 PH-S	17,50 €
1	Henkelpokal „Champion“	Schulfest 2020	93372 PH-B	17,50 €
29	Medaille B278	Schulfest 2020	94335 M-G	1,55 €
29	Medaille B278	Schulfest 2020	94335 M-S	1,55 €
29	Medaille B278	Schulfest 2020	94335 M-B	1,55 €

Anschrift:

* Besteller:

Wirtschaftsschule Hammelburg

* Straße /Hausnummer:

Obere Stadtmauer 63 - 67

* PLZ /Ort:

97762 Hammelburg

Telefonnummer:

E-Mail:

* Datum /Unterschrift:

02. 07. 2020

* Diese Felder sind Pflichtangaben. Ihre personenbezogenen Daten werden nur zum Zwecke der Abwicklung des Bestellvorgangs im Rahmen der aktuell geltenden Datenschutzgesetze erhoben, verarbeitet und genutzt. Die Daten werden nicht an Dritte weitergegeben und ausschließlich für den genannten Zweck verwendet.

TIPP Anmerkung:
Name und Anschrift der Schule sind der Anlage 5.3 Datenblatt zu entnehmen.

Abschlussprüfung 2021

Betriebswirtschaftliche Steuerung und Kontrolle

Unternehmensbeschreibung

Diese Unternehmensbeschreibung bezieht sich auf die Aufgaben 1, 3 und 5.

Firma:	Sport Merath GmbH Auf der Grube 92 82377 Penzberg
Geschäftsführer:	Thomas Merath
Aktuelles Geschäftsjahr:	01. 06. 2021 – 31. 05. 2022
Bankverbindung:	Oberbayerische Bank IBAN: DE81 7013 0044 0091 2700 35 BIC: OBBADEMMXXX
UStID:	DE610951214
Handelsregister:	München HRB 61221
Unternehmensgegenstand:	Die Sport Merath GmbH ist ein Unternehmen für Sportbekleidung und Sportausrüstung für Berg- und Outdoorsportarten, wie z. B. Skifahren, Mountainbiken, Klettern und Wandern. Das Sortiment besteht vorrangig aus Markenprodukten, die fremdbezogen werden und im mittleren bis gehobenen Preissegment platziert sind. Ergänzend werden einige Bekleidungsartikel wie Outdoorhosen und -jacken, aber auch einige Sportartikel wie Ski, Schnee- und Bergschuhe selbst produziert und unter der Eigenmarke „TMP" vertrieben. Die Produkte dieser Eigenmarke richten sich an eher preisbewusste Kundinnen und Kunden. Der Verkauf erfolgt vorrangig an Privatkunden. Die Produkte der Eigenmarke „TMP" werden jedoch zunehmend auch an kleine Sportgeschäfte verkauft. Die Zentrale des Unternehmens sowie das Logistik- und Versandzentrum befinden sich in Penzberg, südlich von München. Der Verkauf erfolgt über drei Filialen in den Städten München, Nürnberg und Würzburg sowie drei Filialen in den touristischen Zentren Oberstdorf, Garmisch-Partenkirchen und Bad Reichenhall. Die Hälfte des Umsatzes erwirtschaftete die Sport Merath GmbH im letzten Geschäftsjahr mit ihrem Online-Shop (www.sport-merath.de).

	Eine besondere Attraktion stellt die Sport Merath Erlebniswelt der Münchener Filiale dar. Hier besteht neben dem reinen Einkaufserlebnis die Möglichkeit, Trendsportarten wie Mountainbikefahren, Klettern, Kajakfahren oder Stand-up-Paddling auf dem Outdoor-Areal auszuprobieren.

Aufgabe 1

In dieser Aufgabe müssen Sie
- eine Rechnung verbuchen und überweisen,
- einen Angebotsvergleich durchführen,
- eine Bestellung aufgeben und
- eine Übersicht ergänzen.

Sie absolvieren eine kaufmännische Ausbildung bei der Sport Merath GmbH und haben eine E-Mail von Thomas Merath erhalten.

Von:	thomas.merath@sport-merath.de	Gesendet:
An:	[Ihr Vorname.Ihr Nachname]@sport-merath.de	Dienstag, 06. 07. 2021
Betreff:	Projekttag für Schulen	
Anhang:	Rechnung_Huber_Textil_GmbH.pdf Übersicht_Stationen.pdf	

Hallo [Ihr Vorname],

wir möchten unseren Marktanteil bei Jugendlichen generell ausbauen und diese Zielgruppe für die Trendsportarten begeistern. Deshalb werden wir in unserer Münchner Erlebniswelt am Mittwoch, 14. 07. 2021 von 08:30 bis 13:00 Uhr einen Projekttag für ausgewählte Schulklassen mit dem Titel „schools@sport-merath" als Promotion-Maßnahme durchführen. Für ein paar Tätigkeiten benötige ich deine Hilfe.

Alle Teilnehmerinnen und Teilnehmer der Veranstaltung bekommen von uns ein Mikrofaser-Handtuch mit Schullogo zum Vorzugspreis. Diese wurden uns bereits von der Huber Textil GmbH ordnungsgemäß geliefert. Bitte verbuche die zugehörige, bereits überprüfte Rechnung und veranlasse die entsprechende Terminüberweisung.

Darüber hinaus benötigen wir noch Getränke für den Projekttag. Von zwei Getränkelieferanten habe ich gestern per E-Mail jeweils ein mit meiner Anfrage übereinstimmendes Angebot erhalten. Diese beiden E-Mails werde ich dir gleich noch einzeln kommentarlos weiterleiten. Bitte vergleiche die beiden Angebote zunächst rechnerisch. Berücksichtige bei deiner Lieferantenwahl auch einen qualitativen Aspekt. Anschließend bestellst du bitte per E-Mail bei einem der beiden Getränkelieferanten. Vermerke bei deiner Bestellung bitte deutlich, dass die Getränke direkt in unsere Münchener Erlebniswelt geliefert werden.

Vielleicht fragst du dich, was den TeilnehmerInnen und Teilnehmern an dem Projekttag geboten wird. An mehreren Stationen können diese verschiedene Trendsportarten ausprobieren. Die Vorbereitungen sind so weit abgeschlossen und das Hygienekonzept ist bereits erstellt. Allerdings muss die an dieser E-Mail angefügte Übersicht der Stationen noch ergänzt werden. Vermerke bitte auf der Übersicht der Stationen sechs unterschiedliche zu erledigende Tätigkeiten, an die auf jeden Fall gedacht werden muss, nachdem die Veranstaltung für die Schülerinnen und Schüler beendet ist.

Danke schön und viele Grüße

Thomas Merath

Sport Merath GmbH
Auf der Grube 92
82377 Penzberg
thomas.merath@sport-merath.de

Noch während Sie die beiden Anhänge der E-Mail ausdrucken, erhalten Sie die von Thomas Merath weitergeleiteten E-Mails der beiden Getränkelieferanten.

Führen Sie die notwendigen Arbeitsschritte durch und dokumentieren Sie diese nachvollziehbar.

Anlage 1.1 Weitergeleitete E-Mail der Leermoser Getränkegroßhandel GmbH

Von: thomas.merath@sport-merath.de
An: [Ihr Vorname.Ihr Nachname]@sport-merath.de
Betreff: WG: Angebot 1723

Gesendet:
Dienstag, 06. 07. 2021

Weitergeleitete Nachricht:

Von: Leermoser Getränkegroßhandel GmbH – Ulrike Marland <ulrike.marland@leermoser.de>
Gesendet: Montag, 05. 07. 2021
An: thomas.merath@sport-merath.de
Betreff: Angebot 1723

Sehr geehrter Herr Merath,

wir freuen uns über Ihre neue Anfrage vom 02. 07. 2021 und Ihre Mitteilung, dass Sie sehr zufrieden mit uns sind.

Gerne beliefern wir Sie zum 13. 07. 2021 wieder mit unseren Getränken.

Hierfür unterbreiten wir Ihnen folgendes Angebot:

Pos.	Art.-Nr.	Artikelbezeichnung	Menge	Listenpreis netto
1	57489	Saftschorle Limette, 0,5 l	100 Flaschen	0,59 €/Flasche
2	57490	Saftschorle Ingwer, 0,5 l	100 Flaschen	0,69 €/Flasche
3	57500	Eistee, 0,5 l	50 Flaschen	0,49 €/Flasche

Unsere Zahlungsbedingungen lauten 14 Tage 3 % Skonto, 30 Tage ohne Abzug.

Die Lieferung erfolgt frei Haus mit unserem Lkw.

Da es sich um einen erneuten Auftrag handelt, erhalten Sie 8 % Rabatt auf den Warenwert.

Wir freuen uns auf Ihre Bestellung.

Freundliche Grüße

Leermoser Getränkegroßhandel GmbH

i. A. Ulrike Marland

Leermoser Getränkegroßhandel GmbH
Maria-Probst-Straße 127
80939 München
ulrike.marland@leermoser.de

Anlage 1.2 Weitergeleitete E-Mail der Mitro Lebensmittel GmbH

Von:	thomas.merath@sport-merath.de	Gesendet:
An:	[Ihr Vorname.Ihr Nachname]@sport-merath.de	Dienstag, 06. 07. 2021
Betreff:	WG: Unser Angebot 8975 für Ihre Veranstaltung	

Weitergeleitete Nachricht:

Von: Mitro Lebensmittel GmbH – Caroline Hackl <Caroline.hackl@mitro.de>
Gesendet: Montag, 05. 07. 2021
An: thomas.merath@sport-merath.de
Betreff: Unser Angebot 8975 für Ihre Veranstaltung

Sehr geehrter Herr Merath,
vielen Dank für Ihre Anfrage.
Es freut uns sehr, dass Sie sich für unsere Produkte interessieren.
Wir können Ihnen folgendes Angebot für Ihre Veranstaltung unterbreiten.

Pos.	Art.-Nr.	Artikelbezeichnung	Menge	Listenpreis netto
1	8750	Bio-Saftschorle Limette, 0,5 l	100 Flaschen	0,62 €/Flasche
2	8754	Bio-Saftschorle Ingwer, 0,5 l	100 Flaschen	0,72 €/Flasche
3	8761	Bio-Eistee, 0,5 l	50 Flaschen	0,52 €/Flasche

Bezüglich der Zahlungsbedingungen gilt, dass die Rechnung sofort zahlbar ist ohne Abzug.
Als Neukunde erhalten Sie einen Rabatt von 15 % auf den Warenwert.
Die Lieferung erfolgt frei Haus binnen zwei Werktagen nach Eingang Ihrer Bestellung.
Wir würden uns sehr freuen, Sie als Neukunden begrüßen zu dürfen.

Freundliche Grüße

Mitro Lebensmittel GmbH

i. A. Caroline Hackl

Mitro Lebensmittel GmbH
Lincolnstraße 162
81549 München
caroline.hackl@mitro.de

Vorlage 1.1 **Rechnung_Huber_Textil_GmbH.pdf**

Huber Textil GmbH

Huber Textil GmbH, Schellingstraße 192, 80797 München

Sport Merath GmbH
Thomas Merath
Auf der Grube 92
82377 Penzberg

Sachbearbeiterin: Ana Meyer
Rechnungsdatum: 05. 07. 2021
Rechnungsnummer: 2021-38764
Leistungsdatum: 05. 07. 2021
Lieferadresse: Sport Merath GmbH
Erlebniswelt München
Friedenstraße 230
81671 München

Rechnung sachlich und rechnerisch korrekt!
06.07.2021 Carlo Eisen

Rechnung

Artikelnummer	Artikelbezeichnung	Menge (Stück)	Einzelpreis netto (€)	Warenwert netto (€)
234	Mikrofaser-Handtuch, gelb, mit Schullogo bedruckt	200	3,99	798,00

Warenwert netto (€)	Versandkosten netto (€)	Steuerpflicht. Nettoentgelt (€)	Umsatzsteuer (%)	Umsatzsteuer (€)	Rechnungsbetrag brutto (€)
798,00	20,00	818,00	19	155,42	973,42

Zahlungsbedingungen: 7 Tage 3 % Skonto auf den Warenwert, 30 Tage ohne Abzug

Buchung

Soll	Haben	Betrag (€)	Betrag (€)

Huber Textil GmbH
Schellingstraße 192
80797 München

Geschäftsführerin: Manuela Huber
Handelsregister München: HRB 22712
USt-IdNr.: DE764098642

Oberbayernbank
IBAN: DE32 7013 0044 0412 2212 89
BIC: OBBADEMMXXX

Vorlage 1.2 Überweisung

Überweisung

Begünstigter: --

IBAN: --

bei (Kreditinstitut): wird automatisch ausgefüllt

Betrag: ------------------------------ EUR

Verwendungszweck: --

Ausführungsdatum: ------------------------------

Auftraggeber: DE81 7013 0044 0091 2700 35

Vorlage 1.3 E-Mail für die Bestellung

Von: [Ihr Vorname.Ihr Nachname]@sport-merath.de

An: ______________________

Betreff: ______________________

Gesendet:
Dienstag, 06. 07. 2021

Sport Merath GmbH
Auf der Grube 92
82377 Penzberg
thomas.merath@sport-merath.de

Vorlage 1.4 **Übersicht_Stationen.pdf**

Übersicht der Stationen bei „schools@sport-merath"

Vorbereitende Tätigkeiten:

- Anwesenheit der Mitarbeiterinnen/Mitarbeiter bis spätestens 07:00 Uhr sicherstellen
- benötigte Sachen für die Stationen sowie zwei Tische, vier Stühle, Beschreibung der Station, Stifte, Hygienekonzept, Desinfektionsmittel, Einwilligungen für die Fotoaufnahmen, Feedbackbögen, Stoppuhren, Mülleimer, Erste-Hilfe-Sets und Digitalkameras abholen
- Stationen aufbauen und Testläufe durchführen

Station 1	**Tätigkeit/Ort:** **Aufsicht:** **Benötigt:**	Mountainbike fahren/Mountainbike-Parcours 6 Personen Mountainbikes, Fahrradhelme
Station 2	**Tätigkeit/Ort:** **Aufsicht:** **Benötigt:**	Klettern (Bouldern)/Kletterwände 4 Personen Beutel mit Magnesia („Chalkbags")
Station 3	**Tätigkeit/Ort:** **Aufsicht:** **Benötigt:**	Kajak fahren/Poolstrecke 6 Personen Zweier-Kajaks, Doppelpaddel, Helme, Schwimmwesten
Station 4	**Tätigkeit/Ort:** **Aufsicht:** **Benötigt:**	Stand-up-Paddling/Poolstrecke 6 Personen Boards, Paddel, Helme, Schwimmwesten

Bitte beachten: Während des Projekttages Fotos für Werbezwecke machen!

Zu erledigende Tätigkeiten, nachdem die Veranstaltung für die Schülerinnen und Schüler beendet ist:

Lösungsvorschlag

TIPP *Aufgabe 1, Bewertungseinheiten: 25*

Zuerst sollten Sie sich intensiv mit der Situation beschäftigen, um nicht bei zwei Anlagen und vier Vorlagen den Überblick zu verlieren. Im Folgenden sollten Sie die notwendigen Arbeitsschritte in eine sinnvolle Reihenfolge bringen.

1. Verbuchung der Eingangsrechnung der Huber Textil GmbH im Buchungsstempel auf der Vorlage 1.1
2. Ausfüllen der Überweisungsmaske nach Berechnung des Zahlbetrags abzüglich Skonto und Ermittlung des passenden Zahlungstermins
3. Durchführung eines rechnerischen Angebotsvergleichs zur Beschaffung der Getränke für den Projekttag
4. Treffen einer Entscheidung für einen der beiden Lieferanten unter Berücksichtigung des Angebotsvergleichs und eines qualitativen Kriteriums
5. Erstellung der Bestellung beim ausgewählten Lieferanten mittels E-Mail aus der Vorlage 1.3
6. Erfassung von sechs Tätigkeiten, die nach Abschluss der Veranstaltung für die Schüler*innen noch zu erledigen sind; Notiz auf der Vorlage 1.4

Arbeitsschritt 1

TIPP Beim Einkauf sind anfallende Versandkosten separat als Bezugskosten zu verbuchen.

Der folgende Buchungssatz ist auf dem Buchungsstempel der Vorlage 1.1 zu erfassen:

6080 AWHW	798,00 €			
6081 BZKHW	20,00 €			
2600 VORST	155,52 €	an	4400 VLL	973,42 €

Huber Textil GmbH

Huber Textil GmbH, Schellingstraße 192, 80797 München

Sport Merath GmbH
Thomas Merath
Auf der Grube 92
82377 Penzberg

Sachbearbeiterin: Ana Meyer
Rechnungsdatum: 05. 07. 2021
Rechnungsnummer: 2021-38764
Leistungsdatum: 05. 07. 2021
Lieferadresse: Sport Merath GmbH
Erlebniswelt München
Friedenstraße 230
81671 München

Rechnung sachlich und rechnerisch korrekt!
06.07.2021 Carlo Eisen

Rechnung

Artikelnummer	Artikelbezeichnung	Menge (Stück)	Einzelpreis netto (€)	Warenwert netto (€)
234	Mikrofaser-Handtuch, gelb, mit Schullogo bedruckt	200	3,99	798,00

Warenwert netto (€)	Versandkosten netto (€)	Steuerpflicht. Nettoentgelt (€)	Umsatzsteuer (%)	Umsatzsteuer (€)	Rechnungsbetrag brutto (€)
798,00	20,00	818,00	19	155,42	973,42

Zahlungsbedingungen: 7 Tage 3 % Skonto auf den Warenwert, 30 Tage ohne Abzug

Buchung

Soll	Haben	Betrag (€)	Betrag (€)
6080 AWHW		798,00	
6081 BZKHW		20,00	
2600 VORST		155,42	
	4400 VLL		973,42

Huber Textil GmbH
Schellingstraße 192
80797 München

Geschäftsführerin: Manuela Huber
Handelsregister München: HRB 22712
USt-IdNr.: DE764098642

Oberbayernbank
IBAN: DE32 7013 0044 0412 2212 89
BIC: OBBADEMMXXX

Arbeitsschritt 2

Rechnungsbetrag	973,42 €	
– 3 % Skonto	28,49 €	(= 3 % von 798,00 € + 19 % USt)
= Überweisungsbetrag	944,93 €	

TIPP Ausgehend vom Rechnungsdatum 5. 7. sollte die Zahlung spätestens am 12. 7. bei der Huber Textil GmbH eingehen. Da der 12. 7. ein Montag ist, sollte die Zahlung für den 9. 7. 2021 (Freitag) angewiesen werden.

Im Verwendungszweck ist neben Rechnungsnummer und -datum auch der Abzug des Skontos anzugeben. Eine Kundennummer ist auf der Rechnung nicht vermerkt.

Rechnung_Huber_Textil_GmbH.pdf, Vorlage 1.1, Vorlage 1.2

Überweisung

Begünstigter: Huber Textil

IBAN: DE32 7013 0044 0412 2212 89

bei (Kreditinstitut): wird automatisch ausgefüllt

Betrag: 944,93 EUR

Verwendungszweck: Rechnung 2021-38764 vom 05.07.2021
abzüglich 3 % Skonto

Ausführungsdatum: 09.07.2021

Auftraggeber: DE81 7013 0044 0091 2700 35

Arbeitsschritt 3

Erstellung eines tabellarischen Angebotsvergleichs entsprechend den beiden Angeboten:

Angebot Leermoser Getränkegroßhandel GmbH

Listeneinkaufspreis	152,50 €	(= 100 · 0,59 € + 100 · 0,69 € + 50 · 0,49 €)
– Lieferantenrabatt	12,20 €	(= 8 % von 152,50 €)
= Zieleinkaufspreis	140,30 €	
– 3 % Lieferantenskonto	4,21 €	
= Bareinkaufspreis	136,09 €	
+ Bezugskosten	0,00 €	
= Einstandspreis	136,09 €	

Angebot Mitro Lebensmittel GmbH

Listeneinkaufspreis	160,00 €	(= 100 · 0,62 € + 100 · 0,72 € + 50 · 0,52 €)
– Lieferantenrabatt	24,00 €	(= 15 % von 160,00 €)
= Zieleinkaufspreis	136,00 €	
– Lieferantenskonto	0,00 €	
= Bareinkaufspreis	136,00 €	
+ Bezugskosten	0,00 €	
= Einstandspreis	136,00 €	

Arbeitsschritt 4

Rechnerisch liegen die beiden Angebote sehr eng beieinander. Das Angebot der Mitro ist um 9 Cent günstiger. Für Leermoser spricht jedoch, dass wir mit der bisherigen Geschäftsbeziehung sehr zufrieden sind ihnen dies auch schon mitgeteilt haben.

Dies könnte das Pendel zugunsten von Leermoser ausschlagen lassen.

Arbeitsschritt 5

Verfassen der E Mail an Leermoser Getränkegroßhandel GmbH entsprechend der Vorlage 1.3:

E-Mail, Vorlage 1.3

Von: [Ihr Vorname.Ihr Nachname]@sport-merath.de

An: Ulrike.marland@leermoser.de

Betreff: Bestellung zu Angebot 1723

Gesendet: Dienstag, 06. 07. 2021

Sehr geehrte Frau Marland,

gerne nehmen wir Ihr Angebot 1723 vom 5. 7. 2021 an und bestellen die folgenden angebotenen Positionen:

Position	Artikel-Nr.	Artikelbezeichnung	Menge	Listenpreis netto/Flasche
Pos 1	57489	Saftschorle Limette 0,5 l	100 Flaschen	0,59 €
Pos 2	57490	Saftschorle Ingwer 0,5 l	100 Flaschen	0,69 €
Pos 3	57500	Eistee 0,5 l	50 Flaschen	0,49 €

Wie angeboten gewähren Sie uns 8 % Rabatt auf den Warenwert bei Lieferung frei Haus.

Beachten Sie bitte, dass die Lieferung spätestens am 13. 7. 2021 bei uns eintreffen und an folgende Adresse geliefert werden sollte:

Sport Merath
Filiale München
Friedenstraße 230
81671 München

Mit freundlichen Grüßen
Sport Merath
i. A. [Vorname und Nachname des Prüflings]

Sport Merath GmbH
Auf der Grube 92
82377 Penzberg
thomas.merath@sport-merath.de

Arbeitsschritt 6

Übersicht_Stationen.pdf, Vorlage 1.4

Übersicht der Stationen bei „schools@sport-merath"

Vorbereitende Tätigkeiten:

- Anwesenheit der Mitarbeiterinnen/Mitarbeiter bis spätestens 07:00 Uhr sicherstellen
- benötigte Sachen für die Stationen sowie zwei Tische, vier Stühle, Beschreibung der Station, Stifte, Hygienekonzept, Desinfektionsmittel, Einwilligungen für die Fotoaufnahmen, Feedbackbögen, Stoppuhren, Mülleimer, Erste-Hilfe-Sets und Digitalkameras abholen
- Stationen aufbauen und Testläufe durchführen

Station 1	**Tätigkeit/Ort:** **Aufsicht:** **Benötigt:**	Mountainbike fahren/Mountainbike-Parcours 6 Personen Mountainbikes, Fahrradhelme
Station 2	**Tätigkeit/Ort:** **Aufsicht:** **Benötigt:**	Klettern (Bouldern)/Kletterwände 4 Personen Beutel mit Magnesia („Chalkbags")
Station 3	**Tätigkeit/Ort:** **Aufsicht:** **Benötigt:**	Kajak fahren/Poolstrecke 6 Personen Zweier-Kajaks, Doppelpaddel, Helme, Schwimmwesten
Station 4	**Tätigkeit/Ort:** **Aufsicht:** **Benötigt:**	Stand-up-Paddling/Poolstrecke 6 Personen Boards, Paddel, Helme, Schwimmwesten

Bitte beachten: Während des Projekttages Fotos für Werbezwecke machen!

Zu erledigende Tätigkeiten, nachdem die Veranstaltung für die Schülerinnen und Schüler beendet ist:

Mülleimer leeren und Müll gegebenenfalls einsammeln

Sportgeräte kontrollieren, auf Funktionsfähigkeit überprüfen sowie reinigen und desinfizieren

Erste-Hilfe-Sets auf Vollständigkeit kontrollieren und gegebenenfalls ergänzen

Fotos von Digitalkameras sichern, sichten und speichern

Kontrolle der Einwilligungserklärungen zu ausgewählten Fotos

Einsammeln der Feedbackbögen und anschließende Auswertung

Aufgabe 2

In dieser Aufgabe müssen Sie
- Ihren Anteil an den Wohnungskosten berechnen,
- einen Dauerauftrag einrichten,
- eine Quittung ausfüllen und
- eine Textnachricht an den Vermieter schreiben.

Sie gründen mit Einverständnis Ihrer Eltern eine Wohngemeinschaft (WG) gemeinsam mit Ihrem besten Freund Giacomo Kühl. Der volljährige Giacomo hat als Mieter heute den Mietvertrag vom Vermieter erhalten. Giacomo hat Ihnen eine Kopie des Mietvertrags gegeben. Bei einem Treffen mit Ihrem zukünftigen WG-Mitbewohner klären Sie letzte Details.

GIACOMO: „Am 01. 08. 2021 kann es mit unserer WG endlich losgehen, vorher müssen wir aber noch ein paar Punkte klären."

SIE: „Das wird die beste Zeit unseres Lebens! Die Miete teilen wir uns je zur Hälfte?"

GIACOMO: „Träum weiter, mein Freund! Dein Zimmer ist ja fünf Quadratmeter größer als meines. Die Gesamtmiete aus dem Mietvertrag teilen wir folgendermaßen auf: Den Mietanteil für die Gemeinschaftsräume teilen wir uns zur Hälfte, den Mietanteil für die eigenen Zimmer teilen wir gerecht nach Quadratmetern."

SIE: „Wie groß ist dein Zimmer eigentlich? 15 Quadratmeter, oder?"

GIACOMO: „Genau. Neben der monatlichen Gesamtmiete werden jeden Monat noch 25,00 € für Internet und monatlich 30,00 € Stromabschlag sowie je Quartal 52,50 € Rundfunkbeitrag von meinem Konto abgebucht. Diese Beträge teilen wir 1 : 1 zwischen uns auf. Rechne bitte aus, wie viel du mir insgesamt jeden Monat zahlen musst, und richte gleich einen entsprechenden Dauerauftrag an mich ein! Meine IBAN lautet DE82 7603 2411 0000 0265 37. Ich hatte dich doch auch gebeten, dich um die Küche zu kümmern. Gibt's da was Neues?"

SIE: „Mit Markus Schirmer, dem Vormieter unserer Wohnung, habe ich mich gestern in der Wohnung getroffen. Wir übernehmen ja seine Küche. Ich habe ihn auf 850,00 € heruntergehandelt. Da keine Umsatzsteuer anfällt, muss sie auch nicht ausgewiesen werden. Er holt das Geld heute noch bei mir ab. Als Beweis für meine Barzahlung bereite ich eine Quittung vor, die Markus Schirmer nur noch unterschreiben muss."

GIACOMO: „So machen wir das. Wir hatten ja vereinbart, dass du die Küche zunächst alleine bezahlst und ich die Kaution stelle."

SIE: „Richtig! Außerdem hatten wir uns überlegt, dass die Wände hellgrau sein sollen. Vielleicht kann der Vermieter gleich hellgrau streichen? Wir wollen auch einen weiteren Haustür- und einen weiteren Wohnungsschlüssel für Notfälle haben."

GIACOMO: „Stimmt. Schreibe ihm doch einfach eine Textnachricht! Du musst zusätzlich noch fragen, ob dein Hund Henry bei uns wohnen darf oder bei deinen Eltern bleiben muss. Kannst du das bitte alles klären?"

SIE: „Na klar, mache ich! Ich frage ihn in der Textnachricht nach all unseren offenen Punkten."

GIACOMO: „Danke. Ich denke, wir haben dann alles besprochen, oder?“
SIE: „Ja, alles klar. Ich mache mich gleich an die Arbeit. Ciao!“

Führen Sie die notwendigen Arbeitsschritte durch und dokumentieren Sie diese nachvollziehbar.

Anlage 2.1 Auszug aus dem Mietvertrag – Seite 1

Wohnraummietvertrag

Der Vermieter Daniel Beckhembauer

wohnhaft in Schnieglinger Straße 460, 90427 Nürnberg

und der (die) Mieter Giacomo Kühl

wohnhaft in Schnieglinger Straße 457, 90427 Nürnberg

schließen folgenden Mietvertrag:

§ 1 Mieträume

1. Im Hause Schnieglinger Straße 457, 90427 Nürnberg, Wohnung 001 werden folgende Räume vermietet: 2 Zimmer, 1 Küche, 1 Bad, 1 WC, 0 Speicher, 1 Kellerraum 0 Garage.
2. Der Mieter ist berechtigt, folgende Räume/Bereiche gemäß der Hausordnung mitzubenutzen: Waschküche, Gemeinschaftsgarten, Fahrradkeller
3. Dem Mieter werden vom Vermieter für die Mietzeit ausgehändigt: 2 Haus-, 2 Wohnungs-, 5 Zimmer-, 0 Speicher-, 2 Keller-, 2 Briefkastenschlüssel. Weitere Schlüssel können bei berechtigtem Interesse auf Anfrage und Kosten des Mieters angefertigt und übergeben werden.
4. Die Wohnfläche beträgt 70 m^2.

§ 2 Mietzeit

Das Mietverhältnis beginnt am 01.08.2021. Es läuft auf unbestimmte Zeit.

§ 3 Miete, Nebenkosten

1. Die Grundmiete beträgt monatlich 550,00 €.
2. Neben der Grundmiete werden alle umlegbaren Betriebskosten umgelegt. Die monatliche Vorauszahlung beträgt insgesamt 150,00 €. Davon entfallen 70,00 € auf die Vorauszahlung für Wärme und Warmwasser und 80,00 € auf alle übrigen Betriebskosten.
3. Die monatliche Gesamtmiete (Summe Grundmiete und Betriebskosten) beträgt 700,00 €.
4. Die Miete ist jeweils im Voraus bis zum 3. eines jeden Monats auf das im Folgenden angegebene Konto des Vermieters zu zahlen:
   Daniel Beckhembauer
   IBAN: DE25 7603 2411 0000 0155 97
   Mittelfrankenbank

§ 4 Mietkaution

Der Mieter leistet eine Kaution in Höhe von 1.650,00 €, die vom Vermieter von seinem Vermögen getrennt anzulegen ist. Die Rückzahlung ist nach Beendigung des Mietverhältnisses und ordnungsgemäßer Übergabe der Wohnung fällig.

§ 5 Ordentliche Kündigung

1. Der Mieter kann den Mietvertrag von unbestimmter Dauer jederzeit unter Einhaltung der Kündigungsfrist von 3 Monaten kündigen.
2. Die Kündigungsfristen des Vermieters betragen 3 Monate bei einem Mietverhältnis bis zu 5 Jahren, 6 Monate bei einem Mietverhältnis zwischen 5 und 8 Jahren und 9 Monate bei einem Mietverhältnis von mehr als 8 Jahren. Kündigungserklärungen müssen schriftlich abgegeben werden und spätestens am 3. Werktag des Monats beim Vertragspartner eingegangen sein.

Anlage 2.1 Auszug aus dem Mietvertrag – Seite 2

§ 6 Auszug des Mieters
Zieht der Mieter aus, muss er dem Vermieter die Räume besenrein und mit sämtlichen Schlüsseln zurückgeben.

§ 7 Änderungen des Vertrages
Nebenabreden, Änderungen und Ergänzungen des Vertrages bedürfen der Schriftform.

§ 8 Haustiere
In der Wohnung dürfen unter Vorbehalt der Zustimmung des Vermieters Haustiere gehalten werden.

§ 9 Sonstige Vereinbarungen
Der Mieter ist berechtigt, einen Mitbewohner in der Wohnung aufzunehmen

Die Wohnung wird vom Vermieter frisch weiß gestrichen übergeben

[...]

Vorlage 2.1 **Dauerauftrag**

Mittelfrankenbank – Dauerauftrag Online

Auftraggeber

Name: [Ihr Vorname Ihr Name]

IBAN: DE32 7603 2411 000 2255 33

Empfänger

Name: ....

IBAN: ....

Überweisungsdaten

Betrag in EUR: ....

Verwendungszweck: ....

....

Ausführung

Erstmals am:
(TT.MM.JJJJ) ....

Intervall
- ☐ monatlich
- ☐ vierteljährlich
- ☐ halbjährlich
- ☐ jährlich

Laufzeit
- ☐ unbefristet
- ☐ befristet bis ....

Vorlage 2.2 Quittung

Netto	EUR	…………………	Cent	…………	
+ ……… % USt	EUR	…………………	Cent	…………	**Quittung**
Gesamt	EUR	…………………	Cent	…………	

Gesamtbetrag in Worten

……………………………………………………………………… Cent wie oben

Im Gesamtbetrag sind ………… % Umsatzsteuer enthalten.

von ………………………………………………………………………

für ………………………………………………………………………

………………………………………………………………………

Betrag dankend erhalten.

Ort ……………………………… Datum ……………………

Unterschrift des Empfängers

……………………

Vorlage 2.3 **Textnachricht**

Lösungsvorschlag

TIPP *Aufgabe 2, Bewertungseinheiten: 25*

Zuerst sollten Sie nach intensiver Lektüre des Dialogs die notwendigen Arbeitsschritte in eine sinnvolle Reihenfolge bringen.

1. Berechnung des eigenen Mietkostenanteils sowie des notwendigen Dauerauftrags an Giacomo Kühl
2. Einrichtung des Dauerauftrags an Giacomo Kühl
3. Vorbereitung einer Quittung für die Zahlung der gebrauchten Küche
4. Erstellung einer Textnachricht an den Vermieter, um offene Fragen, die sich aus dem Dialog ergeben, zu klären

Arbeitsschritt 1

Aufteilung der Mietfläche

Gesamtfläche laut Mietvertrag	70 qm	
– Zimmer Giacomo Kühl	15 qm	
– Eigenes Zimmer	20 qm	(5 qm größer als Giacomos)
= Gemeinsame Fläche	35 qm	

$$\text{Eigener Flächenanteil} = 20\text{ qm} + \frac{35\text{ qm}}{2} = 37{,}5\text{ qm}$$

Mietkostenanteil

$$\text{Eigener Anteil} = \frac{700{,}00\text{ €} \cdot 37{,}5\text{ qm}}{70\text{ qm}} = 375{,}00\text{ €}$$

Anteil an den sonstigen Kosten

Internet	25,00 €	
+ Stromabschlag	30,00 €	
+ Rundfunkbeitrag	17,50 €	(= 52,50 € : 3 Monate)
= Sonstige Kosten	72,50 €	

$$\text{Eigener Anteil} = \frac{72{,}50\text{ €}}{2} = 36{,}25\text{ €}$$

Höhe des notwendigen Dauerauftrags

Mietkostenanteil	375,00 €
+ Sonstige Kosten	36,25 €
= Dauerauftrag	411,25 €

Arbeitsschritt 2

Dauerauftrag, Vorlage 2.1

Mittelfrankenbank – Dauerauftrag Online

Auftraggeber

Name: [Ihr Vorname Ihr Name]

IBAN: DE32 7603 2411 000 2255 33

Empfänger

Name: Giacomo Kühl

IBAN: DE82 7603 2411 0000 0265 37

Überweisungsdaten

Betrag in EUR: 411,25

Verwendungszweck: Anteil Miet- und Nebenkosten für Wohngemeinschaft

Ausführung

Erstmals am: (TT.MM.JJJJ) 01.08.2021

Intervall

- [x] monatlich
- [ ] vierteljährlich
- [ ] halbjährlich
- [ ] jährlich

Laufzeit

- [x] unbefristet
- [ ] befristet bis

Arbeitsschritt 3

Quittung, Vorlage 2.2

Netto	EUR	------	Cent	-----	
+ ------ % USt	EUR	-----	Cent	-----	**Quittung**
Gesamt	EUR	850	Cent	00	

Gesamtbetrag in Worten

achthundertfünfzig Cent wie oben

Im Gesamtbetrag sind -------------- % Umsatzsteuer enthalten.

von Ihr Name

für Ablöse der Wohnküche Schnieglinger Straße 457, 90427 Nürnberg (Whg. 001)

Betrag dankend erhalten.

Ort Nürnberg Datum 06.07.2021

Unterschrift des Empfängers

Arbeitsschritt 4

Aus dem Dialog ergeben sich drei offene Fragen. Zum einen, ob der Hund Henry in der Wohnung gehalten werden darf, zum anderen, ob die Wände alternativ in Hellgrau gestrichen werden könnten und ob man noch zusätzliche Schlüssel ausgehändigt bekommen könnte.

Textnachricht, Vorlage 2.3

Sehr geehrter Herr Beckhembauer,

als Mitbewohner der Wohnung 001 in der Schnieglinger Straße 457 von Herrn Giacomo Kühl wende ich mich an Sie zwecks Klärung von drei offenen Punkten bzw. Fragen.

1. Wir würden in der Wohnung gerne einen Hund halten. Wäre das für Sie in Ordnung?

2. Im Mietvertrag steht unter § 9, dass Sie die Wohnung frisch weiß gestrichen übergeben. Wäre es möglich, dass Sie die Wände hellgrau streichen? Damit würden Sie uns sehr entgegenkommen. Etwaige Mehrkosten für den Farbanteil werden wir gerne übernehmen.

3. Könnten Sie uns zusätzlich zu den jeweils zwei Wohnungs- und Haustürschlüsseln noch jeweils einen weiteren für Notfälle nachmachen lassen? Die Kosten werden wir selbstverständlich übernehmen.

Über eine positive Rückmeldung würden wir uns sehr freuen.

Mit freundlichen Grüßen
[Ihr Name]

Aufgabe 3

In dieser Aufgabe müssen Sie
- Lagerkennzahlen berechnen und analysieren,
- Umsatzzahlen, Internetbewertungen sowie Einschätzungen unseres Vertriebs analysieren und
- eine begründete Empfehlung aussprechen.

Sie absolvieren eine kaufmännische Ausbildung bei der Sport Merath GmbH. Heute erhielten Sie einen Anruf von Herrn Merath. Über den Inhalt des Telefongespräches haben Sie eine Telefonnotiz angefertigt.

Telefonnotiz	
Anruf von:	*Intern*
Gesprächspartner:	*Herr Merath*
Datum:	*06.07.2021*
Telefon/Rückrufnummer	*+49 8856 256024*
Betreff:	*Platzbedarf im Lager*

Problem: Lager ist zu voll, insbesondere die beiden Trainingsgeräte „Basic" und „Professional" nehmen viel Platz in Anspruch

Zu klären/erledigen:

1. *Ist es sinnvoll, eines der beiden Modelle „Basic" oder „Professional" aus dem Sortiment zu nehmen, um Platz zu schaffen?*
   Hierfür: Analyse der
   - *Umsatzzahlen der letzten drei Geschäftsjahre*
   - *hilfreichsten Internetbewertungen*
   - *Einschätzungen unseres Vertriebs*
   - *durchschnittlichen Lagerdauer der letzten drei Geschäftsjahre (Zuvor Nebenrechnung notwendig, um durchschnittliche Lagerdauer des Modells „Basic" Geschäftsjahr 2020/2021 zu ermitteln)*
2. *Unabhängig von der Analyse bei Punkt 1: Wie kann Platz eingespart werden, wenn die beiden Modelle „Basic" und „Professional" im Sortiment bleiben?*
   Hierfür: Kritisches Hinterfragen der Bestände und der Bestellmenge bei den Produktdaten der Trainingsgeräte
3. *E-Mail an Herrn Merath: Darlegung von drei begründeten Empfehlungen auf Basis der Arbeitsergebnisse, wie Platz im Lager eingespart werden kann*

Sie besorgen sich zu den Trainingsgeräten die benötigten Produktdaten, Lagerinformationen, Monatsendbestände sowie Grafiken zu den Umsatz- und Absatzzahlen.

Führen Sie die notwendigen Arbeitsschritte durch und dokumentieren Sie diese nachvollziehbar.

Anlage 3.1 Produktdaten Trainingsgerät „Professional“

Trainingsgerät „Professional“			
Lieferant	Heinrich Schleyer GmbH, Arthur-Piechler-Straße 152, 86161 Augsburg info@schleyer.de, Lieferantennummer: LI-52001 Unsere Kundennummer: 24-55731		
Unsere Artikelnummer	KHP-870-445	Artikelnummer Lieferant	107-389
Mindestbestand	25 Stück	Meldebestand	27 Stück
Höchstbestand	42 Stück	Bestellmenge	15 Stück
Einstandspreis (netto)	1.295,00 €	Lieferzeit	6 Tage
Verkaufspreis (brutto)	2.199,00 €	Im Sortiment seit	01. 08. 2017
Aufstellmaße	270 x 220 x 200 cm	Maße verpackt	120 x 80 x 160 cm
Gewicht	450 kg	Lieferung	per Spedition
Beschreibung	• Trainingsgerät für den gewerblichen Einsatz in Fitnessstudios oder für den sehr anspruchsvollen Privatkunden als Trainingsgerät • sehr gute Qualität und lange Lebensdauer auch bei hoher Belastung • Vielzahl von Trainingsmöglichkeiten für den Muskelaufbau • 5 Jahre Garantie		

Einschätzung unseres Vertriebs	
+	aufgrund der sehr guten Qualität und vielen Trainingsmöglichkeiten sehr beliebt bei Fitnessstudios und Hobby-Bodybuildern
+	kaum Reklamationen
+	Kundenkreis in dieser Preisklasse auf ganz Deutschland verteilt
–	Privatkunden schrecken der große Platzbedarf, der hohe Verkaufspreis und das hohe Gewicht oft vom Kauf ab

Hilfreichste Internetbewertungen *(insgesamt 4,8 von 5 Punkten bei 44 Bewertungen):*	
5/5	(15. 04. 2021) Ich habe das Gerät gekauft, um zuhause unabhängig und individuell trainieren zu können. Programme und Zubehör funktionieren bestens. Sehr zu empfehlen!
4/5	(04. 12. 2020) Das Produkt hält, was es für diesen Preis verspricht. Ausnahme ist die harte Sitzbank, die bei längerem Trainieren bei mir Schmerzen verursacht. Dafür gibt es einen Punkt Abzug.
5/5	(23. 11. 2020) Ich war ja zunächst aufgrund des Preises sehr skeptisch, aber meine Erwartungen wurden mehr als übertroffen. Absolutes Spitzengerät für regelmäßiges Trainieren auf hohem Niveau.

Anlage 3.2 Produktdaten Trainingsgerät „Basic“

Trainingsgerät „Basic“			
Lieferant	Konrad Riedmair KG, Zeppelinstraße 162, 85748 Garching info@riedmair.de, Lieferantennummer: LI-63792 Unsere Kundennummer: 24-98125		
Unsere Artikelnummer	KHP-921-866	Artikelnummer Lieferant	12478K
Mindestbestand	15 Stück	Meldebestand	18 Stück
Höchstbestand	33 Stück	Bestellmenge	15 Stück
Einstandspreis (netto)	495,00 €	Lieferzeit	4 Tage
Verkaufspreis (brutto)	999,00 €	Im Sortiment seit	02. 01. 2017
Aufstellmaße	200 x 150 x 180 cm	Maße verpackt	100 x 50 x 50 cm
Gewicht	110 kg	Lieferung	per Spedition
Beschreibung	• Trainingsgerät vor allem für den privaten Gebrauch • viele Übungsmöglichkeiten für Hobbysportler • 3 Jahre Garantie		

Einschätzung unseres Vertriebs	
+	überzeugt sowohl Einsteiger als auch fortgeschrittene Hobbysportler durch gutes Preis-Leistungs-Verhältnis
–	erzielt bei Testvergleichen nur durchschnittliche Ergebnisse
–	vergleichsweise hohe Anzahl an Reklamationen innerhalb der Garantiezeit

Hilfreichste Internetbewertungen *(insgesamt 3,3 von 5 Punkten bei 97 Bewertungen):*	
5/5	(26. 05. 2021) Das Trainingsgerät „Basic“ ist ein optisch schönes Gerät und sehr ansprechend. Das motiviert, um bei der anstrengenden Fitnessarbeit dranzubleiben.
3/5	(17. 03. 2021) Zuerst war ich sehr angetan vom Trainingsgerät. Die Verarbeitung machte zunächst einen sehr guten Eindruck. Nach wenigen Monaten jedoch kam es immer wieder zu Störungen und Verklemmungen. Ich habe daraufhin beim Service angerufen und erfahren, dass diese Probleme bei diesem Modell wohl häufiger auftreten. Schneller und guter Service, aber schlechte Qualität.
2/5	(16. 12. 2020) Dies ist ein gutes Einsteigermodell für das Trainieren zuhause. Die Vielzahl an Trainingsmöglichkeiten für diesen Preis finde ich erstaunlich. Abzug gibt es für das sehr umständliche Aufbauen. Die beigelegte Aufbauanleitung ist auch keine große Hilfe. Ich hatte zunächst drei Sterne vergeben, jetzt jedoch nur noch zwei. Leider war es bereits nach gut einem Jahr defekt. Nach Anruf beim Service wurde es sofort abgeholt. Mittlerweile wurde es schon zweimal zur Reparatur eingeschickt. Nun habe ich es seit vier Wochen zurück, aber ich befürchte, der nächste Defekt lässt nicht lange auf sich warten.

Anlage 3.3 Lagerinformationen Trainingsgeräte

		Trainingsgerät „Professional“	**Trainingsgerät „Basic“**
Geschäftsjahr 2018/2019	Endbestand laut Inventur vom 31. 05. 2019	28 Stück	29 Stück
	Ø Lagerdauer:	114,57 Tage	145,21 Tage
Geschäftsjahr 2019/2020	Endbestand laut Inventur vom 31. 05. 2020	36 Stück	24 Stück
	Ø Lagerdauer:	139,92 Tage	128,39 Tage
Geschäftsjahr 2020/2021	Endbestand laut Inventur vom 31. 05. 2021	27 Stück	25 Stück
	Ø Lagerdauer:	219,88 Tage	liegt noch nicht vor

Anlage 3.4 Monatsendbestände Trainingsgerät „Basic“

Geschäftsjahr 2020/2021	Endbestand laut Inventur vom 31. 05. 2020 (= Anfangsbestand Geschäftsjahr 2020/2021)	24 Stück
	Endbestand laut Lagerdispokarte vom 30. 06. 2020	20 Stück
	Endbestand laut Lagerdispokarte vom 31. 07. 2020	29 Stück
	Endbestand laut Lagerdispokarte vom 31. 08. 2020	21 Stück
	Endbestand laut Lagerdispokarte vom 30. 09. 2020	27 Stück
	Endbestand laut Lagerdispokarte vom 31. 10. 2020	16 Stück
	Endbestand laut Lagerdispokarte vom 30. 11. 2020	17 Stück
	Endbestand laut Lagerdispokarte vom 31. 12. 2020	20 Stück
	Endbestand laut Lagerdispokarte vom 31. 01. 2021	26 Stück
	Endbestand laut Lagerdispokarte vom 28. 02. 2021	16 Stück
	Endbestand laut Lagerdispokarte vom 31. 03. 2021	23 Stück
	Endbestand laut Lagerdispokarte vom 30. 04. 2021	16 Stück
	Endbestand laut Inventur vom 31. 05. 2021	25 Stück

Anlage 3.5 Grafiken

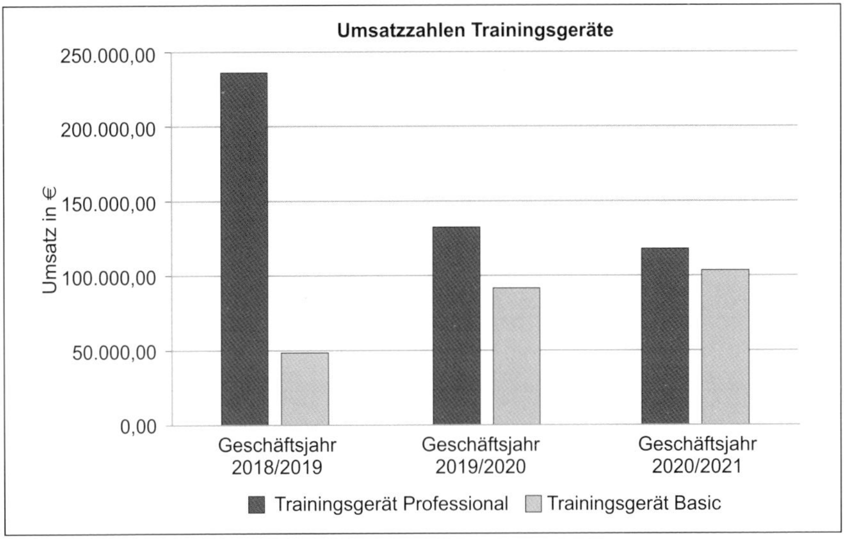

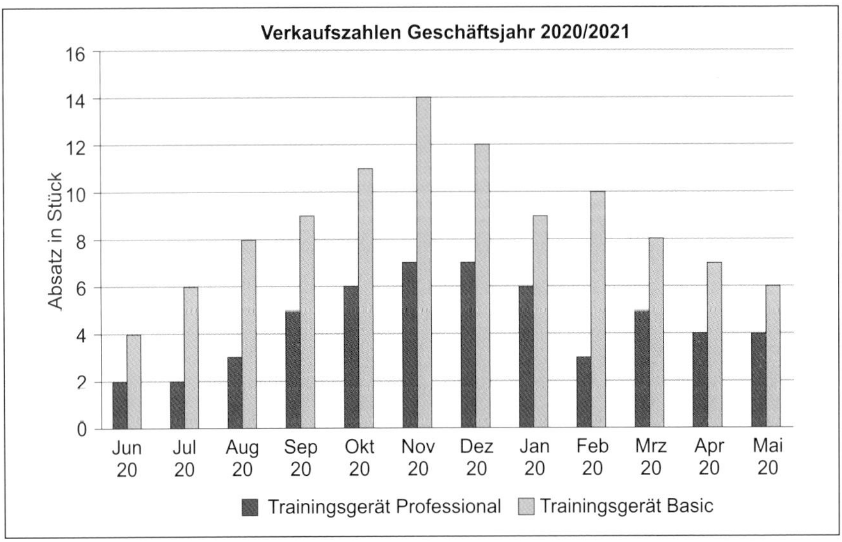

Vorlage 3.1 E-Mail

Von: [Ihr Vorname.Ihr Nachname]@sport-merath.de

An: thomas.merath@sport-merath.de

Gesendet: Dienstag, 06. 07. 2021

Betreff: ______________________

Sport Merath GmbH
Auf der Grube 92
82377 Penzberg
[Ihr Vorname.Ihr Nachname]@sport-merath.de

Lösungsvorschlag

TIPP *Aufgabe 3, Bewertungseinheiten: 25*

Bei dieser Aufgabe werden in der vorliegenden Telefonnotiz bereits explizit und leicht nachvollziehbar Hinweise auf die zu erledigenden Arbeitsschritte gegeben.

1. Berechnung der durchschnittlichen Lagerdauer des Modells Basic mit zuvor zu berechnendem durchschnittlichem Lagerbestand und der Umschlagshäufigkeit
2. Entscheidung, ob angesichts des vorliegenden Datenmaterials die beiden Modelle im Sortiment verbleiben sollen oder eines der beiden aus dem Sortiment herausgenommen werden soll
3. Ermittlung von mehreren Optionen – mindestens drei –, wie Platz im Lager eingespart werden könnte, wenn beide Produkte im Sortiment verbleiben
4. Zusammenfassung der Ergebnisse aus den ersten drei Arbeitsschritten in einer E-Mail an Herrn Merath

Arbeitsschritt 1

Berechnung des durchschnittlichen Lagerbestandes des Modells „Basic"

Addition der Endbestände aus dem Geschäftsjahr 2020/2021:

$24 + 20 + 29 + 21 + 27 + 16 + 17 + 20 + 26 + 16 + 23 + 16 + 25 = 280$ Stück

$$\frac{280 \text{ Stück}}{13 \text{ Monate}} = \underline{\underline{21{,}54 \text{ Stück}}}$$

Berechnung der Umschlagshäufigkeit des Modells „Basic"

Addition der Verkaufszahlen aus der Grafik:

$4 + 6 + 8 + 9 + 11 + 14 + 12 + 9 + 10 + 8 + 7 + 6 = 104$ Stück

$$\frac{104 \text{ Stück}}{21{,}54 \text{ Stück}} = \underline{\underline{4{,}83 - \text{mal}}}$$

Berechnung der durchschnittlichen Lagerdauer des Modells „Basic"

$$\frac{365 \text{ Tage}}{4{,}83} = \underline{\underline{75{,}57 \text{ Tage}}}$$

Arbeitsschritt 2

Trotz deutlich niedrigerer Absatzzahlen erzielt das Modell „Professional" immer noch einen höheren Umsatz als das Modell „Basic".
Die Bewertungen des Modells „Professional" sind zudem überdurchschnittlich positiv.

Weiterhin weist das Modell einen sehr hohen Deckungsbeitrag aus:

Deckungsbeitrag/Stück = 2.199,00 € – 1.295,00 € = 904,00 €

Das Modell „Basic“ verzeichnet stark wachsende Absatz- und Umsatzzahlen. Und dies trotz eher durchschnittlicher Bewertungen im Internet.

Auch hier liegt der Deckungsbeitrag bei 504,00 € (999,00 € – 495,00 €) und damit bei über 50 % bezogen auf den Verkaufspreis.

Aus diesen Gründen sollten beide Modelle im Sortiment verbleiben.

Arbeitsschritt 3

Offensichtlich liegen die Modelle aber zu lange auf Lager, d. h., bei eher konstanten Absatzzahlen sind Maßnahmen der Lagerbestandssenkung zu ergreifen.

1. Die Mindestreserve sollte deutlich verringert werden. Diese entspricht beim Modell „Professional“ ungefähr dem Absatzvolumen von einem halben Jahr. Auch bei Modell „Basic“ kann diese reduziert werden angesichts einer Lieferzeit von nur 4 Tagen.
2. Auch könnten die Bestellmengen angesichts der kurzen Lieferzeiten reduziert werden.
3. Letztlich sollten die Höchstbestände entsprechend deutlich nach unten korrigiert werden.

Arbeitsschritt 4

E-Mail, Vorlage 3.1

Von: [Ihr Vorname.Ihr Nachname]@sport-merath.de

Gesendet: Dienstag, 06. 07. 2021

An: thomas.merath@sport-merath.de

Betreff: Empfehlung zu Trainingsgeräten

Sehr geehrter Herr Merath,

trotz niedrigerer Absatzzahlen erzielt das Modell „Professional“ den höheren Umsatz und weist auch einen sehr hohen Deckungsbeitrag von 904,00 €/Stück auf. Auch die Bewertungen im Internet fallen sehr gut aus. Dagegen sind die Bewertungen von „Basic“ eher durchschnittlich. Die Umsatzzahlen sind aber wie die Absatzzahlen in den letzten drei Jahren deutlich gestiegen. Aus diesem Grund würde ich empfehlen, beide Modelle im Sortiment zu belassen und lediglich bei der Lagerhaltung Anpassungen vorzunehmen.

Bezüglich der Lagerhaltung empfehle ich, die Mindestreserve deutlich zu reduzieren, da für beide Modelle die Lieferzeit sehr kurz ausfällt. Weiterhin sollten die Bestellmengen reduziert werden. Lieber sollte häufiger bestellt werden. Beide Maßnahmen werden dazu führen, dass sich auch die Höchstbestände deutlich reduzieren werden.

Freundliche Grüße

i. A. [Vorname und Nachname des Prüflings]

Sport Merath GmbH
Auf der Grube 92
82377 Penzberg
[Ihr Vorname.Ihr Nachname]@sport-merath.de

Aufgabe 4

In dieser Aufgabe müssen Sie
- einen ausgefüllten Berufsausbildungsvertrag prüfen, bei Bedarf korrigieren und
- einen Wochenarbeitsplan erstellen.

Sie erhalten von Ihrem Freund Sebastian Heimerl folgende E-Mail:

Von:	sebastian.heimerl@meinemail.de	Gesendet:
An:	[Ihr Vorname.Ihr Nachname]@meinemail.de	Dienstag, 06. 07. 2021
Betreff:	Berufsausbildungsvertrag/Wochenarbeitsplan	
Anhang:	Auszug_aus_dem_Berufsausbildungsvertrag.pdf Wochenarbeitsplan.pdf	

Hallo [Ihr Vorname],

ich habe dir ja erzählt, dass ich zum 01. 09. 2021 einen Ausbildungsplatz als Industriekaufmann bei der Schmidt GmbH bekommen habe. Wir haben uns geeinigt, dass ich die dreijährige Ausbildungszeit verkürzen kann (Mittlerer Schulabschluss an der Realschule).

Heute habe ich meinen Berufsausbildungsvertrag bekommen und da brauche ich, wie von dir angeboten, deine Hilfe. Ich habe bis auf die Punkte A bis G alles geprüft. Aber bei diesen Punkten kenne ich mich nicht aus. Prüfe bitte für mich jeden einzelnen dieser Punkte. Vergiss nicht, bei Fehlern oder Unklarheiten einen begründeten Korrekturvorschlag zu machen. Wenn bei einem Punkt alles in Ordnung ist, vermerke dies bitte kurz.

Noch etwas: Ich habe in den Sommerferien ab 02. 08. 2021 einen Ferienjob (30 Stunden/Woche) im Verkauf einer Bäckerei in der Nachbarschaft gefunden. Der Chef der Bäckerei hat mir für die erste Arbeitswoche ein leeres Formular für meinen Wochenarbeitsplan zugeschickt. Er will nun von mir einen Vorschlag haben, wie ich meine Arbeitszeiten einteilen möchte. Da er meine privaten Termine nicht kennt, lässt er mir da größtenteils freie Hand. Einzig ein paar Vorgaben des Chefs muss ich beachten: Ich muss am Samstag um 06:00 Uhr anfangen und möglichst lange bleiben. An den übrigen Arbeitstagen soll ich möglichst erst ab 13:00 Uhr arbeiten.

Der Chef will einen fertig ausgefüllten Wochenarbeitsplan, auf dem meine gewünschten Arbeitszeiten eingetragen sind. Zeiten, zu denen ich wegen privaten Terminen nicht arbeiten kann, soll ich entwerten. Kannst du einen gesetzlich zulässigen Wochenarbeitsplan für mich erstellen, der auch meine privaten Termine und Wünsche berücksichtigt?

Hier meine privaten Termine für nächste Woche:
- Fußball (Fahrtzeit zum Fußballgelände: 45 Minuten)
  - Training: Dienstag 18:00–20:00 Uhr; Donnerstag 17:00–19:00 Uhr
  - Spiel am Samstag: Da muss ich spätestens um 12:00 Uhr los.
- Führerscheinprüfung: Montag, 02. 08. 2021; Arbeitsbeginn frühestens um 11:00 Uhr möglich
- weitere Wünsche:
  - wenn möglich, nicht vor 08:00 Uhr anfangen
  - Samstag würde ich gerne arbeiten
  - Pausen will ich möglichst wenige haben

Ich komme später vorbei, um die Sachen abzuholen. Schon mal vielen Dank!

Viele Grüße

Sebastian

Sie drucken sich die Anhänge der E-Mail aus und beschaffen sich eine Ausfüllhilfe der IHK sowie die entsprechenden gesetzlichen Bestimmungen des Jugendarbeitsschutzgesetzes (JArbSchG).

Führen Sie die notwendigen Arbeitsschritte durch und dokumentieren Sie diese nachvollziehbar.

Anlage 4.1 Auszug aus dem Berufsausbildungsvertrag

Berufsausbildungsvertrag

Zwischen dem/der Ausbildenden (Ausbildungsbetrieb) und dem/der Auszubildenden — männlich: x — weiblich: —
Öffentlicher Dienst: — Berufsausbildung im Rahmen eines dualen Studiums: —

KNR	Firmenident-Nr.	Tel.-Nr.
158	0088956487	0911 226338

Anschrift des/der Ausbildenen (Ausbildungsbetrieb): Schmidt GmbH

Straße, Haus-Nr.: Blumenstr. 120

PLZ: 90402 — Ort: Nürnberg

E-Mail-Adresse des/der Ausbildenden (Angabe freiwillig): m.mueller@schmidt-gmbh.de

Verantwortliche/r Ausbilder/in: Markus Müller

Name	Vorname
Heimerl	Sebastian

Straße, Haus-Nr.: Burgstr. 10

PLZ: 90402 — Ort: Nürnberg

Geburtsdatum: 02. 02. 2005 — Staatsangehörigkeit: Deutsch

E-Mail-Adresse (Angabe freiwillig): sebastian.heimerl@ meinemail.de — Mobil-/Tel.-Nr. (Angabe freiwillig): 0176 44474944

Gesetzliche Vertreter: Eltern

Namen, Vornamen der gesetzlichen Vertreter: Heimerl, Petra und Anton

Straße, Haus-Nr.: Burgstr. 10

PLZ: 90402 — Ort: Nürnberg

wird nachstehender Vertrag zur Ausbildung im Ausbildungsberuf mit der Fachrichtung/dem Schwerpunkt / der/den Wahlqualifikation/en / dem/den Wahlbaustein/en etc. nach Maßgabe der Ausbildungsordnung geschlossen.: Industriekaufmann

A

Die Ausbildungszeit beträgt laut Ausbildungsordnung 36 Monate.

X Es wird eine Verkürzung der Ausbildungszeit um 11 Monate beantragt.

Verkürzungsgrund: Mittlerer Schulabschluss

Das Berufsausbildungsverhältnis beginnt am 01.09.2021 und endet am 31.01.2024

B

Die Probezeit beträgt 4 Monate.

C

Die Ausbildung findet statt in [Name/Anschrift der Ausbildungsstätte(n)]

Schmidt GmbH, Blumenstr. 120, 90402 Nürnberg

und an den mit dem Betriebssitz für die Ausbildung üblicherweise zusammenhängenden Bau-, Montage- und sonstige Arbeitsstellen.

D

Ausbildungsmaßnahmen außerhalb der Ausbildungsstätte(n) sind für den folgenden Zeitraum in der/den folgenden Ausbildungsstätte(n) vorgesehen (hierzu zählen auch Auslandsaufenthalte):

E

Der/Die Ausbildende zahlt dem/der Auszubildenden eine angemessene Vergütung, diese beträgt zurzeit monatlich brutto:

€	990,00	1.060,00	1.060,00	
im	ersten	zweiten	dritten	vierten

Ausbildungsjahr

F

Die regelmäßige Ausbildungszeit in Stunden beträgt:

täglich 8,00 und wöchentlich 40,00

Teilzeitausbildung wurde beantragt — ja: — nein: X

G

Es besteht ein Urlaubsanspruch

im Kalenderjahr	2021	2022	2023		
Werktage	8,0	27,0	12,0		
Arbeitstage					

H

Der Ausbildungsnachweis wird wie folgt geführt:

schriftlich X — elektronisch —

I

Hinweise auf anzuwendende Tarifverträge und Betriebsvereinbarungen; sonstige Vereinbarungen:

J

Die umseitigen Bestimmungen sind Gegenstand dieses Vertrages und werden anerkannt.

Ort, Datum:

Der/Die Ausbildende:

Stempel und Unterschrift

Der/Die Auszubildende

Vor- und Familienname

Der/Die gesetzliche/n Vertreter/in des/der Auszubildenden:

Vater und Mutter/Vormund

Anlage 4.2 **Auszug aus der Ausfüllhilfe der IHK**

Ausfüllhilfe der IHK

[...]

Punkt A)

Hier ist zuerst die reguläre Ausbildungszeit entsprechend der Ausbildungsordnung einzutragen. Danach können entsprechende Verkürzungszeiträume angegeben werden.

Die wichtigsten Verkürzungs-/Anrechnungsmöglichkeiten sind:

- abgeschlossene, andere Ausbildung: um bis zu 12 Monate
- Hochschul- bzw. Fachhochschulreife: um bis zu 12 Monate
- Mittlerer Schulabschluss: um bis zu 6 Monate

Punkt B)

Die Probezeit muss mindestens einen Monat und darf höchstens vier Monate betragen.

Punkt C)

Hier bitte die Adresse der tatsächlichen Ausbildungsstätte des Auszubildenden angeben.

Punkt D)

Als Ausbildungsmaßnahme außerhalb der Ausbildungsstätte gelten notwendige Ausbildungsmaßnahmen, die im Betrieb nicht vermittelt werden können.

Punkt E)

Nach § 17 Abs. 1 BBiG ist Auszubildenden eine angemessene Vergütung zu gewähren, die so zu bemessen ist, dass sie mit fortschreitender Berufsausbildung, mindestens jedoch jährlich, ansteigt.

Punkt F)

Tragen Sie bitte die regelmäßige tägliche und wöchentliche Ausbildungszeit des Auszubildenden ein. Nach § 8 Abs. 1 JArbSchG dürfen Jugendliche nicht mehr als 8 Stunden täglich und nicht mehr als 40 Stunden in der Woche beschäftigt werden.

Punkt G)

Der kalenderjährliche Mindesturlaub für erwachsene Auszubildende beträgt gemäß § 3 Abs. 1 BUrlG mind. 24 Werktage. Bei unter 18-Jährigen findet § 19 Abs. 2 JArbSchG Anwendung.

Danach beträgt der Urlaub zurzeit

1. mindestens 30 Werktage, wenn der Jugendliche zu Beginn des Kalenderjahres noch nicht 16 Jahre alt ist.
2. mindestens 27 Werktage, wenn der Jugendliche zu Beginn des Kalenderjahres noch nicht 17 Jahre alt ist.
3. mindestens 25 Werktage, wenn der Jugendliche zu Beginn des Kalenderjahres noch nicht 18 Jahre alt ist.

[...]

Anlage 4.3 Auszug Jugendarbeitsschutzgesetz

Gesetz zum Schutze der arbeitenden Jugend (Jugendarbeitsschutzgesetz – JarbSchG)

§ 8 Dauer der Arbeitszeit

(1) Jugendliche dürfen nicht mehr als acht Stunden täglich und nicht mehr als 40 Stunden wöchentlich beschäftigt werden.
(2) Wenn in Verbindung mit Feiertagen an Werktagen nicht gearbeitet wird, damit die Beschäftigten eine längere zusammenhängende Freizeit haben, so darf die ausfallende Arbeitszeit auf die Werktage von fünf zusammenhängenden, die Ausfalltage einschließenden Wochen nur dergestalt verteilt werden, dass die Wochenarbeitszeit im Durchschnitt dieser fünf Wochen 40 Stunden nicht überschreitet. Die tägliche Arbeitszeit darf hierbei achteinhalb Stunden nicht überschreiten.
[...]

§ 11 Ruhepausen, Aufenthaltsräume

(1) Jugendlichen müssen im Voraus feststehende Ruhepausen von angemessener Dauer gewährt werden. Die Ruhepausen müssen mindestens betragen
1. 30 Minuten bei einer Arbeitszeit von mehr als viereinhalb bis zu sechs Stunden,
2. 60 Minuten bei einer Arbeitszeit von mehr als sechs Stunden.

(2) Als Ruhepause gilt nur eine Arbeitsunterbrechung von mindestens 15 Minuten.
(3) Die Ruhepausen müssen in angemessener zeitlicher Lage gewährt werden, frühestens eine Stunde nach Beginn und spätestens eine Stunde vor Ende der Arbeitszeit. Länger als viereinhalb Stunden hintereinander dürfen Jugendliche nicht ohne Ruhepause beschäftigt werden.
[...]

§ 13 Tägliche Freizeit

Nach Beendigung der täglichen Arbeitszeit dürfen Jugendliche nicht vor Ablauf einer ununterbrochenen Freizeit von mindestens 12 Stunden beschäftigt werden.

§ 14 Nachtruhe

(1) Jugendliche dürfen nur in der Zeit von 6 bis 20 Uhr beschäftigt werden.
[...]

§ 15 Fünf-Tage-Woche

Jugendliche dürfen nur an fünf Tagen in der Woche beschäftigt werden. Die beiden wöchentlichen Ruhetage sollen nach Möglichkeit aufeinander folgen.

§ 16 Samstagsruhe

(1) An Samstagen dürfen Jugendliche nicht beschäftigt werden.
(2) Zulässig ist die Beschäftigung Jugendlicher an Samstagen nur
1. in Krankenanstalten sowie in Alten-, Pflege- und Kinderheimen,
2. in offenen Verkaufsstellen, in Betrieben mit offenen Verkaufsstellen, in Bäckereien und Konditoreien, im Friseurhandwerk und im Marktverkehr,
3. im Verkehrswesen,

[...]

§ 17 Sonntagsruhe

(1) An Sonntagen dürfen Jugendliche nicht beschäftigt werden.
[...]

Vorlage 4.1 Wochenarbeitsplan

Wochenarbeitsplan: Sebastian Heimerl
Kalenderwoche: 31
Zeitraum: 02. – 08. 08. 2021

Bäckerei Hammermüller e. K.
Öffnungszeiten: Mo.– Fr. 6:00 – 20:00 Uhr
Sa. 6:00 – 14:00 Uhr
So. 8:00 – 11:00 Uhr

Hinweise zur Eintragung (Abkürzungen): Arbeitszeit **A** Pause **P**

Betriebliche Vorgaben (Verkauf):

- mögliche Arbeitszeiten: Öffnungszeiten der Bäckerei und jeweils eine Stunde vorher und nachher zum Einräumen und Aufräumen
- Arbeitszeiten beginnen und enden immer zur vollen Stunde.
- Pausenzeiten beginnen und enden immer zur vollen Stunde.
- Pausen dauern generell eine Stunde.

	05:00 – 06:00	06:00 – 07:00	07:00 – 08:00	08:00 – 09:00	09:00 – 10:00	10:00 – 11:00	11:00 – 12:00	12:00 – 13:00	13:00 – 14:00	14:00 – 15:00	15:00 – 16:00	16:00 – 17:00	17:00 – 18:00	18:00 – 19:00	19:00 – 20:00	20:00 – 21:00
MO																
DI																
MI																
DO																
FR																
SA																
SO																

Lösungsvorschlag

TIPP *Aufgabe 4, Bewertungseinheiten: 25*

Auch bei dieser Aufgabe lassen sich die zu erledigenden Arbeitsschritte sehr schnell aus der E-Mail ableiten.

1. Kontrolle und Korrekturvorschlag zu den Punkten A bis G im Berufsausbildungsvertrag (Anlage 4.1). Es empfiehlt sich, die Punkte von A bis G schrittweise durchzugehen.
2. Ausfüllen des Wochenarbeitsplans unter Berücksichtigung arbeitsschutzrechtlicher Bestimmungen sowie der privaten Termine und der betrieblichen Vorgaben

Arbeitsschritt 1

Punkt A:
Die Verkürzung der Ausbildungszeit um 11 Monate ist falsch, denn mit einem Mittleren Schulabschluss ist nur eine Verkürzung um 6 Monate möglich.
Damit endet das Ausbildungsverhältnis am 29. 02. 2024.

Punkt B:
Die Probezeit darf maximal 4 Monate betragen, somit in Ordnung.

Punkt C:
Leider nicht überprüfbar, da im Anschriftenfeld des Ausbildenden die Anschrift fehlt.

Punkt D:
Leider nicht überprüfbar, da keine Informationen hierzu vorliegen.

Punkt E:
Nach § 17 Abs. 1 BBiG muss die Ausbildungsvergütung mindestens jährlich steigen, was im dritten Lehrjahr nicht der Fall ist. Da sie zuvor um 70,00 € gestiegen ist, sollte sie jetzt auch um mindestens 70,00 € steigen.

Punkt F:
8 Stunden täglich und 40 Stunden wöchentlich entsprechen genau den zulässigen gesetzlichen Regelungen. Somit in Ordnung.

Punkt G:
Hier liegen gleich mehrere Fehler vor. Für die Beurteilung der Anzahl der Urlaubstage ist immer das Alter zu Beginn eines Kalenderjahres entscheidend.

2021 15 Jahre 30 Werktage/Jahr hier: $\frac{30 \text{ Werktage} \cdot 4 \text{ Monate}}{12 \text{ Monate}} = \mathbf{10\ Werktage}$

2022 16 Jahre **27 Werktage/Jahr**

2023 17 Jahre **25 Werktage/Jahr**

2024 18 Jahre 24 Werktage/Jahr hier: $\frac{24 \text{ Werktage} \cdot 2 \text{ Monate}}{12 \text{ Monate}} = \mathbf{4\ Werktage}$

Somit sind die Werte bei 2021 und 2023 zu korrigieren und 2024 zu ergänzen.

Arbeitsschritt 2

Bei der Erarbeitung des Wochenarbeitsplans sind vor allem auch die Pausen korrekt zu berücksichtigen. Da Sebastian noch nicht volljährig ist, ist ihm spätestens nach 4,5 Stunden eine Pause zu gewähren. Da der Betrieb nur 60-Minuten-Pausen gewährt und diese auch nur zur vollen Stunde beginnen können, sind Pausen grundsätzlich nach 4 Stunden Pflicht!

Außerdem darf Sebastian nur zwischen 6:00 Uhr und 20:00 Uhr beschäftigt werden sowie nicht am Sonntag. Da er samstags arbeiten möchte, ist ihm ein weiterer Tag freizugeben. Hier bietet sich der Montag an, da er an diesem Tag sowieso eine Führerscheinprüfung hat.

Die privaten Termine sind mit einem X eingetragen, sodass diese Zeiten bei einer möglichen betriebsbedingten Anpassung nicht belegt werden können.

TIPP Der folgende Einsatzplan ist eine Möglichkeit, es sind jedoch zahlreiche andere Kombinationen möglich. Wichtig ist, dass es einmal nur 4 Stunden sind (hier Fr.), da Sebastian möglichst wenig Pausen haben möchte.

Wochenarbeitsplan, Vorlage 4.1

Wochenarbeitsplan: Sebastian Heimerl
Kalenderwoche: 31
Zeitraum: 02. – 08. 08. 2021

Bäckerei Hammermüller e. K.
Öffnungszeiten: Mo.– Fr. 6:00 – 20:00 Uhr
Sa. 6:00 – 14:00 Uhr
So. 8:00 – 11:00 Uhr

Hinweise zur Eintragung (Abkürzungen): Arbeitszeit A Pause P

Betriebliche Vorgaben (Verkauf):

- mögliche Arbeitszeiten: Öffnungszeiten der Bäckerei und jeweils eine Stunde vorher und nachher zum Einräumen und Aufräumen
- Arbeitszeiten beginnen und enden immer zur vollen Stunde.
- Pausenzeiten beginnen und enden immer zur vollen Stunde.
- Pausen dauern generell eine Stunde.

	05:00 – 06:00	06:00 – 07:00	07:00 – 08:00	08:00 – 09:00	09:00 – 10:00	10:00 – 11:00	11:00 – 12:00	12:00 – 13:00	13:00 – 14:00	14:00 – 15:00	15:00 – 16:00	16:00 – 17:00	17:00 – 18:00	18:00 – 19:00	19:00 – 20:00	20:00 – 21:00
MO																
DI				A	A	A	A	P	A	A	A	A	X	X	X	
MI				A	A	A	A	P	A	A						
DO				A	A	A	A	P	A	A	A	X	X	X	X	
FR				A	A	A	A									
SA		A	A	A	P	A	A	X	X							
SO																

Aufgabe 5

In dieser Aufgabe müssen Sie

- einen Vorschlag formulieren, indem Sie Möglichkeiten der Preisdifferenzierung darlegen, sowie die optimalen Produktionsmengen mithilfe der Deckungsbeitragsrechnung festlegen und
- Ihren möglichen Prämienanspruch berechnen.

Sie absolvieren eine kaufmännische Ausbildung bei der Sport Merath GmbH. Die Unternehmensführung begrüßt es, wenn im Rahmen des betrieblichen Vorschlagswesens eigene Ideen eingebracht werden. Als Anreiz wird für gute Vorschläge eine Prämie bezahlt.

Ihnen ist aufgefallen, dass die TMP-Schneeschuhe stets zu einem festen Preis angeboten werden und keine Preisdifferenzierung erfolgt. Sie recherchieren, dass sich durch geeignete Preisdifferenzierungsmaßnahmen die maximal mögliche Absatzmenge bei jedem TMP-Schneeschuhmodell steigern ließe.

Sie besorgen sich zudem die entsprechenden Daten für die Produktgruppe TMP-Schneeschuhe. Dabei erkennen Sie, dass die maximale Produktionskapazität nicht ausreicht, um die komplette Nachfragesteigerung bedienen zu können. Sie wollen daher die neuen optimalen Produktionsmengen für die drei unterschiedlichen TMP-Schneeschuhmodelle festlegen.

Sie entschließen sich, sowohl Preisdifferenzierungsmaßnahmen auszuarbeiten als auch optimale Produktionsmengen zu bestimmen und einen entsprechenden Vorschlag einzureichen. Zur Unterstützung für eine strukturierte Arbeitsweise haben Sie sich eine Aufgabenliste erstellt.

Aufgabenliste

- [x] Formular „Betriebliches Vorschlagswesen" organisieren
  → erledigt, liegt vor
- [x] Recherche zur Preisdifferenzierung
  → erledigt, maximal mögliche Absatzmenge lässt sich durch geeignete Preisdifferenzierung bei jedem TMP-Schneeschuh von 600 auf 720 Paar pro Monat steigern, ohne dass sich dadurch der durchschnittliche Verkaufspreis ändert
- [x] Informationen für die Produktgruppe TMP-Schneeschuhe zusammentragen
  → erledigt, siehe „Übersichtstabelle Produktgruppe TMP-Schneeschuhe"
- [ ] Formular „Betriebliches Vorschlagswesen" ausfüllen, dazu:
  - [ ] aktuelles Betriebsergebnis der Produktgruppe TMP-Schneeschuhe mithilfe der Deckungsbeitragsrechnung berechnen
  - [ ] drei geeignete konkrete Maßnahmen der Preisdifferenzierung für unsere TMP-Schneeschuhe vorschlagen
  - [ ] neue optimale Produktionsmengen unter Berücksichtigung der beschränkten Produktionskapazität und maximal möglichen Absatzmengen für die TMP-Schneeschuhe vorschlagen
  - [ ] neues Betriebsergebnis der Produktgruppe TMP-Schneeschuhe berechnen

Sie sind von Ihrem eingereichten Vorschlag überzeugt und gehen davon aus, dass die Geschäftsführung diesen umsetzen wird. Die Höhe der Prämie richtet sich nach der voraussichtlichen Erhöhung des Betriebsergebnisses durch den eingereichten Vorschlag. Diese wird über drei Jahre aufsummiert und die Mitarbeiterin oder der Mitarbeiter erhält 5 % dieser Summe.

Deshalb berechnen Sie nach dem Ausfüllen des Formulars zum betrieblichen Vorschlagswesen die Ihnen gegebenenfalls zustehende Prämie.

Führen Sie die notwendigen Arbeitsschritte durch und dokumentieren Sie diese nachvollziehbar.

Anlage 5.1 **Übersichtstabelle Produktgruppe TMP-Schneeschuhe**

	TMP-Schneeschuh „Rother Kuppe"	**TMP-Schneeschuh „Zugspitze"**	**TMP-Schneeschuh „Großer Arber"**
aktuelle Produktionsmenge (pro Monat)	600 Paar	600 Paar	600 Paar
aktuell maximale absetzbare Menge (pro Monat)	600 Paar	600 Paar	600 Paar
Nettoverkaufserlöse (pro Paar)	109,95 €	139,95 €	99,99 €
variable Kosten (pro Paar)	63,20 €	78,90 €	59,00 €
Fixkosten Maschine (pro Monat)	60.000,00 €		
maximale Produktionskapazität der Maschine (pro Monat)	2.000 Paar		
Produktionszeit (pro Paar)	bei allen TMP-Schneeschuhen identisch		

Vorlage 5.1 Formular „Betriebliches Vorschlagswesen“ Seite 1/2

Betriebliches Vorschlagswesen
der Sport Merath GmbH

Sie als Mitarbeiter/-in sind das Potenzial unseres Unternehmens. Nur durch Ihre Ideen und Vorschläge schaffen wir es, unserer Konkurrenz voraus zu sein, zufriedene Kunden zu haben und unser Betriebsergebnis zu steigern.

Die Sport Merath GmbH fördert es daher, wenn Sie Vorschläge zu Verbesserungen im Unternehmen unterbreiten. Die Vorschläge können sich dabei auf alle Bereiche des Unternehmens beziehen. Die Geschäftsführung entscheidet, welche Vorschläge umgesetzt werden. Wird ein Vorschlag umgesetzt, erhält der Mitarbeiter, der diesen Vorschlag eingereicht hat, eine Prämie.

Name: -- Datum: ---------------

1. Stichpunktartige Beschreibung des Vorschlags (bei Bedarf bitte Zusatzblatt verwenden):

Betriebliches Vorschlagswesen
der Sport Merath GmbH

2. Um wie viel Euro verbessert sich das Betriebsergebnis (pro Monat) durch Ihren Vorschlag? (Berechnung bitte nachvollziehbar darstellen, bei Bedarf bitte Zusatzblatt verwenden)

Lösungsvorschlag

TIPP *Aufgabe 5, Bewertungseinheiten: 25*

Bei dieser Aufgabe liegt eine Aufgabenliste vor, deren vierte Aufgabe komplett ungelöst ist und deren Teilschritte aufgeführt sind. Daraus lassen sich die einzelnen Arbeitsschritte ableiten:

1. Berechnung des aktuellen Betriebsergebnisses auf Basis der Deckungsbeitragsrechnung
2. Unterbreitung konkreter Maßnahmen der Preisdifferenzierung auf Vorlage 5.1
3. Berechnung der optimalen Absatzmengen unter Berücksichtigung der Produktionskapazitäten (wichtig: durchschnittlicher Verkaufspreis bleibt konstant!)
4. Berechnung des neuen Betriebsergebnisses
5. Berechnung der Verbesserung des Betriebsergebnisses in Euro und Prozent, die auf der zweiten Seite der Vorlage 5.1 vermerkt sein soll
6. Berechnung des Prämienanspruchs bei Umsetzung der Maßnahme

Arbeitsschritt 1

Berechnung des Betriebsergebnisses vor Preisdifferenzierung

	Rother Kuppe	Zugspitze	Großer Arber	
Verkaufspreis/St.	109,95 €	139,95 €	99,99 €	
– Variable Kosten/St.	63,20 €	78,90 €	59,00 €	
= Deckungsbeitrag/St.	46,75 €	61,05 €	40,99 €	
Deckungsbeitrag	28.050,00 €	36.630,00 €	24.594,00 €	
Gesamt-DB				89.274,00 €
– Fixkosten				60.000,00 €
= Aktuelles Betriebsergebnis				29.274,00 €

Arbeitsschritt 2

Formular „Betriebliches Vorschlagswesen" Seite 1/2, Vorlage 5.1

Betriebliches Vorschlagswesen
der Sport Merath GmbH

Sie als Mitarbeiter/-in sind das Potenzial unseres Unternehmens. Nur durch Ihre Ideen und Vorschläge schaffen wir es, unserer Konkurrenz voraus zu sein, zufriedene Kunden zu haben und unser Betriebsergebnis zu steigern.

Die Sport Merath GmbH fördert es daher, wenn Sie Vorschläge zu Verbesserungen im Unternehmen unterbreiten. Die Vorschläge können sich dabei auf alle Bereiche des Unternehmens beziehen. Die Geschäftsführung entscheidet, welche Vorschläge umgesetzt werden. Wird ein Vorschlag umgesetzt, erhält der Mitarbeiter, der diesen Vorschlag eingereicht hat, eine Prämie.

Name: [Name des Prüflings] Datum: 6. 7. 2021

1. Stichpunktartige Beschreibung des Vorschlags (bei Bedarf bitte Zusatzblatt verwenden):

Zur Verbesserung des Betriebsergebnisses würde ich folgende Möglichkeiten der Preisdifferenzierung vorschlagen:

1. Räumliche Preisdifferenzierung – in Großstädten höhere Preise verlangen, da dort auch die Kaufkraft höher ist. Im ländlichen Raum entsprechend umgekehrt.
2. Preisdifferenzierung nach Absatzkanal – in den Filialen den Preis geringfügig anheben und dafür im Online-Handel geringfügig senken.
3. Personelle Preisdifferenzierung – für Privatkunden die Preise moderat anheben und für Wiederverkäufer (Händler) senken, um einen Anreiz zu bieten, dass unsere Produkte in deren Sortiment aufgenommen werden.

Dadurch ließen sich die Absatzmengen von bislang 600 je Modell auf 720 steigern, da die Kapazität damit aber überschritten wird, müsste das Produktionsprogramm entsprechend angepasst werden. Dies bedeutet, dass die Modelle mit den höchsten Deckungsbeiträgen bis zur Absatzmenge gefertigt werden zulasten des Modells mit dem geringsten Deckungsbeitrag (aktuell: Großer Arber).

Das Betriebsergebnis nach Preisdifferenzierung ließe sich so um 11.296,40 € oder 38,59 % auf 40.570,40 € steigern.

Arbeitsschritt 3 und 4

Unter der Annahme, dass der durchschnittliche Verkaufspreis auch bei der Preisdifferenzierung konstant bleibt, ist die Kapazität ausgehend vom Produkt mit dem höchsten Deckungsbeitrag aufzuteilen (2.000 Stück – 2 · 720 Stück = 560 Stück).

	Rother Kuppe	**Zugspitze**	**Großer Arber**	
Deckungsbeitrag/St.	46,75 €	61,05 €	40,99 €	
Absatzpotenzial	720 Stück	720 Stück	720 Stück	
Produktionsmenge	**720 Stück**	**720 Stück**	**560 Stück**	
= Deckungsbeitrag	33.660,00 €	43.956,00 €	22.954,40 €	
Gesamt-DB				100.570,40 €
– Fixkosten				60.000,00 €
= Neues Betriebsergebnis				40.570,40 €

Arbeitsschritt 5

Neues Betriebsergebnis	40.570,40 €
– Aktuelles Betriebsergebnis	29.274,00 €
= Verbesserung	11.296,40 €

$$\text{Verbesserung in } \% = \frac{11.296{,}40 \text{ €} \cdot 100}{29.274{,}00 \text{ €}} = 38{,}59 \ \%$$

Arbeitsschritt 6

Prämienanspruch = 3 Jahre · 12 Monate · 11.296,40 €/Monat
= 406.670,40 € · 5 % = 20.333,52 €

Abschlussprüfung 2022

Betriebswirtschaftliche Steuerung und Kontrolle

Unternehmensbeschreibung

Diese Unternehmensbeschreibung bezieht sich auf die Aufgaben 1, 2 und 3.

Firma:	Altermann GmbH
Anschrift:	Schulgasse 43 94315 Straubing
E-Mail:	info@altermann.de
Geschäftsführerin:	Nele Altermann
Geschäftsjahr (GJ):	01. 06. – 31. 05.
Bankverbindung:	Niederbayerische Bank IBAN: DE98 7433 0022 0099 9821 02 BIC: NBYBDESTXXX
USt-IdNr:	DE610951214
Handelsregister:	Straubing HRB 8709
Unternehmensgegenstand:	Im Jahr 1912 wurde das Unternehmen gegründet und stellte zunächst ausschließlich Schlitten her. Seit 1981 werden nur noch Ski produziert. Nachdem Klaus Altermann 2010 die Unternehmensführung im Alter von 72 Jahren an seine Tochter übergeben hat, vertreibt das Unternehmen zusätzlich funktionelle Wintersportbekleidung (z. B. Mützen, Longsleeves), Skistöcke und Snowboards. Diese Artikel werden jedoch nicht selbst produziert, sondern als Handelswaren verkauft. Die Produkte der Altermann GmbH können ausschließlich über den Fachhandel bezogen werden, ein Direktvertrieb an Endkunden ist nicht möglich.

Aufgabe 1

In dieser Aufgabe müssen Sie
- eine Rechnung verbuchen und überweisen,
- eine Bestellung tätigen und
- auf eine Kaufvertragsstörung reagieren.

Sie absolvieren eine Ausbildung bei der Altermann GmbH.

Zu Ihrer Bestellung bei der Claasen GmbH für eine Hausmesse am Mittwoch, 06. 07. 2022 ist eine Lieferung eingegangen. Die Wareneingangskontrolle der gelieferten Artikel hat keine Beanstandungen ergeben. Leider waren nicht alle bestellten Artikel lieferbar. Die vorliegende Rechnung haben Sie heute bereits überprüft.

Die nicht lieferbaren Artikel können auf Grundlage eines Alternativangebots bei der Kalina GmbH bestellt werden.

Für die noch zu erledigenden Aufgaben haben Sie sich eine Aufgabenliste erstellt.

Aufgabenliste

- ☐ Rechnung der Claasen GmbH buchen
- ☐ Rechnung der Claasen GmbH überweisen
- ☐ Bestellung bei der Kalina GmbH per E-Mail veranlassen
- ☐ Rechte aus der Kaufvertragsstörung bei der Claasen GmbH per Geschäftsbrief begründet einfordern

Zur Bearbeitung Ihrer Aufgaben nutzen Sie auch die entsprechenden Auszüge aus dem Bürgerlichen Gesetzbuch (BGB).

Führen Sie die notwendigen Arbeitsschritte durch und dokumentieren Sie diese nachvollziehbar.

Anlage 1.1 Alternativangebot der Kalina GmbH

Von:	michael.kranzer@kalina-gmbh.de	Gesendet:
An:	[Ihr Vorname.Ihr Nachname]@altermann.de	Montag, 27. 06. 2022
Betreff:	Ihre telefonische Anfrage zu Longsleeves „Snowtime"; Angebotsnummer: AB-8765-mk	

Sehr geehrte/r Frau/Herr [Ihr Nachname],

wir freuen uns über Ihr Interesse an unseren Produkten. Zu Ihrer Anfrage können wir Ihnen folgendes Angebot unterbreiten:

150 Stück Longsleeves „Snowtime", Größe M, Artikelnummer 346791 zum Einzelpreis von 36,80 € netto.

Zuzüglich fallen Versandkosten in Höhe von pauschal 12,00 € netto an.

Die Rechnung ist zahlbar innerhalb von 14 Tagen ab Rechnungsdatum ohne Abzüge.

Wie gewünscht können wir Ihnen die Lieferung bis Montag, 04.07.2022, verbindlich zusichern, wenn Ihre Bestellung noch heute bei uns eingeht.

Für Rückfragen stehe ich Ihnen gerne zur Verfügung.

Freundliche Grüße

Kalina GmbH

Michael Kranzer

Michael Kranzer
Kalina GmbH
Alte Nürnberger Straße 281
93059 Regensburg
michael.kranzer@kalina-gmbh.de

Anlage 1.2 Auszüge aus dem Bürgerlichen Gesetzbuch (BGB)

§ 280 Schadensersatz wegen Pflichtverletzung

(1) Verletzt der Schuldner eine Pflicht aus dem Schuldverhältnis, so kann der Gläubiger Ersatz des hierdurch entstehenden Schadens verlangen. Dies gilt nicht, wenn der Schuldner die Pflichtverletzung nicht zu vertreten hat.

(2) [...]

§ 281 Schadensersatz statt der Leistung wegen nicht oder nicht wie geschuldet erbrachter Leistung

(1) Soweit der Schuldner die fällige Leistung nicht oder nicht wie geschuldet erbringt, kann der Gläubiger unter den Voraussetzungen des § 280 Abs. 1 Schadensersatz statt der Leistung verlangen, wenn er dem Schuldner erfolglos eine angemessene Frist zur Leistung oder Nacherfüllung bestimmt hat. Hat der Schuldner eine Teilleistung bewirkt, so kann der Gläubiger Schadensersatz statt der ganzen Leistung nur verlangen, wenn er an der Teilleistung kein Interesse hat. Hat der Schuldner die Leistung nicht wie geschuldet bewirkt, so kann der Gläubiger Schadensersatz statt der ganzen Leistung nicht verlangen, wenn die Pflichtverletzung unerheblich ist.

(2) Die Fristsetzung ist entbehrlich, wenn der Schuldner die Leistung ernsthaft und endgültig verweigert oder wenn besondere Umstände vorliegen, die unter Abwägung der beiderseitigen Interessen die sofortige Geltendmachung des Schadensersatzanspruchs rechtfertigen.

(3) [...]

Vorlage 1.1 **Rechnung der Claasen GmbH**

Claasen GmbH

Rechnung sachlich und rechnerisch korrekt!
27.06.2022 [Ihr Vorname Ihr Nachname]

Claasen GmbH, Kulturstraße 204, 85356 Freising

Altermann GmbH
Schulgasse 43
94315 Straubing

Bestellnummer:	22-000117
Kundennummer:	248354
Belegnummer:	R-2022-269
Lieferdatum:	24. 06. 2022
Rechnungsdatum:	24. 06. 2022
Ansprechpartnerin:	Eva Kurz

Rechnung

Artikel-nummer	Artikelbezeichnung	Größe	Menge (Stück)	Einzelpreis netto (€)	Warenwert netto (€)
463561	Mütze „Scout“	Einheitsgröße	150	18,90	2.835,00
358765	Longsleeve „Snowtime“	M	nicht lieferbar	32,34	0,00

Warenwert netto (€)	Versandkosten netto (€)	Steuerpflicht. Nettoentgelt (€)	Umsatzsteuer (%)	Umsatzsteuer (€)	Rechnungsbetrag (€)
2.835,00	0,00	2.835,00	19	538,65	3.373,65

Zahlungsbedingungen: 7 Tage abzüglich 2 % Skonto, 30 Tage netto (jeweils ab Rechnungsdatum)

Lieber Kunde,

wir bedauern sehr, die von Ihnen bestellten 150 Stück des Artikels Longsleeve „Snowtime“ nicht wie zugesichert liefern zu können. Wir haben den Artikel aus dem Sortiment genommen und bitten um Ihr Verständnis.

Freundliche Grüße
Claasen GmbH
i.A. Eva Kurz

Buchung

Soll	Haben	Betrag (€)	Betrag (€)

Claasen GmbH
Kulturstraße 204
85356 Freising

Oberbayernbank
IBAN: DE32 7013 0044 0475 2212 63
BIC: OBBADEMMXXX

Unternehmenssitz: Freisng
Amtsgericht Freising: HRB 23716
USt-IdNr.: DE763088642

Vorlage 1.2 Überweisung

Überweisung	
Zahlungsempfänger:	....
IBAN:	....
bei (Kreditinstitut):	wird automatisch ausgefüllt
Betrag:	.... EUR
Verwendungszweck:	....
	....
Ausführungsdatum:	....
IBAN des Auftraggebers:	DE98 7433 0022 0099 9821 02

Vorlage 1.3 E-Mail

Von: [Ihr Vorname.Ihr Nachname]@altermann.de

Gesendet: Montag, 27. 06. 2022

An: ______________________________

Betreff: ______________________________

Altermann GmbH
Schulgasse 43
94315 Straubing
[Ihr Vorname.Ihr Nachname]@altermann.de

Vorlage 1.4 Geschäftsbrief

Altermann GmbH

Altermann GmbH, Schulgasse 43, 94315 Straubing

Sachbearbeiter/-in:

Datum:

Altermann GmbH
Schulgasse 43
94315 Straubing

Niederbayerische Bank
IBAN: DE98 7433 0022 0099 9821 02
BIC: NBYBDESTXXX

Geschäftsführerin: Nele Altermann
Amtsgericht Straubing: HRB 8709
USt-IdNr.: DE610951214

Lösungsvorschlag

TIPP *Aufgabe 1, Bewertungseinheiten: 25*

Im ersten Schritt sollten Sie die Aufgabe, die Anlage und die Vorlagen studieren, die spätestens auf den zweiten Blick offenbaren, dass es sich bei der Anlage 1.1 um ein Angebot für den nicht von der Claasen GmbH gelieferten Artikel handelt. Die notwendigen Arbeitsschritte ergeben sich größtenteils bereits aus der Aufgabenliste aus der Aufgabenstellung.

1. Verbuchung der Eingangsrechnung der Claasen GmbH direkt auf der Vorlage 1.1
2. Ausfüllen der Überweisungsmaske nach Berechnung des Zahlbetrags abzüglich Skonto und Ermittlung des passenden Zahlungstermins
3. Bestellung des fehlenden Artikels bei der Kalina GmbH mittels E-Mail
4. Ermittlung der Mehrkosten, die sich durch die notwendige Bestellung bei der Kalina GmbH ergeben
5. Formulieren eines Rücktritts vom Kaufvertrag und Einforderung der Schadensersatzleistung

Arbeitsschritt 1

Rechnung der Claasen GmbH, Vorlage 1.1

Claasen GmbH

Rechnung sachlich und rechnerisch korrekt!
27.06.2022 [Ihr Vorname Ihr Nachname]

Claasen GmbH, Kulturstraße 204, 85356 Freising

Altermann GmbH
Schulgasse 43
94315 Straubing

Bestellnummer:	22-000117
Kundennummer:	248354
Belegnummer:	R-2022-269
Lieferdatum:	24. 06. 2022
Rechnungsdatum:	24. 06. 2022
Ansprechpartnerin:	Eva Kurz

Rechnung

Artikelnummer	Artikelbezeichnung	Größe	Menge (Stück)	Einzelpreis netto (€)	Warenwert netto (€)
463561	Mütze „Scout“	Einheitsgröße	150	18,90	2.835,00
358765	Longsleeve „Snowtime“	M	nicht lieferbar	32,34	0,00

Warenwert netto (€)	Versandkosten netto (€)	Steuerpflicht. Nettoentgelt (€)	Umsatzsteuer (%)	Umsatzsteuer (€)	Rechnungsbetrag (€)
2.835,00	0,00	2.835,00	19	538,65	3.373,65

Zahlungsbedingungen: 7 Tage abzüglich 2 % Skonto, 30 Tage netto (jeweils ab Rechnungsdatum)

Lieber Kunde,

wir bedauern sehr, die von Ihnen bestellten 150 Stück des Artikels Longsleeve „Snowtime“ nicht wie zugesichert liefern zu können. Wir haben den Artikel aus dem Sortiment genommen und bitten um Ihr Verständnis.

Buchung

Soll	Haben	Betrag (€)	Betrag (€)
6080 AWHW		2.835,00	
2600 VORST		538,65	
	4400 VLL		3.373,65

Freundliche Grüße
Claasen GmbH
i.A. Eva Kurz

Claasen GmbH
Kulturstraße 204
85356 Freising

Oberbayernbank
IBAN: DE32 7013 0044 0475 2212 63
BIC: OBBADEMMXXX

Unternehmenssitz: Freisng
Amtsgericht Freising: HRB 23716
USt-IdNr.: DE763088642

Arbeitsschritt 2

Rechnungsbetrag	3.373,65 €
– 2 % Skonto	67,47 €
= Überweisungsbetrag	3.306,18 €

Ausgehend vom Rechnungsdatum 24. 6. sollte die Zahlung spätestens am 1. 7. bei der Claasen GmbH eingehen. Daher sollte die Zahlung am 30. 6. 2022 angewiesen werden.

TIPP Im Verwendungszweck ist neben Rechnungs- und Kundennummer auch der Abzug des Skontos anzugeben.

Überweisung, Vorlage 1.2

Überweisung

Zahlungsempfänger:	Claasen GmbH
IBAN:	DE32 7013 0044 0475 2212 63
bei (Kreditinstitut):	wird automatisch ausgefüllt
Betrag:	3.306,18 EUR
Verwendungszweck:	Kd.Nr. 248354 Rechung Nr. R-2022-269 vom 24.6.2022 abzgl. 2% Skonto
Ausführungsdatum:	30.6.2022
IBAN des Auftraggebers:	DE98 7433 0022 0099 9821 02

Arbeitsschritt 3

Bezugnehmend auf das Angebot von Anlage 1.1. sollte per Mail eine Bestellung über 150 Stück Longsleeves „Snowtime" ausgelöst werden. Neben der genauen Artikelspezifikation sollte auf jeden Fall auch darauf verwiesen werden, dass die Lieferung spätestens am 5. 7. eintreffen sollte, da diese für die Hausmesse benötigt wird (= Fixgeschäft). Außerdem könnte noch auf die zugesagte Versandkostenpauschale verwiesen werden.

E-Mail, Vorlage 1.3

Von:	[Ihr Vorname.Ihr Nachname]@altermann.de	Gesendet: Montag, 27. 06. 2022
An:	michael.kranzer@kalina-gmbh.de	
Betreff:	Bestellung zu Angebot AB-8765-mk	

Sehr geehrter Herr Kranzer,

herzlichen Dank für Ihr Angebot vom 27. 6. 2022, das wir gerne annehmen möchten.

Wir bestellen somit 150 Stück Longsleeves „Snowtime“ Größe M, Art.Nr. 346791 zum Einzelpreis von 36,80 € netto zuzüglich 12,00 € netto Versandkostenpauschale.

Bitte beachten Sie, dass die Lieferung wie von Ihnen bereits zugesagt bis 5. 7. 2022 eintreffen muss, da wir diese Artikel für unsere Hausmesse am 6. 7. 2022 benötigen.

Freundliche Grüße

Altermann GmbH

i. A. [Ihr Vorname Ihr Nachname]

Altermann GmbH
Schulgasse 43
94315 Straubing
[Ihr Vorname.Ihr Nachname]@altermann.de

Arbeitsschritt 4 und 5

Wie dem Gesetzestext von Anlage 1.2 zu entnehmen ist, besteht nach § 280 Abs. 1 ein Schadensersatzanspruch. Die Setzung einer Nachfrist (§ 282 Abs. 2) ist entbehrlich, da die Claasen GmbH bereits mitgeteilt hat, dass sie den Artikel aus dem Sortiment genommen hat.
Die Berechnung des Schadensersatzes ergibt sich aus der Differenz der Einkaufspreise zwischen der Claasen GmbH und dem Angebot der Kalina GmbH. Da die Claasen GmbH frei Haus liefert, kann auch die Versandkostenpauschale als Schadensersatz verlangt werden.

Altermann GmbH

Altermann GmbH, Schulgasse 43, 94315 Straubing

Claasen GmbH
Eva Kurz
Kulturstraße 204
85356 Freising

Sachbearbeiter/-in: [Ihr Vorname Ihr Nachname]
Datum: 27.6.2022

Nicht-Lieferung Longsleeves Art. Nr. 358765 Beleg-Nummer R-2022-269

Sehr geehrte Frau Kurz,

in Ihrer Rechnung vom 24. 6. 2022 R-2022-269 haben Sie uns mitgeteilt, dass die von uns bestellten Longsleeves „Snowtime" nicht mehr von Ihnen geliefert werden können, da Sie diesen Artikel aus dem Sortiment genommen haben.

Aus diesem Grund erlauben wir uns gemäß § 280 Abs. 1 BGB in Verbindung mit § 281 Abs. 2 BGB vom Kaufvertrag zurückzutreten und Schadensersatz wegen Nichterfüllung zu verlangen, da wir den Artikel kurzfristig bei einem anderen Lieferanten bestellen mussten, dessen Verkaufspreis über dem Ihrigen liegt.

Der Schadensersatz errechnet sich wie folgt:

Erhöhung Kaufpreis (36,80 €/St. – 32,34 €/St.) · 150 St.	= 669,00 €
+ Versandkostenpauschale	12,00 €
= Schadensersatzforderung gesamt	681,00 € zzgl. 19% USt.

Bitte überweisen Sie den Schadensersatz bis zum 5. 7. 2022 auf das unten angegebene Konto.

Mit freundlichen Grüßen

Altermann GmbH

i. A. [Ihr Vorname Ihr Nachname]

Altermann GmbH
Schulgasse 43
94315 Straubing

Niederbayerische Bank
IBAN: DE98 7433 0022 0099 9821 02
BIC: NBYBDESTXXX

Geschäftsführerin: Nele Altermann
Amtsgericht Straubing: HRB 8709
USt-IdNr.: DE610951214

Aufgabe 2

In dieser Aufgabe müssen Sie
- Deckungsbeiträge II sowie die Veränderung im Vergleich zum Vorjahr berechnen und
- über die Annahme von Zusatzaufträgen entscheiden.

Sie absolvieren eine Ausbildung bei der Altermann GmbH und haben an einer Besprechung teilgenommen.

Protokoll: Besprechung Abteilung Ski – Modellwechsel und Zusatzauftrag		
Datum, Ort:		24. 06. 2022, Besprechungszimmer (Raum 41)
Teilnehmende Personen:		Hans-Peter Weiß (Controlling), Carla Schmidt (Marketing), Paula Rost (Verkauf), [Ihr Vorname Ihr Nachname]
TOP	Wer?	Was?
1 Rückgang Absatz-zahlen	H. P. Weiß	Problem: – Rückgang der Absatzzahlen des Skimodells „Fluid 75" – Summe Deckungsbeiträge II (DB II) der Ski ist daher im GJ 2021/2022 eingebrochen Vorschlag Modellwechsel: Modell „Fluid 75" durch das neue Modell „Elis 90" im GJ 2022/2023 ersetzen → Auswirkungen auf die Summe DB II der Ski unklar
2 Zusatz-aufträge	P. Rost	Zwei Anfragen für Zusatzaufträge für Modell „Runner 92" liegen vor. P. Rost bittet um schnelle Entscheidung, ob diese angenommen werden sollen.
To-do		
Bis wann?	Wer?	Was?
27. 06. 2022	[Ihr Vorname Ihr Nachname]	zu TOP 1 – Entscheidungsvorschlag (Modellwechsel): 1. Berechnung DB II Modell „Fluid 75" GJ 2021/2022 (bisherige Produktions- und Verkaufsmenge: 2.000 Paar) 2. Berechnung des erwarteten DB II Modell „Elis 90" GJ 2022/2023 (erwartete Produktions- und Verkaufsmenge: 5.000 Paar) Aus den Ergebnissen von 1. und 2.: Berechnung der erwarteten Summe der DB II für Ski für GJ 2022/2023 (Summe DB II im GJ 2021/2022: 815.600,00 €) Annahme: Absatzzahlen „Teen 86" und „Runner 92" ändern sich nicht 3. Berechnung der erwarteten Steigerung der Summe der DB II der Ski für GJ 2022/2023 im Vergleich zu GJ 2021/2022 in € und % 4. Begründeter Entscheidungsvorschlag zu TOP 2 – Entscheidungsvorschlag (Annahme der Zusatzaufträge) 1. Beurteilung hinsichtlich Wirtschaftlichkeit und freier Kapazität 2. Darlegen je eines Vor- und Nachteils, der sich aus der Annahme der Zusatzaufträge ergeben würde 3. Begründeter Entscheidungsvorschlag
Anlagen:		– Kalkulationsdaten Ski – GJ 2021/2022 – Kalkulationsdaten Ski – Prognose GJ 2022/2023 – Notizen für Zusatzaufträge – Produktionsplanung Herrenski „Runner 92"

Führen Sie die notwendigen Arbeitsschritte durch und dokumentieren Sie diese nachvollziehbar.

Anlage 2.1 Kalkulationsdaten Ski – GJ 2021/2022

	Ski „Fluid 75", Artikelnummer DF75	Ski „Teen 86", Artikelnummer JT86	Ski „Runner 92", Artikelnummer HR92
Variable Kosten pro Paar	76,20 €	78,00 €	87,60 €
Erzeugnisfixkosten	262.000,00 €	238.000,00 €	304.000,00 €
Nettoverkaufserlös pro Paar	157,00 €	158,00 €	169,00 €

Anlage 2.2 Kalkulationsdaten Ski – Prognose GJ 2022/2023

	NEU ab GJ 2022/2023 Ski „ELIS 90", Artikelnummer DE90	Ski „Teen 86", Artikelnummer JT86	Ski „Runner 92", Artikelnummer HR92
Variable Kosten pro Paar	85,80 €	78,00 €	87,60 €
Erzeugnisfixkosten	282.000,00 €	238.000,00 €	304.000,00 €
Nettoverkaufserlös pro Paar	174,00 €	158,00 €	169,00 €

Anlage 2.3 Notizen für Zusatzaufträge

Notiz

Von: *Paula Rost*

Abteilung: *Verkauf*

An: *[Ihr Vorname Ihr Nachname]*

Datum: *Freitag, 24. 06. 2022*

Anfrage 1:

- *Kunde Skimond GmbH*
- *Artikel Herrenski „Runner 92", Artikelnummer HR 92*
- *Gewünschte Menge: 700 Paar*
- *Lieferung: bis 31. 08. 2022*
- *Gewünschter Preis: 112,00 € netto*

Anfrage 2:

- *Kunde Tornado KG*
- *Artikel Herrenski „Runner 92", Artikelnummer HR 92*
- *Gewünschte Menge: 400 Paar*
- *Lieferung: bis 31. 10. 2022*
- *Gewünschter Preis: 110,00 € netto*

Anlage 2.4 Produktionsplanung Herrenski „Runner 92“

Altermann GmbH Produktionsplanung (intern) Geschäftsjahr 2022/2023 Modell Herrenski „Runner 92“, Artikelnummer HR 92			
	Produktionskapazität pro Monat (Paar)	Geplante Produktionsmenge pro Monat (Paar)	Freie Kapazität pro Monat (Paar)
06/2022	700	700	0
07/2022	700	300	400
08/2022	700	300	400
09/2022	700	500	200
10/2022	700	700	0
11/2022	700	500	200
12/2022	700	200	500
01/2023	700	200	500
02/2023	700	200	500
03/2023	700	200	500
04/2023	700	200	500
05/2023	700	200	500

Lösungsvorschlag

TIPP *Aufgabe 2, Bewertungseinheiten: 25*

Zuerst sollten Sie sich einen guten Überblick verschaffen, welche Anlagen für die Berechnungen zur Verfügung stehen. Da keine Vorlagen mitgereicht werden, kann die Lösung auf dem von der Schule zur Verfügung gestellten Prüfungspapier frei gestaltet werden. Auch bei dieser Aufgabe liefert die sogenannte To-Do-Liste wertvolle Hinweis, was in welcher Reihenfolge zu berechnen ist.

1. Berechnung des Deckungsbeitrags II für das Modell „Fluid 75“
2. Berechnung des Deckungsbeitrags II für das Modell „Elis 90“, wobei die Arbeitsschritte 1 und 2 auch in einer Tabelle abgebildet werden können
3. Berechnung der erwarteten Summe der Deckungsbeiträge nach einem Wechsel von „Fluid 75“ zu „Elis 90“
4. Berechnung der erwarteten Steigerung der Summe der Deckungsbeiträge II in Euro und in %
5. Entscheidungsvorschlag, ob der Wechsel vollzogen werden soll
6. Beurteilung, ob die Zusatzaufträge der Skimond GmbH bzw. der Tornado KG hinsichtlich erzielbarem Deckungsbeitrag und freier Kapazität angenommen werden können
7. Auflistung eines möglichen Vor- und Nachteils, der sich aus der Annahme der Zusatzaufträge ergeben könnte
8. Entscheidungsvorschlag ausarbeiten, ob die Zusatzaufträge angenommen werden sollen und wenn ja, welche (einer/beide)

Arbeitsschritt 1 und 2

	„Fluid 75“	„Elis 90“
Nettoverkaufserlös/Paar	157,00 €	174,00 €
– variable Kosten/Paar	76,20 €	85,80 €
Deckungsbeitrag/Paar	80,80 €	88,20 €
· Menge	2.000 Paar	5.000 Paar
= Deckungsbeitrag I gesamt	161.600,00 €	441.000,00 €
– Fixkosten	262.000,00 €	282.000,00 €
= Deckungsbeitrag II	–100.400,00 €	159.000,00 €

TIPP Die Daten zur Berechnung konnten unmittelbar aus der Anlage 2.2 entnommen werden.

Arbeitsschritt 3

Deckungsbeitrag II GJ 2021/2022	815.600,00 €
+ Wegfall des negativen DB II von „Fluid 75“	100.400,00 €
+ positiver DB II von „Elis 90“	159.000,00 €
= erwarteter Deckungsbeitrag II GJ 2022/2023	1.075.000,00 €

TIPP Da Absatzzahlen für „Teen 86“ und „Runner 92“ als konstant angenommen werden, musste der DB II des Jahres 2021/2022 nur um „Fluid 75“ und „Elis 90“ korrigiert werden.

Arbeitsschritt 4

erwarteter Deckungsbeitrag II GJ 2022/2023	1.075.000,00 €
– Deckungsbeitrag II GJ 2021/2022	815.600,00 €
= Steigerung	259.400,00 €

$$\text{Steigerung in \%} = \frac{259.400,00\ € \cdot 100}{815.600,00\ €} = 31,8$$

Arbeitsschritt 5

Das rechnerische Ergebnis ist eindeutig. Der Gesamtdeckungsbeitrag kann durch den Wegfall des negative DB II von „Fluid 75“ und die Hinzunahme des Modells „Elis 90“ wesentlich gesteigert werden. Die Maßnahme sollte auf jeden Fall durchgeführt werden.

Arbeitsschritt 6

	Skimond GmbH	**Tornado KG**
Nettoverkaufserlös/Paar	112,00 €	110,00 €
– variable Kosten/Paar	87,60 €	87,60 €
Deckungsbeitrag/Paar	24,60 €	22,40 €
· Menge	700 Paar	400 Paar
= Deckungsbeitrag I Zusatzauftrag	17.080,00 €	8.960,00 €
Liefertermin	31.8.2022	31.10.2022
freie Kapazität ohne Zusatzauftrag	800 Paar	1.000 Paar

TIPP Die freie Kapazität lässt sich aus der Anlage 2.4 kumulativ herauslesen. Juli 400 + August 400 + September 200 + Oktober 0 = max. 1.000 Paar Ende Oktober

Damit könnten beide Aufträge nicht in voller Höhe angenommen werden. Der Auftrag der Skimond GmbH ließe sich bis Ende August bewältigen.

Arbeitsschritt 7

Vorteil: Da beide Aufträge einen positiven Deckungsbeitrag ausweisen, könnte der gesamte Deckungsbeitrag und damit der Gewinn gesteigert werden. Außerdem könnten Neukundinnen und Neukunden gewonnen oder der Marktanteil vergrößert werden.

Nachteilig könnte sich die Tatsache auswirken, dass Bestandskundinnen und Bestandskunden den günstigeren Nettoverkaufspreis erfahren und dann ebenfalls einen Preisnachlass fordern würden.

Arbeitsschritt 8

Da, wie in Arbeitsschritt 6 schon zu ersehen war, der Zusatzauftrag der Skimond GmbH den deutlich höheren Deckungsbeitrag abwirft, sollte der Zusatzauftrag auch angenommen werden. Mit der Tornado KG könnte man in Verhandlung treten und eine Teillieferung von 300 Paar zum 31.10. anbieten. Die fehlenden 100 Paar könnten im November bei dann wieder freien Kapazitäten nachgeliefert werden.

Aufgabe 3

In dieser Aufgabe müssen Sie
- eine Ausgangsrechnung erstellen und buchen sowie
- ein Angebot schreiben.

Sie absolvieren eine Ausbildung bei der Altermann GmbH und haben folgenden Brief eines Stammkunden erhalten.

Sport Store GmbH
Äußere Bayreuther Straße 80 a
90491 Nürnberg

Sport Store GmbH, Äußere Bayreuther Straße 80 a, 90491 Nürnberg

Altermann GmbH
[Ihr Vorname Ihr Nachname]
Schulgasse 43
94315 Straubing

Telefon:	+49 911 959568-0
Telefax:	+49 911 959568-31
E-Mail:	kai.straube@sport-store.de
USt-IdNr.:	DE988326541
Datum:	24. 06. 2022

Fehlerhafte Rechnung/
Anfrage Herrensnowboards

Sehr geehrte/r Frau/Herr [Ihr Nachname],

leider sind Ihnen bei Ihrer Rechnung mit der Rechnungsnummer 2022-R-76209 vom 20. 06. 2022 mehrere Fehler unterlaufen, sodass wir diese Rechnung noch nicht beglichen haben. Bitte schicken Sie uns daher eine korrekte Rechnung. Als Stammkunde sind wir enttäuscht, dass wir dies bemängeln müssen.

Zudem benötigen wir 5 Stück Herrensnowboards „Anything Rules 158", Artikelnummer SH84. Bitte unterbreiten Sie uns ein entsprechendes Angebot.

Freundliche Grüße
Sport Store GmbH

i.A. Kai Straube
Kai Straube

Sport Store GmbH
Äußere Bayreuther Str. 80 a
90491 Nürnberg

Mittelfränkische Bank
IBAN: DE52 7601 0040 0008 0492 32
BIC: MFBYDEMMXXX

Amtsgericht Nürnberg: HRB 10472
Geschäftsführer: Wilhem Grau
Unternehmenssitz: Nürnberg

Nachdem Sie festgestellt haben, dass die ursprüngliche Rechnung tatsächlich fehlerhaft ist, haben Sie diese storniert. Für die weiteren zu erledigenden Aufgaben nehmen Sie einen entsprechenden Auszug aus der internen Verkaufspreisliste und einen Kalender zur Hand.

Führen Sie die notwendigen Arbeitsschritte durch und dokumentieren Sie diese nachvollziehbar.

Anlage 3.1 **ursprüngliche, fehlerhafte Rechnung**

Altermann GmbH

Altermann GmbH, Schulgasse 43, 94315 Straubing

Sport Store GmbH
Äußere Bayreuther Straße 80 a
90491 Nürnberg

Sachbearbeiter/-in: [Ihr Vorname Ihr Nachname]
Rechnungsdatum: 20. 06. 2022
Rechnungsnummer: 2022-R-76209
Leistungsdatum: 20. 06. 2022

Rechnung

Artikel-nummer	Artikelbezeichnung	Einzelpreis netto (€)	Menge (Stück)	Mengen-einheit	Warenwert netto (€)
SH72	Herrensnowboard „High Mile 166“	229,99	10	Stück	2.299,90
SD45	Damensnowboard „Ready2rock 147“	159,99	4	Stück	639,96

Warenwert netto (€)	Rabatt in (%)	und (€)	Versandkosten netto (€)	Steuerpflicht. Nettoentgelt (€)	Umsatzsteuer 19 % (€)	Rechnungsbetrag (€)
2.939,86	3	88,20	40,00	2.891,66	549,42	3.441,08

Zahlungsbedingungen:
Zahlung innerhalb von 10 Tagen nach Rechnungsdatum 2 % Skonto, 30 Tage rein netto

Spätester Zahlungseingang mit Skontoabzug am	30.06.2022	Zahlungsbetrag (€)	3.372,26
Spätester Zahlungseingang ohne Skontoabzug am	20.07.2022	Zahlungsbetrag (€)	3.441,08

Altermann GmbH
Schulgasse 43
94315 Straubing

Niederbayerische Bank
IBAN: DE98 7433 0022 0099 9821 02
BIC: NBYBDESTXXX

Geschäftsführerin: Nele Altermann
Amtsgericht Straubing: HRB 8709
USt-IdNr.: DE610951214

Anlage 3.2 Auszug aus der internen Verkaufspreisliste

Interne Verkaufspreisliste der Altermann GmbH			
Artikel-nummer	**Artikelbezeichnung**	**Nettopreise (€) bis 9 Stück**	**Nettopreise (€) ab 10 Stück**
SH67	Herrensnowboard „Sunburst 160“	189,99	184,99
SH72	Herrensnowboard „High Mile 166“	229,99	224,99
SH77	Herrensnowboard „Make High Life 162“	209,99	203,99
SH84	Herrensnowboard „Anything Rules 158“	169,99	164,99
SD33	Damensnowboard „Daymaker Real 144“	179,99	174,99
SD41	Damensnowboard „Black Dawn 146“	219,99	212,99
SD45	Damensnowboard „Ready2rock 147“	159,99	156,99
SD49	Damensnowboard „Believer 152“	169,95	165,99

Wichtige Hinweise für unsere Sachbearbeiterinnen und Sachbearbeiter zu unseren Liefer- und Zahlungsbedingungen für

Nichtstammkunden:	**Stammkunden:**
• Rabattstaffelung für Warenwert netto: ab 1.000,00 € = 3 % ab 2.500,00 € = 5 % ab 5.000,00 € = 7,5 % (jeweils pro Bestellung)	• Rabatt: Rabatt für Warenwert netto stets 10 %
• Versandkosten: ab 5.000,00 € netto frei Haus, sonst Pauschale von 40,00 € netto	• Versandkosten: ab 1.000,00 € netto frei Haus, sonst Pauschale von 40,00 € netto
• Zahlungsbedingungen: Zahlung innerhalb von 10 Tagen nach Rechnungsdatum 2 %, 30 Tage rein netto	• Zahlungsbedingungen: Zahlung innerhalb von 10 Tagen nach Rechnungsdatum 3 %, 30 Tage rein netto
• Lieferzeit: 7 Werktage nach Bestelleingang	• Lieferzeit: 7 Werktage nach Bestelleingang

Anlage 3.3 Kalender

Juni 2022

KW	Mo	Di	Mi	Do	Fr	Sa	So
22			1	2	3	4	**5**
23	6	7	8	9	10	11	**12**
24	13	14	15	16	17	18	**19**
25	20	21	22	23	24	25	**26**
26	27	28	29	30			

Juli 2022

KW	Mo	Di	Mi	Do	Fr	Sa	So
26					1	2	**3**
27	4	5	6	7	8	9	**10**
28	11	12	13	14	15	16	**17**
29	18	19	20	21	22	23	**24**
30	25	26	27	28	29	30	31

August 2022

KW	Mo	Di	Mi	Do	Fr	Sa	So
31	1	2	3	4	5	6	**7**
32	8	9	10	11	12	13	**14**
33	15	16	17	18	19	20	**21**
34	22	23	24	25	26	27	**28**
35	29	30	31				

September 2022

KW	Mo	Di	Mi	Do	Fr	Sa	So
35				1	2	3	**4**
36	5	6	7	8	9	10	**11**
37	12	13	14	15	16	17	**18**
38	19	20	21	22	23	24	**25**
39	26	27	28	29	30		

Vorlage 3.1 **Rechnungsformular**

Altermann GmbH

Altermann GmbH, Schulgasse 43, 94315 Straubing

Sachbearbeiter/-in: ____________

Rechnungsdatum: ____________

Rechnungsnummer: 2022-R-76367

Leistungsdatum: ____________

Rechnung

Artikel-nummer	Artikelbezeichnung	Einzelpreis netto (€)	Menge (Stück)	Mengen-einheit	Warenwert netto (€)

Warenwert netto (€)	Rabatt in (%) und (€)	Versandkosten netto (€)	Steuerpflicht. Nettoentgelt (€)	Umsatzsteuer 19 % (€)	Rechnungsbetrag (€)

Spätester Zahlungseingang mit Skontoabzug am		Zahlungsbetrag (€)	
Spätester Zahlungseingang ohne Skontoabzug am		Zahlungsbetrag (€)	

Buchung

Altermann GmbH
Schulgasse 43
94315 Straubing

Niederbayerische Bank
IBAN: DE98 7433 0022 0099 9821 02
BIC: NBYBDESTXXX

Geschäftsführerin: Nele Altermann
Amtsgericht Straubing: HRB 8709
USt-IdNr.: DE610951214

Vorlage 3.2 Geschäftsbrief

Altermann GmbH

Altermann GmbH, Schulgasse 43, 94315 Straubing

Sachbearbeiter/-in:

Datum:

Altermann GmbH
Schulgasse 43
94315 Straubing

Niederbayerische Bank
IBAN: DE98 7433 0022 0099 9821 02
BIC: NBYBDESTXXX

Geschäftsführerin: Nele Altermann
Amtsgericht Straubing: HRB 8709
USt-IdNr.: DE610951214

Lösungsvorschlag

TIPP *Aufgabe 3, Bewertungseinheiten: 25*

Bei dieser Aufgabe ergeben sich die zu erledigenden Aufgaben aus dem Schreiben der Sport Store GmbH.

1. Erstellen einer korrekten Rechnung an die Sport Store GmbH nach Korrektur der fehlerhaften Rechnung und unter Berücksichtigung der Anlage 3.2
2. Verbuchung der neu erstellten Ausgangsrechnung
3. Unterbreiten eines Angebots mittels der Vorlage 3.2 Geschäftsbrief, entsprechend dem Schreiben der Sport Store GmbH und unter weiterer Berücksichtigung der Informationen der Anlage 3.2; gegebenenfalls kulantes Entgegenkommen aufgrund der Unannehmlichkeiten mit der fehlerhaften Rechnung

Arbeitsschritt 1

Zuerst sind die Fehler in der Ausgangsrechnung zu identifizieren.

1. Der Einzelpreis für SH72 liegt bei 224,99 € statt 229,99 €.
2. Der Rabatt beläuft sich für Stammkunden auf 10 %.
3. Der Skonto beträgt 3 % statt 2 %.

In der Folge sind dann auch alle anderen Werte entsprechend zu korrigieren bzw. anzupassen (Zahlungstermine).

Arbeitsschritt 2

Der Buchungssatz ist entsprechend in die Buchungsmaske einzutragen.

Altermann GmbH

Altermann GmbH, Schulgasse 43, 94315 Straubing

Sport Store GmbH
Äußere Bayreuther Straße 80 a
90491 Nürnberg

Sachbearbeiter/-in: [Ihr Vorname Ihr Nachname]
Rechnungsdatum: 27.06.2022
Rechnungsnummer: 2022-R-76367
Leistungsdatum: 20.06.2022

Rechnung

Artikel-nummer	Artikelbezeichnung	Einzelpreis netto (€)	Menge (Stück)	Mengen-einheit	Warenwert netto (€)
SH72	Herrensnowboard „High Mile 166“	224,99	10	Stück	2.249,90
SD45	Damensnowboard „Ready2rock 147“	159,99	4	Stück	639,96

Warenwert netto (€)	Rabatt in (%)	und (€)	Versandkosten netto (€)	Steuerpflicht. Nettoentgelt (€)	Umsatzsteuer 19 % (€)	Rechnungsbetrag (€)
2.889,86	10	288,99	0,00	2.600,87	494,17	3.095,04

Zahlungsbedingungen:

Zahlung innerhalb von 10 Tagen nach Rechnungsdatum 3% Skonto, 30 Tage rein netto

Spätester Zahlungseingang mit Skontoabzug am	07. 07. 2022	Zahlungsbetrag (€)	3.002,19
Spätester Zahlungseingang ohne Skontoabzug am	27. 07. 2022	Zahlungsbetrag (€)	3.095,04

Buchung

Soll	Haben	Betrag (€)	Betrag (€)
2400 FLL		3.095,04	
	5100 UEHW		2.600,87
	4800 UST		494,17

Altermann GmbH
Schulgasse 43
94315 Straubing

Niederbayerische Bank
IBAN: DE98 7433 0022 0099 9821 02
BIC: NBYBDESTXXX

Geschäftsführerin: Nele Altermann
Amtsgericht Straubing: HRB 8709
USt-IdNr.: DE610951214

Arbeitsschritt 3

TIPP Bei der Erstellung des Angebots sind die Verkaufspreisliste, der Stammkundenrabatt und der Skonto zu berücksichtigen.

Neben einer Entschuldigung für die Unannehmlichkeiten mit der Rechnung könnte auch eine Lieferung frei Haus angeboten werden, da der Rechnungsbetrag am Ende unter 1.000,00 € liegen wird (5 · 169,99 € = 849,95 € · 90 % = 764,96 € netto).

Geschäftsbrief, Vorlage 3.2

Altermann GmbH

Altermann GmbH, Schulgasse 43, 94315 Straubing

Sport Store GmbH
Kai Straube
Äußere Bayreuther Straße 80 a
90491 Nürnberg

Sachbearbeiter/-in: [Ihr Vorname Ihr Nachname]
Datum: 27.6.2022

Korrektur der Rechnung und Angebot

Sehr geehrter Herr Straube,

zuerst möchten wir uns für die Unannehmlichkeiten mit der Rechnung 2022-R-76209 vom 20. 06. 2022 entschuldigen. Wir haben diese storniert und übersenden Ihnen die korrekte Rechnung mit der Nummer 2022-R-76367.

Herzlichen Dank auch für Ihre Anfrage vom 24. 06. 2022. Wir können Ihnen das folgende Angebot unterbreiten.

Art. Nr. SH84, „Anything Rules 158", 5 Stück, 169,99 €/Stück netto.

Wir gewähren Ihnen wie gewohnt 10 % Stammkundenrabatt und 3 % Skonto bei Zahlung binnen 10 Tagen, andernfalls 30 Tage netto Kasse.

Da der Rechnungsbetrag unter 1.000 € liegt, würden 40,00 € Versandkostenpauschale anfallen. Wir werden Ihnen wegen der fehlerhaften Rechnung für diese Bestellung die Lieferung frei Haus zusagen.

Wir hoffen, Ihnen sagt unser Angebot zu, und freuen uns auf Ihre Bestellung.

Mit freundlichen Grüßen

Altermann GmbH

i. A. [Ihr Vorname Ihr Nachname]

Anlage: Rechnung

Altermann GmbH
Schulgasse 43
94315 Straubing

Niederbayerische Bank
IBAN: DE98 7433 0022 0099 9821 02
BIC: NBYBDESTXXX

Geschäftsführerin: Nele Altermann
Amtsgericht Straubing: HRB 8709
USt-IdNr.: DE610951214

Aufgabe 4

In dieser Aufgabe müssen Sie

- einen Freund bei Fragen zu Versicherungen,
- zu einer Geldanlage und
- zu seiner Steuererklärung helfen.

Sie erhalten eine E-Mail von Peter Frankenschmied:

Von:	peter.frankenschmied@meinemail.de	Gesendet:
An:	[Ihr Vorname.Ihr Nachname]@meinemail.de	Montag, 27. 06. 2022
Betreff:	Bitte um Unterstützung	

Anhang: Versicherungsvorschlag.pdf, Flyer Geldanlage.pdf, Screenshots_Steuer.pdf

Hallo [Ihr Vorname],

du hast mir angeboten, dass ich mich bei Fragen zu Versicherungen, Geldanlagen und Steuern gerne an dich wenden darf. Ich finde das super, dass ihr so etwas in der Wirtschaftsschule gelernt habt. Ich habe jetzt tatsächlich ein paar Sachen, bei denen ich deine Hilfe brauche:

1. Ich ziehe bald bei meinen Eltern aus und in eine Mietwohnung ein. Zudem bekomme ich das alte Auto meiner Mutter geschenkt, muss dies dann aber selbst versichern. Der Versicherungsmakler unserer Familie hat gemeint, dass wir über meinen Versicherungsschutz reden müssten. Einen Vorschlag für Versicherungen hat er mir bereits gegeben. Welche davon findest du für mich sinnvoll und welche nicht? Super wäre es, wenn du die Versicherungen für mich in eine begründete Reihenfolge von wichtig bis unwichtig bringen könntest.
2. Ich habe 10.000,00 € übrig, die ich die nächsten 10 Jahre nicht benötige. Ich habe über einen Bekannten meiner Schwester einen Flyer zu einer tollen Geldanlagemöglichkeit bekommen. Ich würde gerne die 10.000,00 € dort anlegen. Was hältst du von dieser Anlagemöglichkeit? Oder was würdest du mir raten, wie ich das Geld anlegen soll?
3. Ich mache dieses Jahr zum ersten Mal meine Steuererklärung selbst über ein Online-Portal. An manchen Stellen komme ich jedoch nicht weiter. Von diesen Stellen habe ich Screenshots angefertigt und in einem PDF-Dokument zusammengefasst. Am besten ist es, wenn du mir dieses ausgefüllt zurückschickst.
   - Folgende Sachen habe ich im Jahr 2021 gekauft:
     - spezielle Sicherheitsschuhe für 199,90 € für meine Arbeit
     - Akku-Bohrmaschine für 229,95 €, damit ich zuhause in meiner Wohnung Halterungen, z. B. für einen Hängesessel, anbringen kann
     - Buch „Holzverarbeitung für Zimmerer“ für 39,50 €
   - Am 04. 10. 2021 bin ich mit öffentlichen Verkehrsmitteln für 47,30 € nach Würzburg und zurück zu einer Fortbildung „Vorbereitung Meisterkurs Zimmerer" gefahren. Die Kursgebühr für die Fortbildung hat 90,00 € gekostet. Vom Chef habe ich keinen Zuschuss bekommen.
   - Vom 27. 09. 2021 bis 29. 09. 2021 war ich beruflich in München tätig. Die Fahrten und Übernachtungen hat mein Arbeitgeber bezahlt, alle Mahlzeiten habe ich selbst bezahlt.
   - Für mein Girokonto bezahle ich seit Mai 2021 monatlich 2,00 € Kontoführungsgebühren. Davor war das Konto kostenlos.

Kann ich das alles bei der Steuer angeben?

Danke für deine Hilfe und liebe Grüße Peter

Führen Sie die notwendigen Arbeitsschritte durch und dokumentieren Sie diese nachvollziehbar.

Anlage 4.1 Versicherungsvorschlag

Versicherungen Fuchs GmbH

Versicherungen Fuchs GmbH, Georg-Schäfer-Straße 89,
97421 Schweinfurt

Unser Zeichen:	KN-9823
Ihre Kundennummer:	1763-GA
Ihr Ansprechpartner:	Henning Fuchs
E-Mail:	fuchs@versicherungenfuchs.de
Telefon:	+49 9721 787372

Peter Frankenschmied
Mehlweg 28
97645 Ostheim vor der Rhön

Schweinfurt, 20. 06. 2022

Versicherungsvorschlag

Sehr geehrter Herr Frankenschmied,

vielen Dank, dass wir Sie bei der Auswahl Ihrer Versicherungen beraten dürfen.

Ihre Angaben:

Familienstand:	ledig, kinderlos	Kraftfahrzeug (Kfz):	VW Golf, Baujahr 2000
Alter:	23	Handy:	iPhone 8, gekauft 2018
Beruf:	Zimmerer	Wohnsituation:	Mietwohnung (geplant)

Vorgeschlagene Versicherungen[1]:

• Private Haftpflichtversicherung	Tarif „HZ Premium“	jährlich	54,00 €
• Handyversicherung	Tarif „Mobil“	jährlich	227,17 €
• Berufsunfähigkeitsversicherung	Tarif „BU 30“	jährlich	412,75 €
• Private Unfallversicherung	Tarif „UV Deluxe“	jährlich	185,17 €
• Risiko-Lebensversicherung	Tarif „LV Plus“	jährlich	114,00 €
• Kfz-Haftpflicht	Tarif „Classic“	jährlich	460,67 €
• Kfz-Teilkasko	Tarif „Basic“	jährlich	143,78 €

Gerne besprechen wir die Details der einzelnen Versicherungen persönlich mit Ihnen. Sollten Sie Fragen haben, zögern Sie nicht uns zu kontaktieren.

Freundliche Grüße

Henning Fuchs

Versicherungen Fuchs GmbH	Bank von Unterfranken	Amtsgericht Schweinfurt: HRB 8145
Georg-Schäfer-Straße 89	IBAN: DE91 7903 0282 0019 9822 50	USt-IdNr.: DE321075089
97421 Schweinfurt	BIC: BUFRDEWBXXX	Geschäftsführer: Henning Fuchs

Anlage 4.2 **Flyer Geldanlage**

Die richtige Geldanlage!

In Zeiten der Globalisierung nimmt der Welthandel stetig zu. Der Transport der Waren erfolgt hauptsächlich per Schiff in sogenannten **Seecontainern**. Die Nachfrage nach diesen Seecontainern hat sich in den letzten Jahren bereits verdoppelt und nimmt weiter zu.

Wir, die Panama Shipping Private Limited Company, sind **Experten** auf dem Gebiet der Seecontainer und bieten Ihnen hier die einmalige Gelegenheit, in einen derartigen Seecontainer zu investieren. Wir vermieten die Seecontainer an internationale Unternehmen und erwirtschaften so eine **Rendite von mindestens 17 % p. a.** für Sie. So profitieren auch Sie von der Globalisierung.

Die Mindestgeldanlage beträgt nur 1.000,00 €. Sie erhalten ein Zertifikat, das Ihre Beteiligung an einem Seecontainer belegt. Mehr **Sicherheit** geht nicht!

Prinzipiell ist das Geld mit diesem Investment für 10 Jahre fest angelegt. Sollten Sie das Geld aber doch mal früher brauchen, finden wir eine Lösung, wie Sie **flexibel** an Ihr Geld kommen.

Zögern Sie nicht und greifen Sie zu, solange dieses einmalige Angebot noch gilt. Rufen Sie noch heute unseren deutschsprachigen **Berater** an und vereinbaren Sie einen Termin zur Vertragsunterzeichnung: +507 120 44474944.

Vorlage 4.1 Screenshots Steuer

11 – Aufwendungen für Arbeitsmittel (soweit nicht steuerfrei ersetzt) ?

	Art der Arbeitsmittel	Betrag
1.		
2.		
3.		

+ Weitere Daten hinzufügen | Alle Einträge löschen

43 Summe (Euro) 320

13 – Fortbildungskosten (soweit nicht steuerfrei ersetzt) ?

	Bezeichnung	Betrag
1.		
2.		

+ Weitere Daten hinzufügen | Alle Einträge löschen

45 Summe (Euro) 330

< vorherige Seite | nächste Seite >

Vorlage 4.1 Screenshots Steuer

Sonstiges (zum Beispiel Bewerbungskosten, Kontoführungsgebühren)

Für jeden Kalendertag, an dem Sie Ihre berufliche Tätigkeit ausschließlich in der häuslichen Wohnung ausgeübt haben, können Sie im folgenden Eingabefeld einen Betrag von 5 Euro als Werbungskosten angeben (Homeoffice-Pauschale).

Der Abzug ist auf höchstens 600 Euro im Jahr beschränkt. Ein häusliches Arbeitszimmer ist für die Berücksichtigung dieser Pauschale nicht erforderlich. Für Tage, an denen Sie auch zur ersten Tätigkeitsstätte gefahren oder auswärts tätig gewesen sind, können Sie nur die Fahrtkosten geltend machen und nicht die Homeoffice-Pauschale.

	Bezeichnung	Betrag
1.		
2.		

+ Weitere Daten hinzufügen

Alle Einträge löschen

Bei einer Auswärtstätigkeit im Inland

67 Abwesenheit von mehr als 8 Stunden: Anzahl der Tage (bei Auswärtstätigkeit ohne Übernachtung) **470**

68 An- und Abreisetage (bei einer mehrtägigen Auswärtstätigkeit mit Übernachtung): Anzahl der Tage **471**

69 Abwesenheit von 24 Stunden: Anzahl der Tage **472**

70 Kürzungsbeträge wegen Mahlzeitengestellung (eigene Zahlungen sind gegebenenfalls gegenzurechnen) *Euro* **473**

Vorlage 4.2 E-Mail

Von:	[Ihr Vorname.Ihr Nachname]@meinemail.de	Gesendet: Montag, 27. 06. 2022
An:	peter.frankenschmied@meinemail.de	
Betreff:	AW: Hilfe bei Finanzfragen	
Anhang:		

Lösungsvorschlag

TIPP *Aufgabe 4, Bewertungseinheiten: 25*

Auch bei dieser Aufgabe lassen sich die zu erledigen Arbeitsschritte sehr schnell aus der E-Mail ableiten

1. Analysierung der Sinnhaftigkeit und Wichtigkeit der Versicherungsvorschläge der Fuchs GmbH auf und Sortierung in einer begründeten Reihenfolge.
2. Beurteilung eines Angebots zur Kapitalanlage in Höhe von 10.000,00 € für einen Zeithorizont von 10 Jahren Ausarbeitung einer Anlageempfehlung
3. Ausfüllen der Screenshots aus dem Onlineportal für die Erstellung der Steuererklärung; die relevanten Informationen zu Werbungskosten etc. finden sich in der E-Mail.
4. Zusammenfassung der gewonnenen Erkenntnisse in einer E-Mail an Peter Frankenschmied

Arbeitsschritt 1

Siehe Lösungsvorschlag in E-Mail (Arbeitsschritt 4) mit entsprechender Begründung.

Arbeitsschritt 2

Siehe Lösungsvorschlag in E-Mail (Arbeitsschritt 4) mit entsprechender Begründung.

Arbeitsschritt 3

- Von den Arbeitsmitteln kann die Akku-Bohrmaschine nicht berücksichtigt werden, da sie für private Zwecke angeschafft wurde.
- Die Fortbildungskosten können in voller Höhe berücksichtigt werden.
- Bei der auswärtigen Tätigkeit in München können die pauschalen Beiträge angesetzt werden, d. h., es müssen die entsprechenden Tage eingetragen werden. Nach Abzug des An- und Abreisetages verbleibt nur ein Tag mit 24 Stunden Anwesenheit.
- Die Kontoführungsgebühren betragen ab Mai: 8 Monate · 2,00 € = 16,00 €.

TIPP Die Einträge werden immer mit auf den ganzen Euro gerundeten Beträgen angegeben.

Screenshot Steuer, Vorlage 4.1

11 – Aufwendungen für Arbeitsmittel (soweit nicht steuerfrei ersetzt) ?

	Art der Arbeitsmittel	Betrag
1.	Berufskleidung	200
2.	Fachbücher	40
3.		

+ Weitere Daten hinzufügen

Alle Einträge löschen

43 Summe (Euro) 320

13 – Fortbildungskosten (soweit nicht steuerfrei ersetzt) ?

	Bezeichnung	Betrag
1.	Fahrtkosten	48
2.	Kursgebühren	90

+ Weitere Daten hinzufügen

Alle Einträge löschen

45 Summe (Euro) 330

< vorherige Seite

nächste Seite >

Screenshot Steuer, Vorlage 4,1

Sonstiges (zum Beispiel Bewerbungskosten, Kontoführungsgebühren)

Für jeden Kalendertag, an dem Sie Ihre berufliche Tätigkeit ausschließlich in der häuslichen Wohnung ausgeübt haben, können Sie im folgenden Eingabefeld einen Betrag von 5 Euro als Werbungskosten angeben (Homeoffice-Pauschale).

Der Abzug ist auf höchstens 600 Euro im Jahr beschränkt. Ein häusliches Arbeitszimmer ist für die Berücksichtigung dieser Pauschale nicht erforderlich. Für Tage, an denen Sie auch zur ersten Tätigkeitsstätte gefahren oder auswärts tätig gewesen sind, können Sie nur die Fahrtkosten geltend machen und nicht die Homeoffice-Pauschale.

	Bezeichnung	**Betrag**
1.	Kontoführungsgebühren	16
2.		

+ Weitere Daten hinzufügen

Alle Einträge löschen

Bei einer Auswärtstätigkeit im Inland

67	Abwesenheit von mehr als 8 Stunden: Anzahl der Tage (bei Auswärtstätigkeit ohne Übernachtung)		**470**
68	An- und Abreisetage (bei einer mehrtägigen Auswärtstätigkeit mit Übernachtung): Anzahl der Tage	2	**471**
69	Abwesenheit von 24 Stunden: Anzahl der Tage	1	**472**
70	Kürzungsbeträge wegen Mahlzeitengestellung (eigene Zahlungen sind gegebenenfalls gegenzurechnen)	*Euro*	**473**

Arbeitsschritt 4

E-Mail, Vorlage 4,2

Von: [Ihr Vorname.Ihr Nachname]@meinemail.de
Gesendet: Montag, 27. 06. 2022
An: peter.frankenschmied@meinemail.de
Betreff: AW: Hilfe bei Finanzfragen
Anhang: Screenshots zur Steuer.pdf

Hallo Peter,

zu deiner ersten Frage habe ich die Versicherungen von wichtig nach unwichtig sortiert.

1. Die Kfz-Versicherung ist unverzichtbar, da eine Pflichtversicherung, wenn du ein Kfz besitzen willst.
2. Die Private Haftpflichtversicherung ist freiwillig, aber ebenso wichtig, da sie dich vor Schadensersatzansprüchen schützt.
3. Die Berufsunfähigkeitsversicherung würde ich für wichtig halten, da sie dich finanziell absichert, wenn du deinen Beruf nicht mehr ausüben kannst.
4. Die private Unfallversicherung würde ich auch noch als wichtig erachten, da sie dich vor den finanziellen Folgen eines Unfalls im privaten Bereich schützt.
5. Die Teilkaskoversicherung ist angesichts des Alters deines Pkw und dem damit niedrigen Zeitwert von untergeordneter Bedeutung.
6. Die Handyversicherung lohnt sich bei einem älteren Handy überhaupt nicht.
7. Eine Risiko-Lebensversicherung macht erst dann Sinn, wenn du jemanden, z. B. deine Familie, absichern möchtest.

Zur zweiten Frage bzgl. der Geldanlage: Hier kann ich dir nur abraten. Zum einen macht schon die hohe Rendite stutzig. Die Flexibilität, die suggeriert wird, würde nur auf Kulanzbasis gewährt werden. Wesentliche Infos zum Unternehmen, zum Sitz etc. fehlen und die Telefonnummer ist definitiv keine deutsche. Also Finger weg! Alternativ würde ich Dir die Kapitalanlage in Aktien oder ETF-Fonds empfehlen, angesichts des langen Anlagehorizonts würde sich das Risiko durch Streuung reduzieren lassen.

Zur Steuererklärung habe ich dir die Sceenshots als pdf angehängt. Im Prinzip kannst du alles geltend machen bis auf die Akkubohrmaschine, die ja für den privaten Gebrauch gedacht ist.

Für weitere Fragen melde dich einfach noch mal bei mir.

Bis bald

[Ihr Vorname]

Aufgabe 5

In dieser Aufgabe müssen Sie
- einen Tagesausflug planen und
- in diesem Zusammenhang eine Budgetberechnung durchführen.

Ihre Schule organisiert jährlich einen Austausch mit einer polnischen Partnerschule. In diesem Schuljahr wird der Austausch in der vorletzten Schulwoche in Form einer Rundreise durch das schöne Bayern stattfinden. Am Donnerstag, 21. 07. 2022 ist ein Tagesausflug nach Würzburg mit Schifffahrt auf dem Main in die benachbarte Stadt Veitshöchheim vorgesehen.

In Rücksprache mit der Schulleiterin Frau Samson wurden als feste Programmpunkte bereits vereinbart:

- Führung durch die Würzburger Residenz (Barockschloss)
- Zeitfenster von 90 Minuten zur freien Verfügung in der Würzburger Innenstadt
- Schifffahrt mit Mittagessen auf dem Main nach Veitshöchheim
- Minigolfen in Veitshöchheim
- Schifffahrt von Veitshöchheim zurück nach Würzburg

Als weitere mögliche Programmpunkte in Würzburg kommen eine Besichtigung des Doms mit Führung oder eine Stadtbesichtigung mit dem touristischen Stadtbähnchen in Betracht. Hier muss noch eine Entscheidung für einen der beiden Programmpunkte getroffen werden.

Sie sind Mitglied des Organisationsteams und treffen sich heute zu einer Besprechung.

SIE: „Hi. Gestern habe ich die Rückmeldung der polnischen Partnerschule erhalten und diese Informationen bereits in unsere Liste mit den teilnehmenden Personen ergänzt. Lasst uns mit den konkreten Planungen der Programmpunkte loslegen."

JÖRG: „Unbedingt. Ich fasse nochmals die Eckpunkte zusammen, die bisher feststehen: Um 7:00 Uhr treffen wir uns am Bahnhof, damit wir mit dem Zug um 8:30 Uhr am Würzburger Hauptbahnhof eintreffen werden. Von dort aus werden wir auch um 18:45 Uhr wieder zurückfahren."

SIE: „Womit starten wir denn in Würzburg?"

JÖRG: „In Würzburg beginnen wir mit der Führung durch die Residenz, da es vom Hauptbahnhof bis zur Residenz gerade einmal 15 Minuten zu Fuß sind. Zudem müssen wir beachten, dass wir spätestens um 14:30 Uhr in Veitshöchheim sein müssen. Dort ist bereits bis 16:30 Uhr die Minigolfanlage, die nur 50 Meter von der Schiffsanlegestelle entfernt liegt, für uns reserviert."

CARSTEN: „Aber was machen wir nach der Residenz? Das Zeitfenster zur freien Verfügung in der Würzburger Innenstadt dürfen wir auf keinen Fall vergessen. Zudem müssen wir uns noch entscheiden, ob wir zum Abfahrtsort des Stadtbähnchens oder zum Dom laufen. Alle diese Orte sind von der Residenz aus innerhalb von maximal fünf Minuten zu Fuß zu erreichen."

SIE: „Und wie lange brauchen wir von diesen Orten zum Abfahrtsort unseres Schiffes?"

CARSTEN: „Von beiden Orten maximal 15 Minuten zu Fuß, länger nicht."

SIE: „Wenn wir schon beim Thema Schiff sind: Wir müssen heute noch bei der Schifffahrt Förtsch anrufen und Bescheid geben, zu welchen Uhrzeiten wir mit dem Schiff nach Veitshöchheim und wieder zurück nach Würzburg fahren werden.

Zudem müssen wir die genaue Zahl der teilnehmenden Personen sowie die gewünschten Speisen des Mittagessens mitteilen."

JÖRG: „Dann können wir auch prüfen, ob das vom Bürgermeister zugesagte Budget für alle teilnehmenden Personen überhaupt reicht. Carsten, du hattest doch mit ihm telefoniert. Wie viel Euro bekommen wir nochmal zur Verfügung gestellt?"

CARSTEN: „Der Bürgermeister hatte uns ein Budget von 35,00 € pro teilnehmender Person zugesagt. Von daher ist es wichtig, dass wir bei den Programmpunkten die Kosten gering halten. Immerhin bekommen wir die Fahrt mit der Deutschen Bahn vom Elternbeirat bezahlt, sodass hierfür keine Kosten für uns entstehen."

Es klopft an der Tür und die Schulleiterin Frau Samson tritt ein.

FRAU SAMSON: „Hallo ihr Drei. Wie ich sehe, seid ihr schon kräftig am Planen. Für die Erstellung des Elternbriefs benötige ich noch einen Plan für den Tagesausflug mit Zeitangaben und Programmpunkten."

SIE: „OK, das schreiben wir Ihnen übersichtlich zusammen."

FRAU SAMSON: „Super. Bitte notiert auch, welche Speisen wie oft bei dem Schifffahrtsunternehmen Förtsch bestellt werden müssen. Ebenso muss ich wissen, ob das vom Bürgermeister zugesagte Budget ausreicht."

SIE: „Gerne. Wir kommen später mit unseren Unterlagen vorbei."

Sie nehmen sich alle bereits recherchierten und ausgedruckten Informationen zur Hand.

Führen Sie die notwendigen Arbeitsschritte durch und dokumentieren Sie diese nachvollziehbar.

Anlage 5.1 **Tagesausflug Würzburg – Liste der teilnehmenden Personen und Essenswünsche**

Unsere Schule					
Name	***Vorname***	***Alter***	***Lehrerin/Lehrer***	***Schülerin/Schüler***	***Speisen***
Cullmann	Maximilian	42	x		Schnitzel mit Pommes
Höttges	Emma	35	x		Salatteller
[Ihr Name]	[Ihr Vorname]	[Ihr Alter]		x	[Ihr Mittagessen]
Kremers	Sophia	17		x	Chicken Nuggets mit Pommes
Wimmer	Charlotte	17		x	Käsespätzle mit kleinem Salat
Flohe	Paul	17		x	Käsespätzle mit kleinem Salat
Kapellmann	Milan	16		x	Salatteller
Laber	Carsten	15		x	Salatteller
Schirmer	Jörg	15		x	Schnitzel mit Pommes
Polnische Partnerschule					
Name	***Vorname***	***Alter***	***Lehrerin/Lehrer***	***Schülerin/Schüler***	***Speisen***
Kalinowski	Andrzej	44	x		Schnitzel mit Pommes
Butzacki	Anna	39	x		Schnitzel mit Pommes
Szymanowski	Adam	17		x	Käsespätzle mit kleinem Salat
Zmuda	Paulina	17		x	Salatteller
Kapka	Magdalena	16		x	Chicken Nuggets mit Pommes
Maszczyk	Roman	16		x	Salatteller
Wieczorek	Marian	16		x	Chicken Nuggets mit Pommes
Domanrski	Maria	16		x	Schnitzel mit Pommes
Gadocha	Anja	15		x	Käsespätzle mit kleinem Salat
Szarmach	Damian	15		x	Chicken Nuggets mit Pommes

Anlage 5.2 Informationen zur Residenz Würzburg

Residenz Würzburg
Öffnungszeiten/Führungen:
• April bis Oktober: täglich 9:00 – 18:00 Uhr (Kassenschluss 17:15 Uhr) • November bis März: täglich 10:00 – 16:30 Uhr (Kassenschluss 16:00 Uhr) • Die Führungen starten jeweils zur vollen Stunde und dauern 60 Minuten.
Eintrittspreis (inklusive Führung):
9,00 € Freier Eintritt: • Kinder/Jugendliche bis zum vollendeten 18. Lebensjahr • Schülerinnen/Schüler über 18 Jahre gegen entsprechenden Nachweis • Begleitpersonen von Schülerinnen-/Schüler-Gruppen

Anlage 5.3 Informationen zum Stadtbähnchen Würzburg

Stadtbähnchen Würzburg
Preise:
• Erwachsene (ab 18 Jahre) 9,00 € • Jugendliche (13 bis 17 Jahre) 7,00 € • Kinder (bis 12 Jahre) 4,00 €
Weitere Informationen:
• Die erste Rundfahrt startet um 9:00 Uhr, die letzte Rundfahrt um 17:00 Uhr. • Eine Rundfahrt dauert 30 Minuten und startet immer zur vollen und halben Stunde. • Bitte finden Sie sich 10 Minuten vor der Abfahrt an der Haltestelle ein. • Die Karten erhalten Sie direkt im Stadtbähnchen.

Anlage 5.4 Informationen zum Dom Würzburg

Dom Würzburg
Führungen:
• Montag bis Samstag um 12:30 Uhr • Sonn- und Feiertage um 14:00 Uhr • Dauer: eine Stunde
Eintrittspreis (inklusive Führung):
• 5,00 € Erwachsene (ab 18 Jahre) • 4,00 € Jugendliche (13 – 17 Jahre) • Freier Eintritt für Kinder (bis 12 Jahre)
Tickets:
Erhältlich in der Dominformation am Domvorplatz

Anlage 5.5 Informationen zur Schifffahrt Förtsch

Schifffahrt Förtsch (Telefonnummer: 0931 81331842)

- Die einfache Fahrt dauert 55 Minuten.
- Bitte reservieren Sie ab 15 teilnehmenden Personen telefonisch Ihre Abfahrtszeiten und bei Bedarf die gewünschten Speisen

Abfahrtzeiten April bis Oktober

Abfahrt Würzburg	**Abfahrt Veitshöchheim**
10:00 Uhr	11:00 Uhr
11:00 Uhr	12:00 Uhr
12:00 Uhr	13:00 Uhr
13:00 Uhr	14:00 Uhr
14:00 Uhr	15:00 Uhr
15:00 Uhr	16:00 Uhr
16:00 Uhr	17:00 Uhr
17:00 Uhr	18:00 Uhr

Preise Schifffahrt

Preis pro Person – einfache Fahrt:		***Gruppenpreise – einfache Fahrt: (ab 30 teilnehmenden Personen)***	
Erwachsene/Jugendliche	10,00 €	Erwachsene/Jugendliche	9,00 €
Kinder (bis 12 Jahre)	5,00 €	Kinder (bis 12 Jahre)	4,50 €
Preis pro Person – Hin- und Rückfahrt:		***Gruppenpreise – Hin- und Rückfahrt: (ab 30 teilnehmenden Personen)***	
Erwachsene/Jugendliche	13,00 €	Erwachsene/Jugendliche	12,00 €
Kinder (bis 12 Jahre)	6,50 €	Kinder (bis 12 Jahre)	6,00 €

Preise Speisen
(zu jeder Speise erhalten Sie ein Gratisgetränk nach Wahl)

Schnitzel mit Pommes	12,00 €
Chicken Nuggets mit Pommes	12,00 €
Käsespätzle mit kleinem Salat	10,00 €
Salatteller	10,00 €

Anlage 5.6 Informationen zum Minigolf Veitshöchheim

Preise Minigolf Veitshöchheim

- Erwachsene: 3,20 €
- Kinder und Jugendliche (3–17 Jahre): 2,50 €
- Ermäßigungen:
  - Familienkarte (2 Erwachsene plus maximal vier eigene, minderjährige Kinder): 9,00 €
  - Gruppenkarte (10 Erwachsene): 28,00 €
  - Gruppenkarte (10 Kinder/Jugendliche): 20,00 €

Lösungsvorschlag

TIPP *Aufgabe 5, Bewertungseinheiten: 25*

Bei dieser Aufgabe ist es besonders wichtig, den Text und Dialog intensiv zu studieren, um für die zu erledigenden Aufgaben die notwendigen Informationen herauszulesen.

Folgende Arbeitsschritte sollten in der folgenden Reihenfolge erledigt werden:

1. Ermittlung der Anzahl der Teilnehmer*innen und Aufteilung in voll- und minderjährig
2. Aufstellung der Speisenbestellung und der damit verbundenen Kosten
3. Entscheidung bzw. Abwägung, ob man eine Rundfahrt mit dem Stadtbähnchen macht oder den Dom mit einer Führung besichtigt
4. Erstellung eines Zeitplans als Vorlage für die Erstellung eines Elternbriefes
5. Berechnung der Gesamtkosten aller Aktivitäten
6. Berechnung der Kosten je Teilnehmer*in und Kontrolle, ob das Budget in Höhe von 35,00 €/Teilnehmer*in ausreicht

Hinweis: Bei der Erstellung der Lösung gehen wir von einem noch nicht volljährigen Prüfling aus. Sollte der Prüfling volljährig sein, werden sich die Kosten geringfügig ändern, wie auch durch die individuelle Wahl des Mittagessens.

Arbeitsschritt 1

Auf der Anlage 5.1 kann das Alter der Teilnehmer*innen eingesehen werden.

Es ergeben sich: 4 Erwachsene (= Lehrer*innen)
15 Jugendliche

Arbeitsschritt 2

Ebenfalls auf Anlage 5.1 finden sich die Speisenwünsche der Teilnehmer*innen. Die Kosten für das jeweilige Essen findet sich auf der Anlage 5.5.

Es ergeben sich folgende Speisenwünsche:

5x Schnitzel mit Pommes	· 12,00 €	60,00 €
+ 4x Chicken Nuggets mit Pommes	· 12,00 €	48,00 €
+ 4x Käsespätzle mit kleinem Salat	· 10,00 €	40,00 €
+ 5x Salatteller	· 10,00 €	50,00 €
+ 1x Käsespätzle (Eigenes)	· 10,00 €	10,00 €
= Gesamtkosten für das Essen		208,00 €

Arbeitsschritt 3

Die Startzeiten des Stadtbähnchens sind sehr flexibel, während die Dom-Führung um 12:30 Uhr startet und eine Stunde dauert, also um 13:30 Uhr endet; d. h., die Abfahrt nach Veitshöchheim könnte frühestens um 14:00 Uhr wahrgenommen werden, sodass das geplante Minigolf-Spiel nicht wie geplant wahrgenommen werden könnte. Somit fällt der Dom aus dem Programm heraus.

Arbeitsschritt 4

Plan für den Tagesausflug am 21. 7. 2022:

07:00 Uhr	Treffpunkt am Hauptbahnhof
08:30 Uhr	Ankunft am Hauptbahnhof Würzburg
	Anschließend ca. 15 Minuten Fußweg zur Residenz
09:00–10:00 Uhr	Führung durch die Residenz
10:00–11:30 Uhr	Zeit zur freien Verfügung
bis 11:50 Uhr	Eintreffen an der Haltestelle des Stadtbähnchens
12:00–12.30 Uhr	Fahrt mit dem Stadtbähnchen
	Anschließend ca. 15 Minuten Fußweg zur Bootsanlegestelle
13:00–13:55 Uhr	Fahrt mit dem Schiff nach Veitshöchheim
	Währenddessen Mittagessen auf dem Schiff
14:30–16:30 Uhr	Minigolf-Spiel in Veitshöchheim
17:00–17:55 Uhr	Rückfahrt mit dem Schiff nach Würzburg
	Anschließend Fußweg zum Hauptbahnhof
18:45 Uhr	Abfahrt vom Hauptbahnhof Würzburg

Arbeitsschritt 5

Kostenposition	Berechnung	Kosten
Bahnfahrt	Kostenübernahme durch Elternbeirat	0,00 €
+ Residenz	frei für Schülergruppen	0,00 €
+ Stadtbähnchen	= 4 · 9,00 € (Erwachsene) + 15 · 7,00 € (Schüler*innen)	141,00 €
+ Schifffahrt	= 19 · 13,00 €	247,00 €
+ Mittagessen	siehe Arbeitsschritt 2	208,00 €
+ Minigolf	= 20,00 € Gruppenkarte Jugendliche + 5 · 2,50 € + 4 · 3,20 €	45,30 €
= Gesamtkosten		641,30 €

Arbeitsschritt 6

$$\text{Kosten je Teilnehmer*innen} = \frac{641{,}30\ €}{19\ \text{Teilnehmer*innen}} = 33{,}75\ €$$

Damit wird das Budget eingehalten.

$19 \cdot 35{,}00\ € - 641{,}30\ € = 23{,}70\ €$ sind noch frei verfügbar.

Abschlussprüfung 2023

Betriebswirtschaftliche Steuerung und Kontrolle

Um Ihnen die Prüfung 2023 schnellstmöglich zur Verfügung stellen zu können, bringen wir sie in digitaler Form heraus.

Sobald die Original-Prüfungsaufgaben 2023 freigegeben sind, können sie als PDF auf der Plattform **MyStark** heruntergeladen werden (Zugangscode vgl. Umschlaginnenseite).

Aktuelle Prüfung

www.stark-verlag.de/mystark

Zugelassene Hilfsmittel

Betriebswirtschaftliche Steuerung und Kontrolle

Merkhilfe

Formeln

Zinsen in Euro

1 $$\text{Zinsen} = \frac{\text{Kapital} \cdot \text{Zinssatz} \cdot \text{Zinstage}}{100 \cdot 365}$$

Liquidität 2. Grades in Prozent

2 $$\text{Liquidität 2. Grades} = \frac{(\text{flüssige Mittel} + \text{kurzfristige Forderungen}) \cdot 100}{\text{kurzfristiges Fremdkapital}}$$

Eigenkapitalquote in Prozent

3 $$\text{Eigenkapitalquote} = \frac{\text{Eigenkapital} \cdot 100}{\text{Gesamtkapital}}$$

Fremdkapitalquote in Prozent

4 $$\text{Fremdkapitalquote} = \frac{\text{Fremdkapital} \cdot 100}{\text{Gesamtkapital}}$$

Anlagendeckungsgrad II in Prozent

5 $$\text{Anlagendeckungsgrad II} = \frac{(\text{Eigenkapital} + \text{langfristiges Fremdkapital}) \cdot 100}{\text{Anlagevermögen}}$$

Gesamtkapitalrentabilität in Prozent

6 $$\text{Gesamtkapitalrentabilität} = \frac{(\text{Gewinn} + \text{Fremdkapitalzinsen}) \cdot 100}{\text{Gesamtkapital}}$$

Abschreibungssatz in Prozent

7 $$\text{Abschreibungssatz} = \frac{100}{\text{Nutzungsdauer in Jahren}}$$

Abschreibungsbetrag in Euro

8 $$\text{Abschreibungsbetrag} = \frac{\text{Anschaffungskosten bzw. Herstellungskosten} \cdot \text{genutzte Monate}}{\text{Nutzungsdauer in Jahren} \cdot 12}$$

Mindestbestand in Stück

9 $$\text{Mindestbestand} = \text{durchschnittlicher Tagesverbrauch} \cdot \text{Sicherheitszuschlag in Tagen}$$

Meldebestand in Stück

10	Meldebestand = (durchschnittlicher Tagesverbrauch · Beschaffungszeit in Tagen) + Mindestbestand

Höchstbestand in Stück

11	Höchstbestand = Mindestbestand + optimale Bestellmenge

Durchschnittlicher Lagerbestand in Stück

12	$\text{Durchschnittlicher Lagerbestand} = \dfrac{\text{Anfangsbestand} + \text{x Endbestände}}{\text{x} + 1}$

Umschlagshäufigkeit

13a	$\text{Umschlagshäufigkeit (mengenmäßig)} = \dfrac{\text{Lagerabgänge}}{\text{durchschnittlicher Lagerbestand}}$
13b	$\text{Umschlagshäufigkeit (wertmäßig)} = \dfrac{\text{Wareneinsatz}}{\text{durchschnittlicher Lagerbestand}}$

Durchschnittliche Lagerdauer in Tagen

14	$\text{Durchschnittliche Lagerdauer} = \dfrac{\text{365 Tage}}{\text{Umschlagshäufigkeit}}$

Ist-Gemeinkostenzuschlagssätze in Prozent

15a	$\text{Materialgemeinkostenzuschlagssatz} = \dfrac{\text{Materialgemeinkosten} \cdot 100}{\text{Fertigungsmaterial}}$
15b	$\text{Fertigungsgemeinkostenzuschlagssatz} = \dfrac{\text{Fertigungsgemeinkosten} \cdot 100}{\text{Fertigungslöhne}}$
15c	$\text{Verwaltungsgemeinkostenzuschlagssatz} = \dfrac{\text{Verwaltungsgemeinkosten} \cdot 100}{\text{Herstellkosten des Umsatzes}}$
15d	$\text{Vertriebsgemeinkostenzuschlagssatz} = \dfrac{\text{Vertriebsgemeinkosten} \cdot 100}{\text{Herstellkosten des Umsatzes}}$

Kosten der Maschine in Euro (Maschinenstundensatzrechnung)

16a	$\text{Kalkulatorische Abschreibung} = \dfrac{\text{Wiederbeschaffungskosten}}{\text{Nutzungsdauer}}$
16b	Kalkulatorische Abschreibung = Wiederbeschaffungskosten · Abschreibungssatz
16c	$\text{Kalkulatorische Zinsen} = \dfrac{1}{2} \cdot \text{Anschaffungskosten} \cdot \text{Zinsfuß}$
16d	Energiekosten = Grundgebühr pro Periode + (Antriebsleistung · Preis pro kWh · Laufzeit der Maschine pro Periode)

Maschinenstundensatz in Euro pro Stunde

17	$\text{Maschinenstundensatz} = \dfrac{\text{Kosten der Maschine pro Periode}}{\text{Laufzeit der Maschine pro Periode}}$

Maschinenabhängige Fertigungsgemeinkosten in Euro

18 $\text{Maschinenabhängige Fertigungsgemeinkosten} = \text{Maschinenstundensatz} \cdot \text{Laufzeit der Maschine}$

Restfertigungsgemeinkostenzuschlagssatz in Prozent

19 $\text{Restfertigungsgemeinkostenzuschlagssatz} = \frac{\text{Restfertigungsgemeinkosten} \cdot 100}{\text{Fertigungslöhne}}$

Handlungsgemeinkostenzuschlagssatz in Prozent

20 $\text{Handlungsgemeinkostenzuschlagssatz} = \frac{\text{Handlungsgemeinkosten} \cdot 100}{\text{Wareneinsatz}}$

Gewinn in Prozent

21 $\text{Gewinn} = \frac{\text{Gewinn in Euro} \cdot 100}{\text{Selbstkosten}}$

Gesamtkosten in Euro

22 $\text{Gesamtkosten} = \text{Fixkosten} + (\text{variable Stückkosten} \cdot \text{Menge})$

Gesamterlös in Euro

23 $\text{Gesamterlös} = \text{Preis pro Stück} \cdot \text{Menge}$

Break-even-Point in Stück

24 $\text{Break-even-Point} = \frac{\text{Fixkosten}}{\text{Deckungsbeitrag pro Stück}}$

Beschäftigungsgrad in Prozent

25 $\text{Beschäftigungsgrad} = \frac{\text{eingesetzte Kapazität} \cdot 100}{\text{vorhandene Kapazität}}$

Kritischer Beschäftigungsgrad in Prozent

26 $\text{Kritischer Beschäftigungsgrad} = \frac{\text{eingesetzte Kapazität am Break-even-Point} \cdot 100}{\text{vorhandene Kapazität}}$

Kurzfristige Preisuntergrenze in Euro

27 $\text{Kurzfristige Preisuntergrenze} = \text{variable Stückkosten}$

Langfristige Preisuntergrenze in Euro

28 $\text{Langfristige Preisuntergrenze} = \text{variable Stückkosten} + \text{fixe Stückkosten}$

Schemata

Berechnung der Herstellkosten des Umsatzes in Euro

29 Fertigungsmaterial
+ Materialgemeinkosten
+ Fertigungslöhne
+ Fertigungsgemeinkosten

= Herstellkosten der Erzeugung
+/– Bestandsveränderungen unfertige Erzeugnisse
+/– Bestandsveränderungen fertige Erzeugnisse

= Herstellkosten des Umsatzes

Berechnung der Selbstkosten in Euro (ohne Maschinenstundensatz)

30 Fertigungsmaterial
+ Materialgemeinkosten

= Materialkosten
Fertigungslöhne
+ Fertigungsgemeinkosten
+ Sondereinzelkosten der Fertigung

= Fertigungskosten
Materialkosten
+ Fertigungskosten

= Herstellkosten
+ Verwaltungsgemeinkosten
+ Vertriebsgemeinkosten
+ Sondereinzelkosten des Vertriebes

= Selbstkosten

Berechnung der Selbstkosten in Euro (mit Maschinenstundensatz)

31 Fertigungsmaterial
+ Materialgemeinkosten

= Materialkosten
Fertigungslöhne
+ Restfertigungsgemeinkosten
+ maschinenabhängige Fertigungsgemeinkosten
+ Sondereinzelkosten der Fertigung

= Fertigungskosten
Materialkosten
+ Fertigungskosten

= Herstellkosten
+ Verwaltungsgemeinkosten
+ Vertriebsgemeinkosten
+ Sondereinzelkosten des Vertriebes

= Selbstkosten

Berechnung des Betriebsergebnisses in Euro (Deckungsbeitrag im Einproduktbetrieb)

32 Nettoverkaufserlöse
– variable Kosten

= Deckungsbeitrag
– Fixkosten

= Betriebsergebnis

Berechnung des Betriebsergebnisses in Euro (Deckungsbeitrag im Mehrproduktbetrieb ohne Unterteilung der Fixkosten)

33

	Produkt A	Produkt B	Produkt C
Nettoverkaufserlöse			
– variable Kosten			
= Deckungsbeitrag			
Summe der Deckungsbeiträge			
– Fixkosten			
= Betriebsergebnis			

Berechnung des Betriebsergebnisses in Euro (Deckungsbeitrag im Mehrproduktbetrieb mit Unterteilung der Fixkosten)

34

	Produkt A	Produkt B	Produkt C
Nettoverkaufserlöse			
– variable Kosten			
= Deckungsbeitrag I			
– Erzeugnisfixkosten			
= Deckungsbeitrag II			
Summe der Deckungsbeiträge II			
– Unternehmensfixkosten			
= Betriebsergebnis			

Berechnung des Nettoverkaufspreises in Euro

35 Listeneinkaufspreis
– Liefererrabatt
= Zieleinkaufspreis
– Liefererskonto
= Bareinkaufspreis
+ Bezugskosten
= Bezugspreis
+ Handlungskosten
= Selbstkostenpreis
+ Gewinn
= Barverkaufspreis
+ Kundenskonto
+ Vertreterprovision
= Zielverkaufspreis
+ Kundenrabatt
= Nettoverkaufspreis

Anlage Sozialversicherung

1 Beitragsbemessungsgrenzen (Monat)

	West	Ost
Rentenversicherung/Arbeitslosenversicherung	7.100,00 €	6.700,00 €
Krankenversicherung/Pflegeversicherung	4.837,50 €	4.837,50 €

2 Beitragssätze der gesetzlichen Sozialversicherung

Rentenversicherung	18,6 %
Arbeitslosenversicherung	2,4 %
Krankenversicherung (allgemeiner Beitragssatz)	14,6 %
Pflegeversicherung	3,05 %
Beitragszuschlag für Kinderlose in der Pflegeversicherung, die das 23. Lebensjahr vollendet haben	0,25 %

3 Versicherungspflichtgrenze (Monat)

Krankenversicherung/Pflegeversicherung	5.362,50 €

Schulkontenrahmen für die Wirtschaftsschule (relevante Konten gefettet)

Kontenklasse 0	Kontenklasse 1	Kontenklasse 2
Aktiva Anlagevermögen	Aktiva Anlagevermögen	Aktiva Umlaufvermögen
0 Immaterielle Vermögensgegenstände u. Sachanlagen 00 Ausstehende Einlagen 0000 Ausstehende Einlagen **Immaterielle Vermögensstände** 02 Konzessionen, Lizenzen, Software 0200 Konzessionen, Lizenzen, Software 03 Geschäfts- u. Firmenwert 0300 Geschäfts- und Firmenwert **Sachanlagen** 05 Grundstücke, grundstücksgleiche Rechte und Bauten einschließlich der Bauten auf fremden Grundstücken **0500 unbebaute Grundstücke** **0510 bebaute Grundstücke** **0530 Betriebsgebäude** 0590 Wohngebäude 07 technische Anlagen u. Masch. 0700 Anlagen u. Maschinen der Energieversorgung **0720 Anlagen u. Maschinen der Produktion** 0760 Verpackungsanlagen u. -maschinen 0790 geringwertige Anlagen und Maschinen 08 andere Anlagen, Betriebs- u. Geschäftsausstattungen 0800 andere Anlagen 0810 Werkstatteneinrichtungen 0820 Werkzeuge u. Ä. 0830 Lager- und Transporteinrichtungen **0840 Fuhrpark** **0850 sonstige Betriebsausstattungen** **0860 Büromaschinen u. Ä.** **0870 Büromöbel u. sonstige Geschäftsausstattung** **0890 GWG Sammelposten** 09 geleistete Anzahlungen und Anlagen im Bau 0900 geleistete Anzahlungen auf Sachanlegen 0950 Anlagen im Bau	**1 Finanzanlagen** 13 Beteiligungen 1300 Beteiligungen 15 Wertpapiere des Anlagevermögens 1500 Wertpapiere des AV 16 sonst. Finanzanalysen 1600 sonstige Finanzanlagen	**2 Umlaufvermögen** **Vorräte** 20 Roh-, Hilfs-, und Betriebsstoffe 2000 Rohstoffe / Fertigungsmaterial 2010 Fremdbauteile 2020 Hilfsstoffe 2030 Betriebsstoffe 21 unfertige Erzeugnisse, unfertige Leistungen 2100 unfertige Erzeugnisse 22 fertige Erzeugnisse und Waren 2200 fertige Erzeugnisse **2280 Waren (Handelsw.)** 23 geleistete Anzahlungen auf Vorräte 2300 geleistete Anzahlungen auf Vorräte **Forderungen und sonstige Vermögensgegenstände** 24 Forderungen aus Lieferungen und Leistungen **2400 Forderungen aus Lieferungen und Leistungen** 2470 zweifelhafte Forderungen 26 sonstige Vermögensgegenstände **2600 Vorsteuer** **2602 abziehbare Vorsteuer innergemeinschaftl. Erwerb** **2603 bezahlte Einfuhrumsteuer** 2650 Forderungen an Mitarbeiter 2690 übrige sonstige Forderungen 28 flüssige Mittel **2800 Guthaben bei Kreditinstituten (Bank)** 2850 Postbank **2880 Kasse** 2890 Geldtransitkonto 29 aktive Rechnungsabgrenzung 2900 aktive Rechnungsabgrenzung 2910 Disagio

Kontenklasse 3

Passiva

3 Eigenkapital u. Rückstellungen

Eigenkapital

30 Eigenkapital /gez. Kapital:
- **3000 Kapital**
- 3001 Privateinlage
- 3005 Privatentnahme

34 Jahresüberschuss/ Jahresfehlbetrag

36 Wertberichtigungen
- 3670 Einzelwertberichtigungen zu Forderungen
- 3680 Pauschalwertberichtigung zu Forderungen

Rückstellungen

37 Rückstellungen f. Pensionen
- 3700 Rückstellungen für Pensionen

38 Steuerrückstellungen
- 3800 Steuerrückstellungen

39 sonst. Rückstellungen
- 3910 – für Gewährleistungen
- 3930 – für andere ungewisse Verbindlichkeiten
- 3970 – für drohende Verluste aus schwebenden Geschäften
- 3990 – für Aufwendungen

Kontenklasse 4

Passiva

4 Verbindlichkeiten u. passive Rechnungsabgrenzungen

41 Anleihen
- 4100 Anleihen

42 Verbindlichkeiten gegenüber Kreditinstituten
- **4200 kurzfristige Bankverbindlichkeiten**
- **4250 langfristige Bankverbindlichkeiten**

43 erhaltene Anzahlungen auf Bestellungen
- 4300 erhaltene Anzahlungen auf Bestellungen

44 Verbindlichkeiten aus Lieferungen und Leistungen
- **4400 Verbindlichkeiten aus Lieferungen und Leistungen**

48 sonst. Verbindlichkeiten
- **4800 Umsatzsteuer**
- **4802 Umsatzsteuer aus innergemeinschaftl. Erwerb**
- 4809 Umsatzsteuer-Vorauszahlung
- 4830 sonst. Verbindlichkeiten gegenüber dem Finanzamt
- 4840 Verbindlichkeiten gegenüber Sozialversicherungsträgern
- 4850 Verbindlichkeiten gegenüber Mitarbeitern
- 4860 Verbindlichkeiten aus vermögenswirksamen Leistungen
- 4890 übrige sonstige Verbindlichkeiten

49 passive Rechnungsabgrenzung
- 4900 passive Rechnungsabgrenzung

Kontenklasse 5

Erträge

5 Erträge

50 Umsatzerlöse für eigene Erzeugnisse und andere eigene Leistung.
- 5000 Umsatzerlöse für eigene Erzeugnisse
  - 5001 Erlösberichtig.
- 5050 Steuerfreie Umsätze (eigene Erzeugnisse) an Drittländer
  - 5051 Erlösberichtig.
- 5055 Steuerfreie innergem. Lieferung (eigene Erzeugnisse)
  - 5056 Erlösberichtig. steuerfr. innergem. Lieferung

51 Umsatzerlöse f. Waren u. sonst. Umsatzerlöse
- **5100 Umsatzerlös für Handelswaren**
  - **5101 Erlösberichtig.**
- 5150 steuerfreie Umsätze (HW) an Drittländer
  - 5151 Erlösberichtig. (Drittländer)
- **5155 steuerfreie innergem. Lieferungen (HW)**
  - **5156 Erlösberichtig. steuerf. innergem. Lieferungen**
- 5190 sonst. Umsatzerlöse
  - 5191 Erlösberichtig.

52 Erhöhung oder Verminderung der Bestände an unfertigen und Erzeugnissen
- 5201 Bestandsveränderungen an unfertigen Erzeugnissen u. nicht abgerechneten Leist.
- 5202 Bestandsveränderungen an fertigen Erz.

53 andere aktivierte Eigenleistungen
- 5300 aktivierte Eigenleistungen

Kontenklasse 5

Erträge

- 54 sonst. betriebl. Erträge
  - 5400 Nebenerlöse
    - 5401 aus Vermiet. u. Verpacht.
  - **5410 sonstige Erlöse**
  - 5420 Gegenstandsentnahme
  - 5425 Leistungsentnahme
  - 5430 andere sonstige betriebl. Erträge
  - 5450 Erträge aus der Auflösung oder Herabsetzung von Wertberichtigungen auf Forderungen
  - 5465 Erlöse Anlageverkauf b. Buchgewinn
  - 5469 Erlöse Anlageverkauf b. Buchverlust
  - 5480 Erträge aus der Herabsetzung von Rückstellungen
  - 5490 periodenfremde Erträge und Rückerstattungen
  - 5495 Zahlungseingänge auf abgeschriebene Forderungen
- 55 Erträge aus Beteiligungen
- 56 Erträge aus anderen Wertpapieren und Ausleihungen des Finanzanlagevermögens
- 57 sonst. Zinsen u. ähnliche Erträge
  - **5710 Zinserträge**
- 58 außerordentliche Erträge
  - 5800 außerordentliche Erträge

Kontenklasse 6

Aufwendungen

6 Betriebliche Aufwendungen

Materialaufwand

- 60 Aufwendungen für Roh-, Hilfs- und Betriebsstoffe und für bezogene Waren
  - 6000 Aufw. für Rohstoffe/ Fertigungsmaterial
    - 6001 Bezugsk./ 6002 Nachlässe
  - 6010 Aufw. für Vorprodukte/ Femdbauteile
    - 6011 Bezugskosten/ 6012 Nachlässe
  - 6020 Aufw. für Hilfsstoffe
    - 6021 Bezugskosten/ 6022 Nachlässe
  - 6030 Aufw. für Betriebsstoffe
    - 6031 Bezugskosten/ 6032 Nachlässe
  - 6040 Aufw. für Verpackungsmaterial
    - 6041 Bezugskosten/ 6042 Nachlässe
  - 6050 Aufw. für Energie
    - 6051 Bezugskosten/ 6052 Nachlässe
  - 6060 Aufw. für Reparaturmat.
    - 6061 Bezugskosten/ 6062 Nachlässe
  - **6070 Aufw. für sonst. Mat.**
    - 6071 Bezugskosten/ 6072 Nachlässe
  - **6080 Aufw. für Handelswaren**
    - **6081 Bezugskosten/ 6082 Nachlässe**
  - **6085 innergem. Erwerb**
    - **6086 Bezugskosten innerg. Erwerb**
    - **6087 Nachl. innergem. Erwerb**
  - 6090 Leist. ausl. Unternehmen (Drittländer)
    - 6091 Bezugskost. Leist. Drittländer
    - 6092 Nachlässe Leist. Drittländer
- 61 Aufw. für bezogene Leistungen
  - 6100 Fremdleistungen für Erzeugnisse und andere Umsatzleistungen
  - **6140 Ausgangsfrachten und Fremdlager**

Kontenklasse 6

Aufwendungen

  - 6150 Vertriebsprovisionen
  - 6160 Fremdinstandhaltung
  - 6170 sonst. Aufwendungen für bezogene Leistungen

Personalaufwand

- 62 Löhne
  - 6200 Löhne f. geleist. Arbeitszeit einschl. Zulagen
  - 6210 Löhne für andere Zeiten (Urlaub, Feiertag, Krankheit)
  - 6220 sonst. tarifl. oder vertragl. Aufw. f. Lohnempfänger
  - 6230 freiwillige Zuwendungen
  - 6250 Sachbezüge
  - 6290 Aushilfslöhne
  - 6295 pauschal. Lohnsteuer für Aushilfen
- 63 Gehälter
  - 6300 Gehälter einschl. Zulagen
  - 6310 Urlaubs- u. Weihnachtsgeld
  - 6320 sonst. tarifl. oder vertragl. Aufwendungen
  - 6330 freiwillige Zuwendungen
  - 6350 Sachbezüge
- 64 soziale Abgaben und Aufw. für Altersvorsorge u. f. Unterstütz.
  - 6400 Arbeitgeberanteil zur Sozialversicherung (Lohnbereich)
  - 6410 Arbeitgeberanteil zur Sozialversicherung (Gehaltsbereich)
  - 6420 Beiträge zur Berufsgenossenschaft
  - 6440 Aufw. für Altersversorgung

Abschreibungen auf Anlagevermögen

- 65 Abschreibungen
  - 6510 Abschreibungen auf immaterielle Vermögensgegenstände des Anlagevermögens
  - **6520 Abschreibungen auf Sachanlagen**
  - **6540 Abschreibung GWG Sammelposten**
  - 6550 Abschreibungen auf Umlaufvermögen

Kontenklasse 6	**Kontenklasse 7**	**Kontenklasse 8**
Aufwendungen	Aufwendungen	Ergebnisrechnung
sonstige betriebliche Aufwendungen 66 sonstige Personalaufwendungen 67 Aufwendungen für die Inanspruchnahme von Rechten und Diensten 6700 Mieten, Pachten 6705 Aufwendungen für gemietete Räume **6710 Aufwendungen für Leasing** 6720 Lizenzen und Konzessionen 6730 Gebühren, Beiträge **6750 Kosten des Geldverkehrs** 6760 Provisionsaufwendungen 6770 Rechts- u. Beratungskosten 6780 Haus- und Grundstücksaufwendungen 68 Aufwendungen für Kommunikation **6800 Büromaterial** **6810 Zeitungen und Fachliteratur** 6820 Telefongebühren 6825 Kurier-, Express- und Postdienstleistungen 6850 Reisekosten 6860 Bewirtung und Präsentation 6870 Werbung 69 Aufwendungen für Beiträge und sonst. sowie Wertkorrekturen und periodenfremde Aufwendungen 6900 Versicherungsbeiträge 6920 Beiträge z. Wirtschaftsverbänden und Berufsvertretungen 6930 Verluste aus Schadensfällen 6950 Abschreibungen auf Forderungen 6951 Abschreibungen auf Forderungen wegen Uneinbringlichkeit 6952 Einstellung in Einzelwertberichtigung 6953 Einstellung in Pauschalwertberichtigung 6964 Aufwendungen für Entsorgung aus Anlagevermögen 6965 Restbuchwert Anlageverkauf bei Buchgewinn 6969 Restbuchwert Anlageverkauf bei Buchverlust 6980 Zuführung bei Rückstellung für Gewährleistung 6990 Periodenfremde Aufwendungen	7 Weitere Aufwendungen 70 betriebliche Steuer 7020 Grundsteuer 7030 Kraftfahrzeugsteuer 7090 sonstige betriebliche Steuern 74 Abschreibungen auf Finanzlage und auf Wertpapiere d. Umlaufvermögens und Verluste aus entsprechenden Abgängen 75 Zinsen und ähnliche Aufwendungen **7510 Zinsaufwendungen** 7600 außerordentliche Aufwendungen 77 Steuern von Einkommen und Ertrag 7700 Gewerbertragssteuer 7730 bezahlte Kapitalertragssteuer	8 Ergebnisrechnung 80 Eröffnung / Abschluss **8000 Eröffnungsbilanzkonto** **8010 Schlussbilanzkonto** **8020 GuV-Konto**